BASTEI
LÜBBE
TASCHENBUCH

Aus der Serie um Commissario Montalbano

Weitere Titel

Titel in der Regel auch als Hörbuch und E-Book erhältlich

Über den Autor

Andrea Camilleri ist der erfolgreichste zeitgenössische Schriftsteller Italiens und begeistert mit seinem vielfach ausgezeichneten Werk ein Millionenpublikum. Ob er seine Leser mit seinem unwiderstehlichen Helden Salvo Montalbano in den Bann zieht, ihnen mit kulinarischen Köstlichkeiten den Mund wässrig macht oder ihnen unvergessliche Einblicke in die mediterrane Seele gewährt: Dem Charme der Welt Camilleris vermag sich niemand zu entziehen.

Andrea Camilleri
Die Spur des Lichts

Commissario Montalbanos
neunzehnter Fall

Roman

Aus dem Italienischen von
Rita Seuß und Walter Kögler

BASTEI
LÜBBE
TASCHENBUCH

BASTEI LÜBBE TASCHENBUCH
Band 17783

Dieser Titel ist auch als Hörbuch und E-Book erschienen

Vollständige Taschenbuchausgabe
der im Gustav Lübbe Verlag erschienenen Hardcoverausgabe

Titelillustration: © Mauritius Images/Urs Flüeler
Umschlaggestaltung: Kirstin Osenau
Satz: Dörlemann Satz, Lemförde
Gesetzt aus der DTL Documenta
Druck und Verarbeitung: CPI books GmbH, Leck – Germany
ISBN 978-3-404-17783-7

7 6 5 4 3

Sie finden uns im Internet unter www.luebbe.de
Bitte beachten Sie auch: www.lesejury.de

Eins

Schon seit den frühen Morgenstunden war das Wetter wechselhaft und unbeständig. Montalbano würde sich diesem Einfluss kaum entziehen können und an diesem Vormittag zumindest launisch sein. Daher war es das Beste, anderen Menschen möglichst aus dem Weg zu gehen.

Im Lauf der Jahre war er immer wetterfühliger geworden, wie ein Greis, der die steigende oder sinkende Luftfeuchtigkeit in den Knochen spürt. Auch fiel es ihm zunehmend schwer, sich zu beherrschen und überbordende Hochgefühle oder abgründige Schwermut vor anderen zu verbergen.

Während der kurzen Fahrt von seinem Haus in Marinella bis zur Contrada Casuzza – fünfzehn Kilometer auf holprigen Feldwegen, die eher für Kettenfahrzeuge als für Pkws geeignet waren, und auf Sträßchen, die kaum breiter waren als ein Auto – hatte der Himmel seine Farbe von Blassrosa zu Grau und von Grau zu Blassblau verändert. Jetzt zeigte er sich in einem diesigen Weiß, das die Konturen der Landschaft verschwimmen ließ und die Sicht trübte.

Der Anruf hatte den Commissario um acht Uhr morgens erreicht, als er gerade aus der Dusche stieg. Er war spät aufgestanden, weil er ausnahmsweise einmal nicht ins Büro musste.

Seine Stimmung sank. Mit einem Anruf hatte er überhaupt nicht gerechnet. Wer wollte ihm da unbedingt auf den Sack gehen?

Es war ein besonderer Tag für Vigàta, und mit Ausnahme des Telefonisten sollte eigentlich niemand im Kommissariat sein.

Ein besonderer Tag insofern, als der Herr Innenminister vor Ort war. Er hatte die Insel Lampedusa besucht, deren Aufnahmezentren (man genierte sich tatsächlich nicht, die Flüchtlingslager so zu nennen!) nicht einmal mehr für einen vier Wochen alten Säugling Platz hatten. Sardinen in der Dose hatten mehr Bewegungsfreiheit. Und jetzt wollte er sich auch noch die Notunterkünfte in Vigàta ansehen, die gleichfalls so brechend voll waren, dass diese armen Geschöpfe auf dem Boden schlafen und ihre Notdurft im Freien verrichten mussten.

Aus diesem Grund hatte der Signori e Questori Bonetti-Alderighi die allgemeine Mobilmachung des Polizeipräsidiums Montelusa und des Kommissariats Vigàta angeordnet. Die Polizeibeamten sollten die Straßen absperren, die der hohe Staatsvertreter nehmen würde, und dafür sorgen, dass er keine Pfiffe, Buhrufe und Beschimpfungen (hochsprachlich Protestkundgebungen genannt), sondern nur den Applaus von ein paar Hungerleidern zu hören bekam, die man eigens dafür herangekarrt und bezahlt hatte.

Ohne das geringste Zögern hatte Montalbano die ganze Angelegenheit seinem Vize Mimì Augello übertragen und die Gelegenheit genutzt, einen Tag frei zu nehmen. Al-

6

lein wenn Montalbano den Signori e Ministro im Fernsehen sah, geriet sein Blut in Wallung. Kaum auszudenken, was passierte, wenn er ihm persönlich selber begegnen würde.

Dabei hegte der Commissario insgeheim die Hoffnung, dass es in der Stadt und im Umland von Vigàta an diesem Tag – aus gebotenem Respekt vor einem Regierungsvertreter – weder zu einem Mord noch sonst einer Straftat käme. Die Kriminellen würden doch wohl genügend Takt und Feingefühl aufbringen, diesen Freudentag nicht zu verderben.

Wer also konnte der Anrufer sein?

Montalbano beschloss, das Klingeln zu ignorieren, aber nachdem das Telefon kurz verstummt war, fing es wieder an zu läuten.

Und wenn es Livia war, die ihm etwas Wichtiges mitzuteilen hatte? Nein, es half nichts, er musste das Gespräch annehmen.

»Pronti, dottori? Catarella sum.«

Montalbano war baff. Catarella sprach Latein? War die Welt jetzt völlig aus den Fugen geraten? Nahte das Ende aller Zeiten? Er hatte sich bestimmt verhört.

»Was hast du gesagt?«

»Catarella hier, Dottori.«

Er atmete erleichtert auf. Die Welt war wieder in Ordnung.

»Was gibt's?«

»Dottori, ich muss Sie als Allererstigstes warnen, dass es sich um eine langatmige und komplexierte Geschichte handelt.«

Montalbano angelte sich mit dem Fuß einen Stuhl und ließ sich darauf nieder.

»Dann lass mal hören.«

»Also, es ist nämlich so: Heute Morgen unterstellte sich der Unterzeichnete zu Diensten von Dottori Augello, insofern als man nämlich die Landung des Huppschraubers erwartete, der den Signore e Ministro ...«

»Ist er schon da?«

»Das weiß ich nicht, Dottori. Ich bin den genauen Umständen entsprechend unkenntlich.«

»Und warum?«

»Ich bin insofern unkenntlich, als ich mich nicht vor Ort befinde.«

»Wo bist du denn?«

»Ich befinde mich an einem anderen Ort, in der Contrada Casuzza, Dottori, da wo der alte Bahnübergang ist, auf der Höhe von ...«

»Ich weiß, wo die Contrada Casuzza ist. Willst du mir nicht endlich sagen, was du dort machst?«

»Dottori, ich bitte um Verständlichkeit und Vergabe, aber wenn Sie mich ununterbrochen unterbrechen, kann ich nicht ...«

»Pardon, red weiter.«

»Also. Irgendwann hat selbiger Dottori Augello einen Anruf aus unserer Telefonzentrale bekommen, wo mich der Kollege Filippazzo Michele vertritt, insofern als sich selbiger das Bein verstaucht hat und nun den Dienst versieht ...«

»Entschuldige, welcher selbige? Dottor Augello oder Filippazzo?«

Er zitterte bei dem Gedanken, dass Mimì krankheitsbedingt außer Gefecht gesetzt war und deshalb er, Montalbano, den Minister empfangen musste.

»Filippazzo, Dottori. Welchiger keinen aktivischen Dienst leisten konnte und den Anruf an Fazio durchgestellt hat. Und als Fazio den nämlichen Anruf entgegengenommen hatte, hat er zu mir gesagt, ich soll den Anflug des Huppschraubers sausen lassen und unverzüglich gleich zur Contrada Casuzza aufbrechen. Wobei nämliche...«

Montalbano wurde klar, dass es den halben Vormittag dauern würde, bis er ein genaues Bild hatte.

»Hör zu, Catarè, wir machen es so: Ich informiere mich über diese Geschichte und melde mich in fünf Minuten wieder.«

»Soll ich auflegen?«

»Ja, leg auf.«

Fazio ging sofort ran.

»Ist der Minister schon da?«

»Noch nicht.«

»Catarella hat mich gerade angerufen und eine Viertelstunde geredet, aber ich hab nicht kapiert, was los ist.«

»Dottore, Folgendes ist passiert: Ein Bauer hat angerufen, weil er auf seinem Acker einen Sarg gefunden hat.«

»Leer oder voll?«

»Das hab ich nicht genau verstanden. Die Verbindung war ziemlich schlecht.«

»Und warum hast du Catarella hingeschickt?«

»Es schien mir keine große Sache zu sein.«

Er dankte Fazio und rief Catarella zurück.

»Ist der Sarg leer oder voll?«

9

»Dottori, auf dem vorgenannten Sarg ist ein Deckel, und daher ist infolgedessen der Inhalt des besagten Sarges unsichtbar.«

»Du hast also gar nicht reingeschaut?«

»Nein, Dottori, insofern weil ich in Ermangelung eines Befehls war, den Deckel des besagten Sarges hochzuheben. Wenn Sie mir befehlen, dass ich ihn öffnen soll, dann öffne ich ihn. Aber es ist nicht nötig.«

»Warum denn nicht?«

»Weil der Sarg nicht leer ist.«

»Woher willst du das wissen?«

»Das weiß ich, weil der Bauer, welchiger der Eigentümer von dem Acker ist, auf dem sich der besagte Sarg befindet, und welchiger Annibale Lococo heißt, Sohn des verstorbenen Giuseppe, welchiger hier neben mir steht, den Deckel so weit angehoben hat, dass es für die Einsicht reichte, dass der Sarg besetzt ist.«

»Besetzt von wem?«

»Von der Leiche eines gestorbenen Toten, Dottori.«

Die Geschichte war also keineswegs eine Kleinigkeit, wie Fazio geglaubt hatte.

»Na gut, warte auf mich.«

Fluchend war er in sein Auto gestiegen und losgefahren.

Der Sarg war für ein Begräbnis dritter Klasse bestimmt, für einen ganz armen Schlucker. Er war von billigster Machart, aus grobem Holz gezimmert und unlackiert.

Unter dem leicht verschobenen Deckel schaute ein Stück weißes Leinen hervor.

Montalbano beugte sich hinunter. Mit Daumen und Zeigefinger der rechten Hand zog er es etwas weiter heraus. Der Stoff war mit den ineinander verschlungenen Buchstaben B und A bestickt.

Annibale Lococo, ein hagerer Fünfzigjähriger mit sonnenverbrannter Haut, saß mit einem Gewehr über der Schulter auf dem Fußende des Sargs und rauchte eine halbe Toscano-Zigarre.

Catarella stand in strammer Haltung einen Schritt entfernt. Vor Aufregung, zusammen mit dem Commissario Ermittlungen führen zu dürfen, hatte es ihm die Sprache verschlagen.

Die Landschaft war öde und karg, der Boden steinig. Nur hier und da gab es ein paar Bäume, die seit Menschengedenken keinen Tropfen Wasser gesehen hatten, einige Büschel Mohrenhirse und aufgeschossenes Unkraut. Tausend Meter entfernt stand ein verlassenes Häuschen, dem die Gegend vermutlich ihren Namen verdankte.

Unweit des Sargs, auf der staubtrockenen Erde, waren die Reifenspuren eines Lieferwagens und die Fußspuren zweier Personen zu erkennen.

»Ist das Ihr Acker?«, fragte Montalbano den Bauer.

»Acker? Welcher Acker?« Lococo sah ihn verwundert an.

»Der hier, auf dem wir stehen.«

»Das nennen Sie Acker?«

»Was bauen Sie hier an?«

Bevor der Bauer antwortete, warf er dem Commissario erneut einen Blick zu, nahm seine Mütze ab und kratzte sich am Kopf. Dann nahm er die halbe Toscano aus dem Mund, spuckte verächtlich aus und steckte sie sich wieder zwischen die Zähne.

»Nichts. Was zum Teufel soll man hier anbauen? Hier wächst nichts. Dieser Boden ist verflucht. Ich komm nur zum Jagen her, hier gibt's jede Menge Hasen.«

»Und Sie haben den Sarg entdeckt?«

»Ja.«

»Wann?«

»Heute Morgen gegen halb sieben. Ich hab euch sofort übers Handy verständigt.«

»Sind Sie gestern Abend auch hier vorbeigekommen?«

»Nein, ich war drei Tage nicht hier.«

»Dann wissen Sie also nicht, wann der Sarg hier abgestellt wurde?«

»Richtig.«

»Haben Sie reingeschaut?«

»Klar. Hätten Sie's nicht getan? Ich war neugierig. Ich hab gesehen, dass der Deckel nicht verschraubt war, und ihn ein Stück angehoben. Da ist eine Leiche drin, eingewickelt in ein Tuch.«

»Jetzt mal ehrlich: Haben Sie das Tuch gehoben, um nachzusehen, wer es ist?«

»Ja.«

»Mann oder Frau?«

»Ein Mann.«

»Kennen Sie ihn?«

»Nie gesehen.«

»Haben Sie eine Idee, warum man den Toten ausgerechnet auf Ihrem Acker abgestellt hat?«

»Wenn ich so viel Phantasie hätte, würde ich Romane schreiben.«

Das klang überzeugend.

»Also gut. Stehen Sie bitte auf. Catarella, heb den Deckel hoch.«

Catarella kniete sich neben den Sarg und hob den Deckel ein wenig an.

Dann drehte er ruckartig den Kopf weg und verzog das Gesicht.

»Iam fetet«, sagte er, an den Commissario gewandt.

Montalbano wich verblüfft einen Schritt zurück. Dann stimmte es also doch! Er hatte sich nicht getäuscht! Catarella sprach Lateinisch!

»Was hast du gesagt?«

»Ich habe gesagt, er stinkt schon.«

O nein! Dieses Mal hatte er es klar und deutlich gehört! Ein Irrtum war ausgeschlossen.

»Willst du mich verarschen!«, platzte es aus ihm heraus, mit einer Heftigkeit, die ihn selbst erschreckte.

Zur Antwort fing in der Ferne ein Hund an zu bellen.

Catarella ließ den Deckel fallen und richtete sich kerzengerade auf. Sein Gesicht war puterrot.

»Ich? Sie? Aber wie kommen Sie denn darauf? Ich würde es niemals wagen, Sie…«

Die Stimme versagte ihm. Verzweifelt vergrub er das Gesicht in den Händen und fing an zu jammern.

»O me miserum! O me infelicem!«

Montalbano, schon ordentlich in Fahrt, verlor jetzt vollends die Beherrschung. Er stürzte sich auf Catarella, packte ihn am Kragen und schüttelte ihn wie einen Birnbaum mit erntereifen Früchten.

»Mala tempora currunt!«, warf Lococo philosophisch ein und zog an seiner Zigarre.

Montalbano hielt mitten in der Bewegung inne. Der Schreck war ihm in die Glieder gefahren.

Fing dieser Lococo jetzt auch noch an, Latein zu sprechen? Hatte er einen Zeitsprung in die Vergangenheit gemacht, ohne es zu merken? Aber warum trugen sie dann statt Tuniken oder Togen alle drei moderne Kleidung?

In dem Moment öffnete sich der Sargdeckel, krachte scheppernd zu Boden, und der wie eine Mumie eingewickelte Tote richtete sich ganz langsam auf.

»Montalbano, haben Sie denn gar keinen Respekt vor den Toten?«, fragte er sichtlich aufgebracht, während er das Tuch abnahm, sodass man das Gesicht erkennen konnte.

Es war der Signori e Questori Bonetti-Alderighi.

Montalbano blieb lange liegen und sann über den Traum nach, der ihn ziemlich mitgenommen hatte.

Nicht weil der Tote sich als Bonetti-Alderighi entpuppt hatte oder weil Catarella und Lococo angefangen hatten, Latein zu sprechen, sondern weil es ein verräterischer, ein trügerischer Traum war. Einer jener Träume, bei denen der Gang der Ereignisse einer strengen Logik und plausiblen Chronologie folgt und jedes Detail so stimmig ist, dass man zunehmend das Gefühl gewinnt, es sei gar kein Traum, sondern Wirklichkeit. Einer jener Träume, in denen die Grenzen zur Realität immer mehr verschwimmen. Zum Glück entbehrte das Ende der Geschichte jeglicher Logik, sonst hätte er nach einiger Zeit wirklich nicht mehr gewusst, ob das alles real oder nur geträumt war.

Dabei entsprach nichts in dem Traum der Wirklichkeit, nicht einmal der Besuch des Ministers.

Und infolgedessen hatte Montalbano heute bedauerlicherweise nicht frei, sondern einen ganz normalen Arbeitstag.

Er stand auf und öffnete das Fenster.

Vom Meer zogen graue, gleichförmige Wolken auf, die den blauen Himmel langsam verdunkelten.

Als Montalbano aus der Dusche stieg, klingelte das Telefon. Er rannte los, ohne sich abzutrocknen, und tropfte den Fußboden voll.

Fazio war am Apparat.

»Dottori, entschuldigen Sie die Störung, aber ...«

»Was gibt's?«

»Der Polizeipräsident hat gerade angerufen. Eine Eilmeldung. Es geht um den Innenminister.«

»Ist der denn nicht in Lampedusa?«

»Doch doch, aber offenbar möchte er die Notunterkünfte in Vigàta besuchen. Er landet in zwei Stunden mit dem Hubschrauber.«

»Das hat gerade noch gefehlt!«

»Warten Sie. Der Questore hat das gesamte Kommissariat dem Befehl seines Stellvertreters Signorino unterstellt, und der wird in einer Viertelstunde hier eintreffen. Das wollte ich Ihnen sagen.«

Montalbano stieß einen Seufzer der Erleichterung aus.

»Danke.«

»Sie haben natürlich nicht die Absicht, sich blicken zu lassen.«

»Dreimal darfst du raten.«

»Und was sag ich Signorino?«

»Dass ich mit Grippe im Bett liege und mich entschuldige.

Hochachtungsvoll und mit freundlichen Grüßen. Sobald der Minister weg ist, rufst du mich in Marinella an.«

Dann war die Geschichte von der Ankunft des Ministers also doch wahr.

Ob der Traum prophetisch war? Würde der Signori e Questori bald in einem Sarg liegen?

Nein, das war vermutlich eine rein zufällige Übereinstimmung. Eine weitere würde es nicht geben, denn es war völlig undenkbar, dass Catarella anfing, Latein zu sprechen.

Erneut klingelte das Telefon.

»Pronto?«

»Verzeihung, ich habe mich verwählt«, hörte er eine weibliche Stimme, dann war das Gespräch beendet.

Aber das war doch Livia! Warum hatte sie gesagt, sie habe sich verwählt? Er gab ihre Nummer ein.

»Was ist denn mit dir los?«

»Wieso fragst du das?«

»Na hör mal. Du wählst meine Nummer, ich gehe ran, und dann sagst du, du hast dich verwählt, und beendest das Gespräch.«

»Ah, dann warst du es also doch?«

»Klar war ich es!«

»Ich war so sicher, dass du nicht zu Hause bist, dass ich ... Apropos, wieso bist du eigentlich noch in Marinella? Bist du krank?«

»Es geht mir blendend! Versuch bloß nicht abzulenken!«

»Von was sollte ich ablenken wollen?«

»Von der Tatsache, dass du meine Stimme nicht erkannt hast. Oder findest du es etwa normal, dass du nach all den Jahren ...«

»Die drücken dich, hm?«

»Was drückt mich?«

»Die Jahre, die wir schon zusammen sind.«

Sie gerieten sich ziemlich in die Haare und stritten sich über eine Viertelstunde.

Montalbano vertrödelte eine weitere halbe Stunde damit, in der Unterhose durchs Haus zu schleichen. Dann kam Adelina, die bei seinem Anblick erschrak.

»Maria! Dottori, was ist passiert? Sind Sie krank?«

»Adelì, jetzt fang du nicht auch noch an! Keine Sorge, ich bin kerngesund. Und weißt du was? Heute esse ich zu Mittag hier. Was kochst du mir Gutes?«

Adelina lächelte.

»Was sagen Sie zu einer schönen Pasta 'ncasciata?«

»Klingt phantastisch, Adelì.«

»Und danach drei oder vier knusprig gebratene Barben?«

»Sagen wir fünf und lassen es gut sein.«

Der Himmel auf Erden.

Eine Stunde später stiegen paradiesische Düfte aus der Küche in seine Nase, und ihm war klar, dass er dieser Verführung nicht lange standhalten würde. Das Wasser lief ihm im Mund zusammen, und er spürte ein solches Loch im Bauch, dass er beschloss, einen langen Strandspaziergang zu machen.

Als er zwei Stunden später zurückkehrte, teilte Adelina ihm mit, Fazio habe angerufen. Der Minister hatte seinen Plan geändert und war ohne einen Zwischenstopp in Vigàta nach Rom zurückgefahren.

Montalbano kam gegen vier im Kommissariat an, ein Lächeln auf den Lippen, mit sich und der Welt im Reinen. Dieses Wunder hatte der Makkaroni-Auberginen-Auflauf bewirkt.

Er blieb kurz bei Catarella stehen, der sofort die Hacken zusammenschlug.

»Catarè, verrat mir eins.«

»Zu Befehl, Dottori.«

»Wie steht es mit deinem Latein?«

»Gut, Dottori.«

Montalbano war perplex. Er hatte immer gedacht, Catarella hätte mit Müh und Not die Hauptschule geschafft.

»Hast du Latein gelernt?«

»Gelernt im Sinne von lernen nicht, aber ich schlag mich so durch.«

Der Commissario kam aus dem Staunen nicht heraus.

»Wie das?«

»Na ja, wenn ich mit meinem Latein am Ende bin, dann frag ich jemanden, der mir weiterhelfen kann.«

Das Lächeln kehrte auf Montalbanos Lippen zurück. Die Welt war wieder in Ordnung.

Zwei

Auf seinem Schreibtisch lag der übliche Stapel Dokumente, die seiner Unterschrift harrten. Unter den persönlichen Briefen war eine Einladung für Dottor Salvo Montalbano zur Eröffnung der Kunstgalerie Il piccolo porto. Gezeigt wurde Malerei des 20. Jahrhunderts, die ihm besonders gefiel, aber der Brief kam zu spät, die Eröffnung hatte am Vortag stattgefunden.

Es war die erste Kunstgalerie in Vigàta überhaupt. Der Commissario steckte die Einladung in seine Jackentasche, er hatte die Absicht, die Ausstellung zu besuchen.

Nach einer Weile kam Fazio herein.

»Neuigkeiten?«

»Keine. Aber fast hätte es eine gegeben, und die hätte es in sich gehabt.«

»Inwiefern?«

»Wenn der Minister nicht seinen Plan geändert und Vigàta doch mit seinem Besuch beehrt hätte, wäre das womöglich in die Hose gegangen.«

»Und warum?«

»Weil die Flüchtlinge einen massiven Protest organisiert haben.«

»Wann hast du davon erfahren?«

»Kurz bevor Dottor Signorino eingetroffen ist.«

»Hast du es ihm gesagt?«

»Nein.«

»Warum nicht?«

»Was hätte ich denn machen sollen? Dottor Signorino hat uns antreten lassen und uns ermahnt, einen kühlen Kopf zu bewahren und bloß nicht in Alarmismus zu verfallen. Vor den vielen Fernsehkameras und Journalisten sollten wir den Eindruck erwecken, wir hätten alles im Griff. Und da bekam ich Zweifel, ob ich ihm wirklich sagen soll, was mir zu Ohren gekommen war. Womöglich hätte er mir Panikmache vorgeworfen. Also hab ich unseren Leuten eingeschärft, Augen und Ohren offen zu halten und gegebenenfalls einzuschreiten. Mehr nicht.«

»Das hast du gut gemacht.«

Mimì Augello kam aufgeregt herein.

»Salvo, ich habe gerade einen Anruf aus Montelusa erhalten.«

»Und?«

»Vor zwei Stunden wurde Bonetti-Alderighi ins Krankenhaus eingeliefert.«

»Tatsächlich? Und warum?«

»Plötzliche Übelkeit. Anscheinend das Herz.«

»Ist es denn ernst?«

»Das konnte man mir nicht sagen.«

»Erkundige dich und gib mir dann Bescheid.«

Augello verschwand. Fazio fixierte den Commissario mit dem Blick.

»Dottore, was ist?«

»Wieso fragst du das?«

»Als Dottor Augello mit der Nachricht kam, sind Sie ganz blass geworden. Ich hätte nicht gedacht, dass Ihnen das so nahegeht.«

Konnte Montalbano ihm sagen, dass er für einen kurzen Moment Bonetti-Alderighi in einem Sarg hatte liegen sehen, den Kopf mit einem Tuch umwickelt, wie in seinem Traum?

Er reagierte mit gespielter Entrüstung.

»Selbstverständlich geht mir das nahe! Wir sind doch hier unter Menschen, oder? Was sind wir denn, Tiere?«

»Entschuldigen Sie«, sagte Fazio.

Sie schwiegen, bis nach einer Weile Augello zurückkehrte.

»Gute Nachrichten. Es ist nicht das Herz und auch sonst nichts Ernstes. Nur Verdauungsbeschwerden. Heute Abend wird er entlassen.«

Montalbano verspürte ein aufrichtiges Gefühl der Erleichterung. Sein Traum war also keine Vorahnung kommender Ereignisse gewesen.

In der Kunstgalerie, die genau in der Mitte des Corso lag, war kein einziger Besucher. Montalbano freute sich, denn so konnte er die Gemälde in aller Ruhe betrachten. Fünfzehn Bilder von fünfzehn Malern, darunter Mafai, Guttuso und Donghi, aber auch Pirandello, Morandi und Birolli. Alles vom Feinsten.

Aus einer kleinen Tür, hinter der sich vermutlich das Büro befand, trat eine elegante Frau Anfang vierzig in einem Etuikleid. Sie war groß, hatte wohlgeformte Beine, ausdrucksvolle Augen, hohe Wangenknochen und lange pechschwarze Haare. Man konnte sie für eine Brasilianerin halten.

Lächelnd kam sie auf ihn zu und streckte ihm die Hand entgegen.

»Sie sind Commissario Montalbano, richtig? Ich habe Sie im Fernsehen gesehen. Mariangela De Rosa, für meine Freunde Marian. Ich bin die Galeristin.«

Montalbano mochte sie auf Anhieb. Das passierte nicht oft, aber es kam vor.

»Gratuliere. Schöne Bilder.«

Marian lachte.

»Zu schön und zu teuer für die Vigateser.«

»In der Tat. Ich kann mir gar nicht vorstellen, dass eine Galerie wie diese hier in Vigàta ...«

»Commissario, ich bin keine Anfängerin. Ich weiß, was ich tue. Diese Ausstellung ist nur ein Lockmittel. Demnächst werde ich Kupferstiche zeigen, qualitativ hochwertige natürlich, die erschwinglicher sind.«

»Dann kann ich Ihnen nur viel Erfolg wünschen.«

»Danke. Darf ich fragen, ob es ein Bild gibt, das Ihnen besonders gut gefällt?«

»Ja, aber wenn das ein Versuch ist, mich zum Kauf zu überreden, verschwenden Sie Ihre Zeit. Ich bin nicht in der Lage ...«

Marian lachte.

»Meine Frage ist nicht ganz uneigennützig, das stimmt, aber in erster Linie geht es mir darum, Sie besser kennenzulernen. Ich glaube, dass man viel von einem Menschen verstanden hat, wenn man weiß, welche Maler er mag und welche Bücher er liest.«

»Ich kannte einen Mafioso, der vierzig Morde auf dem Gewissen hatte und vor einem Gemälde van Goghs in Tränen ausbrach.«

»Seien Sie nicht ungnädig, Commissario. Wollen Sie nicht meine Frage beantworten?«

»Na gut. Das Gemälde von Donghi und das von Pirandello. Sie gefallen mir beide gleich gut, ich kann mich nicht entscheiden.«

Marian sah ihn an, dann schloss sie ihre funkelnden Augen.

»Sie sind ein Kenner.«

Das war keine Frage, sondern eine Feststellung.

»Ich bin kein Kenner, aber ein bisschen Ahnung habe ich schon.«

»Da untertreiben Sie ganz sicher. Geben Sie zu, Sie haben ein paar Bilder zu Hause.«

»Ja, aber nichts von Bedeutung.«

»Sind Sie verheiratet?«

»Nein, ich lebe allein.«

»Laden Sie mich dann einmal zu sich ein und zeigen mir Ihre Schätze?«

»Gern. Und Sie?«

»Was?«

»Sind Sie verheiratet?«

Marian verzog ihren schönen roten Mund.

»Das war ich bis vor fünf Jahren.«

»Und was hat Sie ausgerechnet nach Vigàta verschlagen?«

»Ich stamme aus Vigàta! Meine Eltern sind nach Mailand gezogen, als ich zwei und mein Bruder Enrico vier Jahre alt war. Enrico ist ein paar Jahre nach seinem Universitätsabschluss hierher zurückgekehrt. Ihm gehört die Salzmine bei Sicudiana.«

»Und Sie, warum sind Sie zurückgekehrt?«

»Weil Enrico und seine Frau mich dazu gedrängt haben ... Es war eine schwere Zeit für mich, nachdem mein Mann ...«

»Sie haben keine Kinder?«

»Nein.«

»Und wie sind Sie auf die Idee gekommen, in Vigàta eine Kunstgalerie zu eröffnen?«

»Um etwas zu machen. Ich habe viel Erfahrung auf dem Gebiet, wissen Sie. Ich hatte zwei Galerien, kleine Galerien, eine in Mailand und eine in Brescia.«

Ein Mann und eine Frau um die fünfzig traten ein. Sie schauten sich zögernd und unsicher um, als befürchteten sie, in einen Hinterhalt gelockt zu werden.

»Was kostet es?«, fragte der Mann auf der Türschwelle.

»Der Eintritt ist frei«, sagte Marian.

Der Mann murmelte seiner Frau etwas ins Ohr, sie murmelte etwas zurück. Und dann sagte der Mann:

»Bonasira.«

Das Paar drehte sich um und verschwand. Montalbano und Marian mussten lachen.

Als eine halbe Stunde später auch Montalbano die Galerie verließ, hatte er sich mit Marian für den nächsten Abend zum Essen verabredet.

Es war ein warmer Abend, deshalb deckte er den Tisch auf der Veranda und ließ sich die Pasta 'ncasciata schmecken, die vom Mittagessen übrig war. Dann zündete er sich eine Zigarette an und ließ den Blick übers Meer schweifen.

Nach dem Streit am Morgen würde Livia bestimmt nicht anrufen. Sie würde mindestens vierundzwanzig Stunden verstreichen lassen, um ihn ihren Ärger spüren zu lassen.

Montalbano hatte weder Lust zu lesen noch fernzusehen. Er wollte einfach nur dasitzen, ohne an etwas zu denken.

Ein aussichtloses Unterfangen, denn der Geist sträubt sich dagegen, an nichts zu denken, sondern wartet mit hunderttausend Gedanken auf, einem nach dem anderen. Wie bei einem Feuerwerk.

Der Traum mit dem Sarg. Die auf das Leichentuch gestickten Initialen Bonetti-Alderighis. Das Gemälde von Donghi. Catarella, der Latein gesprochen, und Livia, die seine Stimme nicht erkannt hatte. Das Gemälde von Pirandello. Marian.

Apropos Marian.

Warum hatte er sofort Ja gesagt, als sie ihm den Vorschlag machte, zusammen essen zu gehen? Vor zwanzig Jahren hätte er völlig anders reagiert. Er hätte abgelehnt, und zwar auf ziemlich unfeine Art.

Vielleicht weil es ihm schwerfiel, eine so schöne und elegante Frau zurückzuweisen. Aber hatte er in seinem Leben nicht schon häufiger Frauen einen Korb gegeben, auch schöneren Frauen als Marian?

Das konnte nur eines bedeuten: Mit dem Alter hatte sich sein Charakter verändert. Die tiefe Wahrheit jedoch lautete, dass er mit den Jahren zunehmend Einsamkeit verspürte, den Verdruss der Einsamkeit, die Bitternis der Einsamkeit.

Wenn er an manchen Abenden so lange auf der Veranda sitzen blieb, rauchte und Whisky trank, dann nicht, weil er nicht schlafen konnte, sondern weil er keine Lust hatte, allein im Bett zu liegen.

Gern hätte er Livia an seiner Seite gehabt, und wenn nicht Livia, dann eine andere schöne Frau.

Das Merkwürdige an diesem Verlangen war, dass es nicht das Geringste mit Sex zu tun hatte. Er wollte nur die Wärme eines anderen Körpers neben sich spüren. Ihm fiel der Titel eines Films ein, der dieses Verlangen treffend zum Ausdruck brachte: *Volevo solo dormirle addosso*, ich wollte mich nur an sie schmiegen.

Er hatte nicht einmal Freunde, die diesen Namen wirklich verdienten. Freunde, denen man sich anvertrauen, mit denen man seine geheimsten Gedanken teilen konnte ...

Gewiss, Fazio und Augello waren Freunde, aber doch in einem ganz anderen Sinn.

Traurig blieb er auf der Veranda sitzen und trank die Flasche Whisky leer.

Von Zeit zu Zeit dämmerte er weg, wachte aber jede Viertelstunde auf.

Dabei wurde er immer wehmütiger, und immer schmerzlicher wurde das Gefühl, im Leben alles falsch gemacht zu haben.

Wenn er Livia zur rechten Zeit geheiratet hätte ...

Nein, jetzt bloß keine Bilanz ziehen.

Hätte er Livia geheiratet, hätten sie sich nach ein paar Jahren wieder getrennt, das war so sicher wie der Tod.

Er kannte sich und wusste nur zu gut, dass er weder bereit noch imstande gewesen wäre, sich einem anderen Menschen anzupassen, nicht einmal einer Frau, die er so sehr liebte wie Livia.

Weder Liebe noch Leidenschaft, nichts wäre so stark gewesen, dass sie es lange miteinander ausgehalten hätten.

Es sei denn ...

Es sei denn, sie hätten François adoptiert, wie Livia es sich gewünscht hatte.

François!

Die Sache mit François war ein Fiasko gewesen. Der Junge hatte keinen unerheblichen Anteil daran, dass es zwischen ihnen immer schwieriger wurde, aber er und Livia hatten es einander auch nicht leicht gemacht.

1996 hatten sie einen zehnjährigen tunesischen Waisenjungen vorübergehend bei sich aufgenommen. Er hieß François, und sie schlossen ihn so sehr ins Herz, dass Livia vorschlug, ihn zu adoptieren. Doch Montalbano konnte sich nicht dazu durchringen, und so landete der Junge schließlich auf dem Bauernhof von Mimì Augellos Schwester, wo er wie ein Sohn behandelt wurde.

Im Rückblick betrachtet war das vielleicht ein Fehler gewesen.

Sie hatten damals vereinbart, dass er für den Lebensunterhalt des Jungen aufkommen und Augellos Schwester monatlich einen bestimmten Geldbetrag überweisen würde.

Er hatte in der Bank einen Dauerauftrag eingerichtet, der über Jahre lief.

Doch je älter François wurde, desto mehr kam sein schwieriger Charakter zum Tragen. Er neigte zu Handgreiflichkeiten und war ungehorsam, mit nichts zufrieden und immer missmutig. Lernen wollte er nicht, dabei war er äußerst intelligent. In der ersten Zeit hatten Montalbano und Livia den Jungen regelmäßig besucht, später immer seltener und irgendwann gar nicht mehr. François wiederum hatte sich geweigert, Livia in Vigàta zu besuchen, wenn sie ein paar Tage aus Boccadasse gekommen war.

Es war offenkundig, dass er unter seiner Situation litt und sich vielleicht sogar verstoßen fühlte, als sie ihn nicht adoptierten. Ein paar Tage nach seinem einundzwanzigsten Geburtstag teilte Mimì Augello dem Commissario mit, dass der Junge abgehauen war.

Sie suchten ihn überall, aber er blieb wie vom Erdboden verschluckt. Schließlich gaben sie auf.

Jetzt war er fünfundzwanzig. Weiß der Himmel, wohin es ihn verschlagen hatte.

Aber was nützte es, in der Vergangenheit herumzustochern? Die Sache war nun einmal schiefgelaufen und nicht wiedergutzumachen.

Während er so über François nachdachte, bekam er einen Kloß im Hals, den er mit dem letzten Drittel Whisky im Glas hinunterspülte.

Im Morgengrauen entdeckte er am Horizont einen stattlichen Dreimaster, der auf den Hafen zusteuerte.

Da beschloss er, endlich schlafen zu gehen.

Beim Aufwachen wusste er sofort, dass dies nicht sein Tag war. Verdrießlich öffnete er das Fenster. Wie zur Bestätigung war der Himmel dunkel und mit grauen Wolken überzogen.

Catarella passte ihn ab, als er das Kommissariat betrat.

»Dottori, verzeihen Sie, aber da wartet ein Signore.«

»Was will er?«

»Er will eine tätliche Anzeige wegen einem bewaffneten Raubüberfall erstatten.«

»Ist Augello denn nicht da?«

»Er hat angerufen, dass er später kommt.«

»Und Fazio?«

»Fazio ist zur Contrada Casuzza gefahren.«

»Hat man schon wieder einen Sarg gefunden?«

Catarella sah ihn mit großen Augen an.

»Nein, Dottori, aber zwei Jäger sind sich ganz fürchterlich ins Gehege gekommen, und einer von den beiden, ich weiß nicht, ob der erste oder der zweite, hat auf den anderen geschossen, und infolgedessen kann ich auch nicht sagen, ob der erste oder der zweite einen Streifschuss am Bein abbekommen hat.«

»Na gut. Wie hast du gesagt, heißt dieser Signore?«

»Ich weiß es nicht mehr genau, Dottori. Entweder di Maria oder di Maddalena, eines von beiden.«

»Ich heiße di Marta. Salvatore di Marta«, sagte der Mann, ein glatzköpfiger, perfekt rasierter, gut gekleideter und parfümierter Fünfzigjähriger.

Martha, Maria und Magdalena, die drei Frauen unterm Kreuz. Catarella hatte danebengelegen, wie üblich, aber er war der Sache ziemlich nahegekommen.

»Nehmen Sie Platz, Signor di Marta. Was haben Sie auf dem Herzen?«

»Ich möchte einen Raubüberfall zur Anzeige bringen, einen bewaffneten Raubüberfall.«

»Schildern Sie mir den genauen Hergang.«

»Gestern Abend war meine Frau Loredana kurz nach Mitternacht auf dem Weg nach Hause ...«

»Verzeihung, wenn ich Sie unterbreche. Wurden *Sie* überfallen oder Ihre Frau?«

»Meine Frau.«

»Und warum ist sie nicht selbst gekommen, um Anzeige zu erstatten?«

»Ach, wissen Sie, Dottore, Loredana ist noch sehr jung, noch keine einundzwanzig ... Die Sache hat ihr sehr zugesetzt, sie hat, glaube ich, sogar leichtes Fieber ...«

»Ich verstehe. Fahren Sie fort.«

»Es war spät geworden, weil sie ihre Busenfreundin besucht hatte, die war nämlich krank. Und sie hat es nicht übers Herz gebracht, gleich wieder zu gehen ...«

»Natürlich.«

»Nun, jedenfalls ist Loredana in den Vicolo Crispi eingebogen, eine kaum beleuchtete Straße, und da hat sie einen Mann reglos am Boden liegen sehen. Sie hat angehalten und ist ausgestiegen, um ihm zu helfen, aber da ist der Mann aufgesprungen, hat sie gezwungen, wieder einzusteigen, und sich neben sie gesetzt. Er hatte etwas in der Hand, das aussah wie eine Pistole, sagt Loredana. Und dann ...«

»Einen Moment. Wie hat er sie gezwungen? Hat er sie mit der Pistole bedroht?«

»Ja, und er hat sie auch am Arm gepackt. So fest, dass sie einen blauen Fleck bekommen hat. Er muss äußerst brutal gewesen sein. Sie hat auch blaue Flecken an der Schulter, weil er sie ins Auto gestoßen hat.«

»Hat er irgendetwas gesagt?«

»Der Angreifer? Nein.«

»War er vermummt?«

»Ja, er trug eine Binde über Nase und Mund. Loredana hatte ihre Handtasche im Wagen liegen. Er hat das Geld herausgenommen, den Autoschlüssel gezogen und auf die Straße geschleudert. Und dann...«

Dem Mann war es sichtlich unangenehm weiterzusprechen.

»Und dann?«

»Dann hat er sie geküsst. Oder besser gesagt, in die Lippen gebissen. Man sieht noch die Spuren.«

»Wo wohnen Sie, Signor di Marta?«

»Im Neubaugebiet I Tre Pini.«

Montalbano kannte die Gegend. Und irgendetwas an der Geschichte stimmte nicht.

»Entschuldigen Sie, haben Sie nicht gesagt, dass der Überfall im Vicolo Crispi erfolgte?«

»Ja. Ich weiß, was Sie meinen. Aber sehen Sie, als ich nach Hause gefahren bin, habe ich es nicht mehr geschafft, die Tageseinnahmen aus dem Supermarkt zu meiner Bank zu bringen. Ich habe das Geld Loredana gegeben und sie gebeten, es auf dem Weg zu ihrer Freundin im Nachttresor zu deponieren. Aber sie hat es vergessen. Erst auf dem Rückweg ist es ihr wieder eingefallen. Und deshalb musste sie diesen Umweg machen, wo dann...«

»Dann hatte die Signora also viel Geld in ihrer Handtasche?«

»Ziemlich viel, ja. Sechzehntausend Euro.«

»Und der Räuber hat sich mit dem Geld begnügt?«

»Er hat sie auch geküsst! Zum Glück hat er sich mit einem Kuss begnügt, auch wenn der sehr brutal war.«

»Ich meine etwas anderes. Trägt Ihre Frau Schmuck?«

»Ja. Eine Kette, Ohrringe, zwei Ringe ... eine Armbanduhr von Cartier ... lauter wertvolle Sachen. Und natürlich den Ehering.«

»Und der Angreifer hat ihr das alles gelassen?«

»Ja.«

»Haben Sie ein Foto von der Signora?«

»Selbstverständlich.«

Er zog es aus seinem Portemonnaie und reichte es dem Commissario. Montalbano betrachtete es und gab es ihm zurück.

Fazio trat ein.

»Du kommst wie gerufen. Signor di Marta möchte einen bewaffneten Raubüberfall melden. Du gehst mit ihm rüber und nimmst seine Anzeige auf. Auf Wiedersehen, Signor di Marta. Wir werden uns bald bei Ihnen melden.«

Aber wie kann ein über fünfzigjähriger Mann bloß eine Zwanzigjährige heiraten? Noch dazu nicht irgendeine, sondern ein so bildhübsches Ding wie diese Loredana.

Machte dieser di Marta sich denn keine Gedanken darüber, dass seine Frau, wenn er selbst siebzig war, gerade mal auf die vierzig zuging, also immer noch begehrenswert war und noch etwas vom Leben haben wollte?

Gut, er hatte die Nacht damit verbracht, seine Einsamkeit zu beklagen. Aber eine solche Ehe würde das Übel nicht bekämpfen, sondern nur noch verschlimmern.

Eine Viertelstunde später kam Fazio herein.

»Welcher Supermarkt gehört ihm denn?«

»Der größte Supermarkt von Vigàta, Dottore. Er hat vor einem Jahr eine seiner Verkäuferinnen geheiratet. Die Leute sagen, sie hat ihm den Kopf verdreht.«

»Nimmst du ihm die Geschichte ab?«

»Nein. Und Sie?«

»Ich auch nicht.«

»Stellen Sie sich vor: ein Dieb, der nur das Geld klaut und den Schmuck nicht anrührt!«

»Kann ich mir nicht vorstellen. Aber vielleicht denken wir in die falsche Richtung.«

»Sie glauben also an einen edlen Dieb?«

»Nein. Aber es könnte doch sein, dass ein armer Schlucker in seiner Verzweiflung zum Dieb wird, aber nicht weiß, wem er den Schmuck verkaufen soll.«

»Wie soll ich vorgehen?«

»Ich möchte alles über diese Loredana di Marta wissen. Wie ihre Busenfreundin heißt und wo sie wohnt, welche Gewohnheiten sie hat, was für Freunde ... alles.«

»In Ordnung. Soll ich Ihnen von dem Streit unter Jägern in der Contrada Casuzza erzählen?«

»Nein. Von der Contrada Casuzza will ich nichts hören.«

Fazio sah ihn verständnislos an.

Drei

Als Fazio gegangen war, nahm der Commissario seine bürokratische Tätigkeit wieder auf und zeichnete Akten ab. Dann war es Gott sei Dank Zeit fürs Mittagessen.

»Gestern haben Sie mich versetzt«, meinte Enzo vorwurfsvoll, als Montalbano die Trattoria betrat.

»Ich hab zu Hause gegessen. Adelina hat mir was gekocht«, erwiderte der Commissario schnell, um eine Eifersüchtelei gar nicht erst aufkommen zu lassen. Der Wirt hielt sich nämlich viel darauf zugute, dass der Commissario sein Stammgast war.

Di Martas Geschichte hatte, wie es schien, seine schlechte Laune vertrieben. Dieser Signor di Marta hatte es ja geradezu darauf angelegt, dass seine Frau ihn betrog. Nicht dass Montalbano sich über das Unglück anderer Leute freute, aber manchmal ...

»Was bringst du mir?«

»Was immer Sie wünschen.«

Und der Commissario ließ seinen Wünschen freien Lauf. Er bestellte alles, was sein Herz begehrte, und bald füllte sich sein Tisch mit den herrlichsten Köstlichkeiten. Von einigen bestellte er sogar eine zweite Portion. Am Ende hatte er Mühe, vom Stuhl hochzukommen.

Der Spaziergang bis zum Ende der Mole war daher uner-lässlich, auch wenn er ganz gemächlich einen Fuß vor den anderen setzte.

Der stattliche Dreimaster, den er im Morgengrauen auf den Hafen hatte zusteuern sehen, war jetzt an der Stelle vertäut, wo allabendlich um acht Uhr die Fähre anlegte. Er würde also beizeiten den Anker lichten müssen.

Zwei Seeleute mit Eimern und Besen waren damit be-schäftigt, das Deck zu reinigen. Von der Mannschaft war sonst niemand zu sehen, auch von den Passagieren nicht. Am Heck stand der Name des Segelschiffs: *Veruschka*. Es segelte unter einer Flagge, die er nicht kannte. Aber wie viele Schiffe reicher Italiener fuhren denn schon unter ita-lienischer Flagge? Montalbano erinnerte sich vage an eine Veruschka, die vor vielen Jahren ein berühmtes Model ge-wesen war.

Wie gewöhnlich ließ er sich auf dem flachen Felsen unter-halb des Leuchtturms nieder und zündete sich eine Ziga-rette an.

Ein Stück entfernt auf dem Felsen saß bewegungslos ein Krebs, der ihn fest in den Blick genommen hatte.

War es in all den Jahren immer derselbe Krebs, den er gele-gentlich damit ärgerte, dass er ihn mit Steinchen bewarf? Oder gehörte er zu einer Familie von Krebsen, die diese Tradition vom Vater an den Sohn weitergab?

»Hör zu, mein Junge. Fast jeden Tag nach dem Mittagessen kommt Commissario Montalbano hierher, der gern ein bisschen mit uns spielt. Sei nachsichtig mit ihm und lass ihn sich einfach austoben. Er ist ein armer einsamer Kerl, der niemandem etwas zuleide tut.«

Montalbano erwiderte den Blick und sagte:

»Danke, lieber Krebs, aber heute hab ich keine Lust. Entschuldige.«

Der Krebs kroch seitwärts bis zum Rand der Klippe und ließ sich ins Wasser gleiten.

Wie gern wäre Montalbano bis zum Sonnenuntergang so sitzen geblieben. Aber er musste ins Kommissariat zurück. Seufzend stand er auf und trat den Rückweg an.

Kaum hatte er den Dreimaster erreicht, sah er drei Taxis heranfahren, die hintereinander auf Höhe des Schiffes stehen blieben. Die Passagiere hatten offenbar den Wunsch, die griechischen Tempel zu besichtigen.

Den ganzen Nachmittag quälte er sich damit, sinnlose Dokumente abzuzeichnen, und langweilte sich dabei zu Tode. Aber es war unumgänglich, nicht um einer Pflicht zu genügen, sondern weil die Erfahrung ihn gelehrt hatte: Unerledigte Schreiben wussten sich subtil zu rächen, indem sie sich um mindestens zwei weitere vermehrten. In dem einen wurde er um eine Erklärung dafür gebeten, dass er den bereits erhaltenen Brief nicht abgezeichnet hatte; in dem anderen schickte man ihm eine Kopie für den Fall, dass er ihn nicht erhalten hatte.

Gegen neunzehn Uhr kehrte Fazio zurück, enttäuscht wie ein Jäger, der mit leeren Händen nach Hause kommt.

»Dottore, ich hab die Angaben zu Loredana di Marta.«

»Lass hören.«

»Viel ist es nicht. Ihr Mädchenname ist La Rocca, sie ist die Tochter von Giuseppe La Rocca und Caterina Sileci, geboren in ...«

Er schwelgte wieder in seiner Obsession, sämtliche im Einwohnermeldeamt verzeichneten Personalien herunterzubeten. Wenn Montalbano ihm nicht sofort Einhalt gebot, war Fazio imstande, auch noch Name und Geburtsdatum der Urgroßeltern dieser Loredana herunterzuleiern. Er sah ihn drohend an.

»Es reicht. Und ich warne dich: Wenn du deinem meldeamtlichen Fimmel weiter freien Lauf lässt, schwöre ich dir, dass ich ...«

»Entschuldigung, kommt nicht wieder vor. Ich wollte nur noch sagen, dass diese Loredana vor ihrer Heirat mit di Marta mit einem gewissen Carmelo Savastano befreundet war. Da war sie fünfzehn und er etwas über zwanzig. Dieser Savastano ist ein zwielichtiger Kerl, ein Tunichtgut, in den sie sich aber offenbar unsterblich verliebt hatte.«

»Und warum hat sie ihn dann verlassen und di Marta geheiratet?«

Fazio zuckte die Schultern.

»Was weiß ich. Aber es kursieren Gerüchte.«

»Nämlich?«

»Dass di Marta mit Savastano einen Deal geschlossen hat.«

»Ich kann dir nicht ganz folgen. Hat er zu Savastano gesagt, dass er das Mädchen verlassen soll?«

»So heißt es.«

»Und Savastano hat sich darauf eingelassen?«

»Sissignori.«

»Vermutlich hat er dafür einen Batzen Geld bekommen.«

»Gutes Zureden allein hat mit Sicherheit nicht gereicht.«

»Dann hat dieser di Marta ihm das Mädchen praktisch abgekauft. Was sagen die Leute über sie?«

»Es gibt kein Gerede. Sie gilt als anständige junge Frau, absolut untadelig. Sie geht nur mit ihrem Mann aus. Oder besucht ihre Freundin.«

»Weißt du, wie sie heißt, diese Freundin?«

»Ja. Valeria Bonifacio. Sie wohnt in einem Einfamilienhaus in der Via Palermo 28.«

»Verheiratet?«

»Ja. Mit einem Schiffskapitän, der monatelang auf hoher See ist.«

»Dann war es also tatsächlich ein bewaffneter Raubüberfall.«

»Sieht so aus.«

»Und wir müssen den Täter fassen.«

»Das wird nicht leicht.«

»Bestimmt nicht.«

Als Fazio gegangen war, kam ihm eine Idee. Er rief Adelina an, seine Haushälterin.

»Was ist, Dottori? Ist was passiert?«

»Nichts, Adelì, keine Sorge. Ich möchte mit deinem Sohn Pasquali sprechen.«

»Der ist nicht da. Ich sag ihm, er soll sich bei Ihnen melden, wenn er nach Hause kommt.«

»Nein, Adelì, ich muss gleich weg und bin heute Abend nicht in Marinella. Er soll mich morgen Vormittag im Kommissariat anrufen.«

»Wie Sie wollen.«

Pasquali war ein Kleinkrimineller, den seine Wohnungseinbrüche regelmäßig in den Knast brachten. Montalbano hatte seinen Sohn übers Taufbecken gehalten, und dem Commissario zu Ehren hatte er ihm den Namen Salvo gegeben. Ab und zu, wenn Montalbano ihn darum bat, lieferte Pasquali ihm ein paar nützliche Informationen.

Warum war der Rollladen der Kunstgalerie fast ganz heruntergelassen?

Es war doch erst fünf vor acht. Hatte Marian etwa vergessen, dass sie verabredet waren?

Enttäuscht klingelte er. Doch schon im nächsten Augenblick hörte er ihre Stimme:

»Schieben Sie den Rollladen hoch und kommen Sie rein.«

Als Erstes fiel ihm auf, dass keine Bilder mehr an den Wänden hingen.

Aber ihm blieb keine Zeit, etwas zu sagen, denn Marian stürmte auf ihn zu, umarmte ihn innig und drückte ihm einen Kuss auf die Lippen. Dann trat sie lachend einen Schritt zurück und drehte sich einmal um sich selbst.

»Was ist passiert?«

»Ich habe alle Bilder verkauft! Alle auf einmal! Kommen Sie.«

Sie nahm ihn an der Hand, zog ihn ins Büro und bot ihm einen Sessel an. Dann holte sie eine Flasche Champagner aus einem kleinen Kühlschrank.

»Den habe ich extra gekauft, zur Feier des Tages. Ich möchte mit Ihnen anstoßen. Machen Sie ihn auf.«

Montalbano entkorkte die Flasche, während Marian zwei Gläser holte.

Sie prosteten einander zu. Montalbano freute sich, dass sie sich freute.

Jetzt spitzte Marian die Lippen, und Montalbano drückte einen ausgesprochen keuschen Kuss darauf. Dann setzte sie sich in den anderen Sessel.

»Ich bin glücklich.«

Das Glück machte sie noch schöner.

»Erzählen Sie mir, wie Sie das geschafft haben.«

»Wollen wir uns nicht duzen?«

»Gern. Also, erzähl: Wie hast du das geschafft?«

»Heute Vormittag, so gegen halb elf, kam eine elegant gekleidete Signora vorbei, ungefähr in meinem Alter. Sie hat sich eine Stunde lang die Bilder angeschaut, dann hat sie sich bedankt und ist wieder gegangen.«

»Eine Italienerin?«

»Glaub ich nicht. Sie hat zwar perfekt Italienisch gesprochen, aber mit deutschem Akzent, glaube ich. Nach einer Viertelstunde ist sie mit einem sechzigjährigen Herrn wiedergekommen, einem beleibten, sehr distinguierten Signore. Er hat sich als Ingegnere Osvaldo Pedicini vorgestellt und gesagt, seine Frau habe die Absicht, die ausgestellten Bilder en bloc zu kaufen. Ich dachte, mich trifft der Schlag.«

»Und dann?«

»Hat er mich nach dem Preis gefragt. Ich habe kurz alles durchgerechnet und ihm dann gesagt, was ich für die Bilder haben will. Ich hatte erwartet, dass er anfangen würde zu feilschen, aber er hat keine Miene verzogen. Er sagte nur, dass er den Kauf schnell abwickeln wolle. Also hab ich die Galerie abgesperrt, und wir sind zum Credito Siciliano gegangen. Er hat mit dem Bankdirektor gesprochen, und dann haben die beiden herumtelefoniert. Ich hab mich unter einem Vorwand verabschiedet und erst mal einen Cognac getrunken, weil ich so wacklige Knie hatte. Als ich zurückkam, haben der Direktor und der Ingegnere mich für drei Uhr noch mal in die Bank bestellt.«

»Und was hast du dann gemacht?«

»Nichts. Ich war zu nichts imstande. Ich war völlig durch den Wind, ich konnte es gar nicht fassen. Also bin ich hergekommen und hab mich hier in diesen Sessel gesetzt. Nicht mal Hunger hatte ich. Nur wahnsinnigen Durst. Um drei bin ich dann wieder zur Bank. Pedicini war allein da, ohne seine Frau. Der Direktor hat mir versichert, alles sei in Ordnung. Das Geld würde zwar erst morgen auf meinem Konto sein, ich hätte es aber so gut wie in der Kasse. Dann sind wir zur Galerie zurück, vor der schon drei Taxis standen. Zwei Seeleute haben die Gemälde unter Pedicinis Anleitung in Kisten gepackt. Um achtzehn Uhr war alles vorbei.«

Sie füllte erneut die Gläser, setzte sich wieder und streckte ein Bein in Montalbanos Richtung.

»Zwick mich.«

»Warum?«

»Damit ich weiß, dass ich nicht träume.«

Montalbano beugte sich vor und streckte den Arm aus. Dann kniff er sie sehr dezent in die Wade, zog die Hand aber sofort wieder zurück, als hätte er sich verbrannt. Durch Marians Körper fuhr eine prickelnde Erregung. Die Berührung war ihr unter die Haut gegangen, sie vibrierte vor unbändiger Energie.

»Das hab ich alles dir zu verdanken«, sagte sie.

»Mir?!«

»Ja. Du hast mir Glück gebracht.«

Sie stand auf, setzte sich auf die Lehne von Montalbanos Sessel und legte ihm einen Arm um die Schulter.

Ihrem Körper entströmten Wärme und ein wohliger Duft.

Dem Commissario brach der Schweiß aus.

Er musste an die frische Luft, um die innere Spannung zu lösen, die von Sekunde zu Sekunde bedrohlicher wurde.

»Und, hast du denn jetzt Hunger?«

»O ja. Großen Hunger.«

»Dann sag mir doch, wo du gern hin…«

»Zuerst trinken wir die Flasche leer.«

Marian hatte offenkundig andere Pläne.

»Hast du deinem Bruder die Neuigkeit schon mitgeteilt?«

Die Antwort kam prompt.

»Nein.«

»Warum nicht?«

»Weil Enrico und meine Schwägerin dann sofort hergekommen wären.«

»Und?«

Sie antwortete nicht.

»Willst du sie denn nicht sehen?«, fragte Montalbano weiter.

»Nicht heute Abend.«

Das war überdeutlich! Montalbano hielt es für besser, dem Lauf der Dinge Einhalt zu gebieten, bevor sie allzu kompliziert wurden.

Zunächst einmal musste er aufpassen, dass er nicht zu viel trank.

»Hör zu, Marian, wir können die Flasche nicht austrinken.«

»Wer verbietet es uns?«

»Wir müssen noch Auto fahren.«

»Ach so, ja«, sagte sie enttäuscht und schnitt eine Grimasse. »Schade. Entschuldige mich einen Moment.«

Sie stand auf und öffnete eine kleine Tür. Montalbano erhaschte einen Blick auf das Bad. Sie verschwand darin.

Der Moment dauerte eine halbe Stunde. Dann erschien Marian, perfekt geschminkt und frisch wie eine Rose.

»Was möchtest du gern essen?«, fragte der Commissario.

»Ich richte mich ganz nach dir.«

»Wir fahren besser mit zwei Autos. Meines steht vor der Tür.«

»Meines auch. Ach ja, eins noch: Ich geh nur unter einer Bedingung mit dir essen.«

»Und die wäre?«

»Ich lade dich ein, schließlich hab ich was zu feiern.«

»Das ist doch Quatsch.«

»Dann komm ich nicht mit.«

Marian meinte es offenbar ernst, sie wirkte fest entschlossen.

Montalbano hatte keine Lust auf lange Diskussionen.

»Also gut.«

Sie traten ins Freie. Der Commissario half Marian, den Rollladen zu schließen, dann deutete sie auf einen grünen Panda.

»Das ist mein Auto.«

»Du fährst am besten hinter mir her«, sagte Montalbano und ging auf seinen Wagen zu.

Er wollte sie in die Trattoria am Meer bringen, die eine große Auswahl an Antipasti hatte, aber er nahm zweimal die falsche Abzweigung. Irgendwann gab er auf, er wusste nicht mehr, wo er war und in welche Richtung er musste. Er hielt an, und Marian fuhr an seinen Wagen heran.
»Findest du den Weg nicht?«
»Nein.«
»Wo müssen wir denn hin?«
»Zu dem Restaurant mit den Antipasti ...«
»Das kenn ich. Fahr mir nach.«
Eine schöne Blamage!
Zehn Minuten später saßen sie am Tisch.
»Du warst schon mal mit deinem Bruder hier, oder?«, fragte Montalbano.
»Nein. Mit jemand anderem«, erwiderte sie knapp. Dann sagte sie: »Ich möchte alles von dir wissen. Warum hast du keine Frau? Bist du geschieden? Fest liiert?«
Das war seine Chance. Er packte sie beim Schopf und erzählte ausführlich von Livia, und als er fertig war, gab Marian keinen Kommentar.
Voll Freude sah der Commissario, dass sie mit großem Appetit aß und nichts auf ihrem Teller liegen ließ.
Sie erzählte ihm von ihrer gescheiterten Ehe und von den Schwierigkeiten, bis die Scheidung endlich durch gewesen war.
»Wenn du dich in einen anderen Mann verlieben würdest, würdest du dann noch einmal heiraten?«

»Auf keinen Fall«, sagte sie mit Nachdruck.

Sie lächelte.

»Du bist ganz schön gerissen. Man merkt, dass du ein Bulle bist.«

»Ich versteh nicht ganz.«

»Du hast einen Hintergedanken bei deinem Verhör.«

»Tatsächlich? Und der wäre?«

»Du willst wissen, ob es nach der Scheidung andere Männer in meinem Leben gegeben hat. Ja, gab es, aber das waren Affären ohne jede Bedeutung. Zufrieden?«

Montalbano antwortete nicht.

Plötzlich sagte sie:

»Ich muss morgen verreisen, was ich sehr bedaure. Aber vorher geh ich noch bei meiner Bank vorbei und schaue, ob alles in Ordnung ist. Wir werden uns eine Woche lang nicht sehen.«

»Wohin fährst du?«

»Nach Mailand.«

»Zu deinen Eltern?«

»Die sehe ich dann natürlich auch. Aber der eigentliche Grund der Reise ist, dass Pedicini mir einen interessanten Vorschlag gemacht hat.«

»Verrätst du mir, welchen?«

»Aber natürlich, das ist doch kein Geheimnis. Er möchte, dass ich ihm ein wertvolles Gemälde aus dem 17. Jahrhundert beschaffe, bis er und seine Frau in vierzehn Tagen noch einmal nach Vigàta kommen. Er hat mir den Namen eines Galeristen in Mailand genannt, ein Freund von ihm, der mir dabei helfen könnte. Bedauerst du auch, dass ich wegmuss?«

»Ein bisschen.«

»Nur ein bisschen?«

Montalbano entschied sich für ein Ausweichmanöver.

»Entschuldige bitte, aber das versteh ich nicht.«

»Was?«

»Wenn Pedicini mit einem Galeristen befreundet ist, warum braucht er dann dich als Vermittlerin?«

»Pedicini hat gesagt, dass er nicht einmal vor diesem Freund als Käufer in Erscheinung treten möchte.«

Und dann, während sie ihm über den Handrücken strich:

»Ich hab Lust, mich zu betrinken.«

»Das geht nicht, du musst noch Auto fahren.«

»Uff! Dann zahle ich sofort, und wir gehen. Wir sind doch fertig, oder? Ich bringe nicht mal mehr eine Muschel hinunter.«

Montalbano winkte den Kellner herbei.

»Möchtest du nach Hause?«

»Nein.«

»Wohin dann?«

»Zu dir. Hast du was zu trinken?«

»Whisky.«

»Sehr gut. Außerdem möchte ich deine Gemälde sehen.«

»Ich habe keine Gemälde, nur Stiche und Zeichnungen.«

»Auch recht.«

Die Veranda versetzte sie in Ekstase.

»Gott, wie schön das hier ist!«

Sie ließ sich auf der Bank nieder und winkte Montalbano ungeduldig, sich neben sie zu setzen.

»Wolltest du nicht meine …«

»Später. Komm her.«

Die Situation war, wie sie war. Er konnte nur ein wenig Zeit herausschinden.

»Ich hole den Whisky.«

Er kam mit einer vollen Flasche und zwei Gläsern zurück.

»Möchtest du Eis?«

»Nein. Setz dich.«

Er setzte sich und griff nach der Flasche, um sie aufzuschrauben, kam aber nicht dazu, weil Marian ihn umarmte und küsste. Es war ein langer Kuss.

Dann legte sie den Kopf an seine Schulter. Montalbano schenkte ein halbes Glas Whisky ein und reichte es ihr.

Sie nahm es nicht.

»Mir ist die Lust vergangen, mich zu betrinken. Ich behalte lieber einen klaren Kopf.«

An ihrer Stelle trank Montalbano. Er leerte das halbe Glas in zwei Schlucken, um der geistigen und körperlichen Verwirrung Herr zu werden, die der Kuss in ihm ausgelöst hatte.

Aber er spürte, dass Marian unruhig war. Sie stand auf.

»Lass mich durch.«

Montalbano erhob sich, und als sie vor ihm stand, nahm sie seine Hand und zog ihn an sich.

Sie verließen die Veranda. Marian entledigte sich ihrer Schuhe. Hand in Hand gingen sie zum Strand hinunter bis ans Wasser. Dort ließ sie seine Hand los und lief lachend am Ufer entlang.

Montalbano versuchte, sie einzuholen, aber sie war zu schnell, und er gab auf.

Marian verschwand in der Dunkelheit.

Der Commissario machte kehrt und trat den Rückweg an.

Er hörte sie nicht kommen.

Aber plötzlich wurde er an der Hüfte gepackt und umgedreht. Sie presste sich an ihn, keuchend und erregt, und murmelte ihm ins Ohr:

»Bitte, bitte. Ich schwöre, dass ich dich danach nicht...«

Jetzt war es Montalbano, der ihre Hand nahm und mit ihr auf sein Haus zulief.

Vier

Er war schlagartig wach. Im Morgenlicht, das zwischen
den Lamellen der Fensterläden ins Zimmer sickerte, warf
er einen Blick auf die Uhr. Sieben. Und jetzt fiel ihm auch
wieder ein, was geschehen war. Eine tiefe Verwirrung ergriff ihn. Wenn er sonst »am Tag danach« wach geworden
war, hatten ihn Scham- und Schuldgefühle geplagt. Dieses Mal nicht, dieses Mal war es anders. In der Nacht war
etwas Unerwartetes zwischen ihnen geschehen, und das
machte ihm Angst. Er setzte sich auf. Das Bett neben ihm
war leer, trostlos leer wie fast jeden Morgen.

Er legte sich wieder hin, schloss die Augen und seufzte,
unfähig, auch nur ein klein wenig Ordnung in seine ver-
worrenen Gefühle zu bringen und einen klaren Gedanken
zu fassen.

Marian war offensichtlich aufgestanden und ins Bad gegangen, hatte sich angezogen und war verschwunden,
ohne dass er etwas davon mitbekommen hatte. Er hatte
wie ein Stein geschlafen.

Ein Zyklon war über ihn hinweggefegt, ein tropischer
Wirbelsturm, von dem er sich im höchsten der Gefühle
hatte davontragen lassen. Anschließend war er völlig ent-
kräftet gewesen, atemlos wie ein Schiffbrüchiger, der nach

verzweifeltem Kampf mit den Fluten am rettenden Ufer niedersinkt.

Er verspürte einen Anflug von Stolz. Meine Güte, in Anbetracht der Jahre, die er auf dem Buckel hatte, konnte er doch eigentlich …

Aber jetzt war es auch für ihn Zeit aufzustehen.

Da stieg ihm der Duft von frisch gebrühtem Espresso in die Nase.

Warum war Adelina heute schon so früh da?

»Adelì!«

Keine Antwort. Er hörte Schritte, die näher kamen.

Und dann stand Marian vor ihm, fertig zum Gehen, eine Tasse Espresso in der Hand.

Ihr Anblick schlug ihn in Bann. Und das Gefühl, das ihm solche Angst machte, kehrte vehement und unausweichlich zurück.

Marian stellte die Tasse auf das Nachttischchen, schenkte ihm ein glückseliges Lächeln und beugte sich hinunter, um ihn zu küssen.

»Buongiorno, Commissario. Es ist schon erstaunlich, ich bewege mich in deinem Haus, als würde ich es seit langem kennen.«

Montalbanos Körper reagierte völlig selbstständig, ohne dass sein Gehirn auch nur im Geringsten daran beteiligt war.

Er sprang aus dem Bett und umarmte Marian mit neu entfachtem Verlangen, voller Zärtlichkeit und Dankbarkeit.

Sie erwiderte seine Küsse leidenschaftlich, doch nach einer Weile löste sie sich von ihm.

»Genug jetzt, ich bitte dich«, sagte sie bestimmt.

Montalbanos Körper gehorchte.

»Glaub mir«, sagte Marian, »ich würde wahnsinnig gern bleiben, aber jetzt muss ich wirklich los. Ich bin ohnehin spät dran. Ich werde versuchen, so schnell wie möglich zurückzukommen ...«

Sie zog ihr Handy aus der Jackentasche.

»Gib mir alle deine Telefonnummern, ich ruf dich heute Abend aus Mailand an.«

Montalbano begleitete sie zur Tür.

Er hatte noch kein Wort herausgebracht, die Gefühle hatten ihn so überwältigt, dass er nicht sprechen konnte. Sie schlang die Arme um seinen Hals, sah ihm tief in die Augen und sagte:

»Ich hätte nicht gedacht, dass ...«

Damit drehte sie sich um, öffnete die Haustür und verschwand.

Montalbano, splitternackt, steckte nur den Kopf hinaus. Er sah sie einsteigen und davonfahren.

Während er ins Schlafzimmer zurückging, erschien ihm das Haus noch leerer als zuvor.

Marian fehlte ihm jetzt schon. Er warf sich auf die Seite des Betts, auf der sie geschlafen hatte, und tauchte das Gesicht in das Kissen, um den Geruch ihrer Haut in sich aufzunehmen.

Er war kaum fünf Minuten im Büro, als das Telefon klingelte.

»Dottori, in der Leitung hätte ich den Sohn von Ihrer Haushälterin, von der Ihrigen nämlichen Adilina.«

»Stell ihn durch.«

»Buongiorno, Dottore Montalbano. Hier ist Pasquali. Meine Mutter hat gesagt, Sie wollen mich sprechen. Was gibt's?«

»Wie geht es Salvo, meinem Patenkind?«

»Er wächst und gedeiht, dass es eine Freude ist.«

»Ich bräuchte eine Information.«

»Wenn ich Ihnen helfen kann ...«

»Du weißt nicht zufällig etwas von einem Dieb, der mit einer Waffe in der Hand im Vicolo Crispi einer Signora das Geld, aber nicht den Schmuck abgenommen hat? Und der sie obendrein auch noch geküsst und ...«

»Er hat sie geküsst!?«

»Ganz genau.«

»Und sonst hat er ihr nichts getan?«

»Nein.

»Das wundert mich aber.«

»Hast du davon gehört?«

»Nein, darüber weiß ich nichts. Aber wenn Sie wollen, hör ich mich mal um.«

»Damit würdest du mir einen Gefallen tun.«

»Ich erkundige mich und melde mich dann, Dottore.«

Mimì Augello und Fazio kamen gemeinsam herein.

»Gibt es Neuigkeiten?«, fragte der Commissario.

»Ja«, sagte Augello. »Gestern Abend, fünf Minuten nachdem du weg warst, ist ein gewisser Gaspare Intelisano aufgetaucht, um Anzeige zu erstatten.«

»Weswegen?«

»Das ist ja das Rätselhafte. Normalerweise erstattet jemand Anzeige, wenn ihm die Tür aufgebrochen wurde, aber in dem Fall war es genau umgekehrt.«

»Ich versteh kein Wort.«

»Eben. Die Sache erschien mir so seltsam und verwickelt, dass ich es für sinnvoller hielt, wenn er heute Vormittag selbst mit dir spricht. Er ist schon hier und wartet auf dich.«

»Dann gib mir wenigstens ein paar Anhaltspunkte!«

»Glaub mir, es ist besser, wenn du es von ihm selbst hörst.«

»Also gut.«

Fazio verschwand und kehrte mit Intelisano zurück.

Der Mann war um die fünfzig, groß und hager, mit weißem Ziegenbärtchen, Hose und Jacke aus abgewetztem grünem Samt und schweren Arbeitsschuhen. Er war sichtlich nervös.

»Setzen Sie sich und erzählen Sie mir alles.«

Intelisano ließ sich ganz vorn auf der Stuhlkante nieder. Mit einem Taschentuch so groß wie ein Bettlaken wischte er sich den Schweiß von der Stirn. Mimì nahm ihm gegenüber, Fazio am Computertisch Platz.

»Soll ich mitschreiben?«, fragte Fazio.

»Lass uns erst einmal hören, was Signor Intelisano zu erzählen hat«, antwortete Montalbano und schaute den Mann an.

Der seufzte, trocknete sich erneut die Stirn und fragte dann:

»Soll ich damit anfangen, wie ich heiße und wann ich geboren bin...?«

»Nein. Erzählen Sie zuerst einmal, worum es geht.«

»Signor Commissario, ich möchte vorausschicken, dass ich drei große Stück Land besitze, die ich von meinem

Vater geerbt habe. Darauf baue ich vor allem Weizen und Wein an. Ich behalte die Felder nur wegen meinem Vater, Gott hab ihn selig, denn ich muss mehr reinstecken, als ich raushole. Eines liegt in der Contrada Spiritu Santo, und ich hab nur Scherereien damit.«

»Warum? Bringt es keinen Ertrag?«

»Die eine Hälfte schon, da habe ich Weizen und Ackerbohnen gesät. Auf der anderen Hälfte wächst nichts. Das Ärgerliche ist, dass die Grenze zwischen der Gemeinde Vigàta und der Gemeinde Montelusa mitten durch diesen Acker verläuft. Es gibt also zwei verschiedene Grundbucheinträge, und deshalb kommt es immer wieder zu Problemen mit der Grundsteuer, den Kommunalabgaben und so weiter. Verstehen Sie?«

»Ja. Fahren Sie fort.«

»Auf dem unfruchtbaren Stück Land bin ich fast nie. Warum auch? Da stehen nur ein paar Bittermandelbäume und ein Häuschen mit einem maroden Dach; es hat nicht mal mehr eine Tür. Aber gestern früh, auf dem Weg zum Acker, musste ich plötzlich mal. Ich wollte in das Häuschen, bin aber nicht reingekommen.«

»Warum nicht?«

»Weil jemand eine Tür eingebaut hat. Eine massive Holztür, obendrein noch mit einem schweren Riegel davor.«

»Ohne dass Sie davon Kenntnis hatten?«

»Richtig.«

»Wollen Sie damit sagen, dass da jemand einfach eine Tür eingesetzt hat?«

»Genauso ist es.«

»Und was haben Sie gemacht?«

»Ich wollte durch das kleine Fenster auf der Rückseite von dem Häuschen reinschauen. Aber das ging nicht, weil jemand von innen ein Brett davorgestellt hat.«

»Haben Sie Arbeiter, die Ihre ...«

»Ja. Um den Acker in Spiritu Santo kümmern sich zwei Tunesier. Aber die wissen nichts von einer Tür. Die Fläche ist riesig, und der Teil, den sie bearbeiten, liegt ziemlich weit von dem Häuschen entfernt. Außerdem wurde die Tür bestimmt nachts eingesetzt.«

»Dann haben Sie also keine Ahnung, ob das Häuschen als Wohnung oder als Lager benutzt wird?«

»Ehrlich gesagt hab ich schon eine Vermutung.«

»Nämlich?«

»Wahrscheinlich dient es als Lager.«

»Wie kommen Sie darauf?«

»Vor dem Häuschen sind Reifenspuren, wahrscheinlich von einem Geländewagen.«

»Ist es eine breite Tür?«

»Breit genug für eine große Kiste.«

Eine ganze Kanonade von Gedanken schoss dem Commissario durch den Kopf: Das verlassene Häuschen. Die Contrada Casuzza. Eine große Kiste. Der Sarg. Die Reifenspuren am Boden. Gab es irgendeinen Zusammenhang mit seinem Traum?

Womöglich waren diese Überlegungen der Grund, warum er jetzt unwillkürlich sagte:

»Am besten schauen wir uns die Sache mal an.«

Aber dann kamen ihm Zweifel.

»Liegt der Teil des Ackers, auf dem das Haus steht, auf dem Gemeindegebiet von Vigàta oder von Montelusa?«

»Von Vigàta.«

»Dann sind wir ja zuständig.«

»Soll ich mitkommen?«, fragte Augello.

»Nein, danke. Ich nehme Fazio mit.«

Dann wandte er sich an Intelisano.

»Kommt man da mit einem normalen Pkw hin?«

»Ich weiß nicht ... Hängt vom Fahrer ab ...«

»Dann soll Gallo uns hinbringen. Signor Intelisano, es tut mir leid, aber Sie müssen mitkommen.«

Wie durch ein Wunder chauffierte Gallo sie bis direkt vor das Häuschen, allerdings nach einer einstündigen Achterbahnfahrt, auf der sie so durchgerüttelt wurden, dass sie das Gefühl hatten, der Magen käme ihnen gleich oben raus.

Montalbano und Fazio sahen zuerst das Haus und dann Intelisano an, der mit offenem Mund dastand und es gar nicht fassen konnte.

Da war keine Tür. Man konnte das Häuschen ungehindert betreten.

»Haben Sie das geträumt?«, wandte sich Fazio an Intelisano.

Der schüttelte entschieden den Kopf.

»Die Tür war da!«

»Schau erst mal auf den Boden, bevor du redest«, sagte Montalbano zu Fazio.

Die staubige Erde war kreuz und quer von breiten Reifenspuren durchzogen.

Montalbano untersuchte den Türrahmen.

»Signor Intelisano sagt die Wahrheit, hier war tatsächlich

eine Tür eingebaut«, meinte er feststellend. »Es gibt Spuren von Schnellzement, mit dem die Türangeln eingesetzt wurden.«

Er betrat das Häuschen, Intelisano und Fazio folgten ihm.

Es bestand aus einem einzigen großen Raum, und in einer Ecke, wo das Dach noch intakt war, lag ein Haufen Stroh.

Bei dem Anblick verzog Intelisano erstaunt das Gesicht.

»War das schon vorher da?«, fragte Montalbano.

»Nein«, antwortete Intelisano. »Jedenfalls nicht das letzte Mal, als ich hier war. Das Stroh ist neu.«

Er bückte sich und hob ein langes Stück Eisendraht auf, drehte es in seiner Hand hin und her und hielt es dann dem Commissario hin.

»Damit bindet man die Strohballen.«

»Vielleicht ein Strohsack«, sagte Fazio.

Montalbano schüttelte den Kopf.

»Ich kam mir nicht vorstellen, dass man das Stroh hergebracht hat, um darauf zu schlafen, da wäre ein Schlafsack die einfachere Lösung gewesen. Und warum sollte man eine Tür einbauen, nur um ein paar Mal hier zu übernachten?«

»Wozu dann?«

»Ich bin derselben Ansicht wie Signor Intelisano. Das Haus wurde als provisorisches Lager benutzt.«

»Oder als provisorisches Gefängnis«, warf Fazio ein.

»Das Stroh spricht dagegen«, gab der Commissario zurück. »Darunter war irgendetwas versteckt. Wenn man von außen reingeschaut hätte, hätte man nur einen Haufen Stroh gesehen.«

»Packt mit an«, sagte der Commissario. »Wir müssen das Stroh wegräumen.«

Sie schafften einen Teil in eine andere Ecke des Raums.

»Das reicht«, sagte der Commissario und beugte sich hinunter.

Auf der gestampften Erde waren große breite Streifen zu erkennen, einer neben dem anderen.

»Das sind die Schleifspuren von drei Kisten«, sinnierte Montalbano.

»Die müssen ziemlich schwer gewesen sein«, fügte Fazio hinzu.

»Vielleicht sollten wir das restliche Stroh auch noch wegräumen.«

»In Ordnung. Dottore, Sie gehen eine Zigarette rauchen, und Gallo und Signor Intelisano helfen mir«, schlug Fazio vor.

»In Ordnung. Passt nur auf – jedes Fitzelchen Papier und jedes Stück Metall kann ein Indiz für das sein, was hier gelagert war.«

»Gallo, komm her!«, rief Fazio.

Montalbano ging raus und zündete sich eine Zigarette an. Um sich die Zeit zu vertreiben, machte er einen kleinen Rundgang um das Häuschen. An der Innenseite des Fensters lehnte noch das Brett, das den Blick versperrt hatte. Entweder hatte man vergessen, es zu entfernen, oder es hatte keine Bedeutung mehr, nachdem das Lager geräumt worden war.

Dreißig Meter entfernt waren von mehreren Reihen Mandelbäumen nur acht oder neun ziemlich zerzauste Exemplare stehen geblieben.

Ringsherum karge Ödnis. Eine Landschaft wie in seinem Traum.

Nein, Moment mal, bei näherem Hinsehen waren es nicht acht oder neun Bäume, sondern genau vierzehn.

Oder vielmehr: Neun Bäume hatten Stamm und Krone, von fünf anderen war nur noch der Stamm übrig.

Der obere Teil war jedoch nicht Ast für Ast mit einem Beil abgehackt worden. Es sah vielmehr so aus, als hätte man die Kronen mit einem einzigen wuchtigen Hieb abgeschlagen, denn sie lagen völlig intakt zehn Meter von ihrem Stamm entfernt.

Wie konnte das sein?

Neugierig trat der Commissario an den geköpften Baum heran, der ihm am nächsten stand.

Ein glatter Schnitt, wie von einem Skalpell. Aber selbst wenn er sich auf die Zehenspitzen stellte, konnte er nichts Genaues erkennen.

Er ging zehn Schritte weiter zu der abgeschlagenen Krone, die beim Herunterfallen zur Seite gekippt war.

Nein, der Baum war nicht durch den Hieb einer scharfen Klinge geköpft worden, sondern durch Feuer. Die Brandspuren waren deutlich zu sehen.

Und plötzlich fiel es ihm wie Schuppen von den Augen.

Er machte auf dem Absatz kehrt und rannte zu dem Häuschen zurück, und als er um die Ecke bog, wäre er fast mit Fazio zusammengestoßen, der auf ihn zugelaufen kam und seinen Namen rief.

»Was ist?«, fragte Fazio.

»Was ist?«, fragte Montalbano.

»Wir haben entdeckt, dass ...«, begann Fazio.

»Ich habe entdeckt, dass ...«, begann Montalbano im selben Moment.

Sie blieben beide stehen.

»Wollen wir das Verb ›entdecken‹ in allen Formen durchkonjugieren?«

»Sie zuerst«, sagte Fazio.

»Ich habe entdeckt, dass einige Bäume hinter dem Haus mit einer Panzerfaust oder einem Raketenwerfer geköpft wurden.«

»Donnerwetter«, sagte Fazio.

»Und was wolltest du mir sagen?«

»Dass wir sechs Seiten des *Giornale dell'Isola* gefunden haben, alle voller Ölflecken.«

»Wetten, das ist Schmieröl für Waffen?«, fragte Montalbano.

»Ich wette nie, wenn ich weiß, dass ich verliere.«

»Hier waren Waffen gelagert, und um sie auszuprobieren, hat man auf die Bäume geschossen, dafür leg ich meine Hand ins Feuer«, sagte der Commissario.

»Und was machen wir jetzt?«, fragte Fazio.

»Ruf die anderen her.«

»Wozu?«

»Wir suchen zwischen den Bäumen nach Munitionssplittern.«

Sie suchten das Gras und das Erdreich ab, und als sie um dreizehn Uhr ein gutes Kilo gesammelt hatten, brach der Commissario die Aktion ab. Es reichte, sie konnten zurückfahren.

Sie brachten Intelisano nach Hause und wiesen ihn an, sich zur Verfügung zu halten und mit niemandem über die

Sache zu sprechen. Dann machten sie sich auf den Weg ins Kommissariat.

»Wie geht's jetzt weiter?«, fragte Fazio.

»Du bringst die Munitionssplitter und das Zeitungspapier in mein Büro und sagst Mimì, er soll um vier zur Besprechung kommen. Ich geh in der Zwischenzeit was essen. Gib mir mal kurz dein Handy.«

Es war schon nach halb drei, und er befürchtete, dass Enzo gleich zumachte. Dabei brach er vor Entkräftung fast zusammen.

»Wenn ich in einer Viertelstunde da bin, krieg ich dann noch was zu essen?«

»Wir haben geschlossen.«

»Ich bin's, Montalbano!«

Es klang wie das verzweifelte Jaulen eines Hundes, der dem Hungertod nahe war.

»Oh, entschuldigen Sie, Dottore, ich hab Ihre Stimme nicht erkannt. Kommen Sie, wann immer Sie wollen. Für Sie gelten keine Öffnungszeiten.«

Auf dem Parkplatz vor dem Kommissariat wollte Montalbano gerade in sein Auto steigen, als er hinter sich Catarellas Stimme hörte.

»Dottori, ich hab einen Anruf für Sie!«

Zum Glück hatte er mit Enzo gesprochen. Er begleitete Catarella in die Telefonzentrale.

»Dottori, da wäre eine Signora in der Leitung, die mir aber gar nicht wie eine Signora vorkommt. Sie will mit Ihnen persönlich selber sprechen.«

»Hat sie dir ihren Namen genannt?«

»Das wollte sie nicht, Dottori. Deshalb sag ich ja, dass sie mir gar nicht wie eine Signora vorkommt.«

»Was meinst du damit?«

»Dottori, ich habe gefragt, wie sie heißt, und diese Frauensperson ist patzig geworden.«

»Patzig?«

»Jawohl, patzig. Sie hat gesagt: Mach mich nicht an ...«

Marian! Er riss ihm den Hörer aus der Hand, drückte den Verbindungsknopf und blitzte Catarella an, der sofort aus seiner Kabine verschwand. Als er sprechen wollte, versagte ihm die Stimme.

»Chja.« Es war nur ein Krächzen.

Mehr brachte er nicht heraus.

»Ciao, Commissario, ich bin jetzt am Flughafen, mein Flieger geht in ein paar Minuten. Ich wollte dich eigentlich erst heute Abend anrufen, aber ich hab es nicht ausgehalten, ich musste einfach deine Stimme hören.«

Wenn das nur so einfach wäre! Er brachte keine einzige Silbe heraus.

»Wünsch mir wenigstens einen guten Flug.«

»Gu-gu-guten Flug«, stammelte er und kam sich vor wie ein Sprachbehinderter.

»Ich versteh schon. Du bist nicht allein und kannst nicht frei reden. Ciao, ich hab Lust auf dich.«

Montalbano legte auf und nahm den Kopf zwischen die Hände. Wenn Catarella nicht in der Nähe gewesen wäre, hätte er vor Scham angefangen zu weinen.

Fünf

Man hatte seinen Schreibtisch leergeräumt, um Platz für die Funde zu schaffen. Die Munitionssplitter steckten in einem Jutesack, das Zeitungspapier in einer durchsichtigen Plastiktüte. Seine Post lag kreuz und quer auf dem Sofa.

Montalbano hatte seine Bürotür abgeschlossen und Catarella ermahnt, ihn auf keinen Fall mit einem Anruf zu stören. Er wollte sich mit Augello und Fazio in aller Ruhe beraten.

Da keiner der beiden den Mund aufmachte, forderte der Commissario sie auf:

»Ihr fangt an.«

Er hatte ziemlich spät zu Mittag gegessen und seinen Appetit nicht zu zügeln vermocht. Und weil für seinen Spaziergang zur Mole keine Zeit geblieben war, fühlte er sich jetzt wie durch die Mangel gedreht, trotz der drei Espresso, die er getrunken hatte. Er hatte keinen schweren Kopf, nur keine Lust zu reden.

»Ich gehe davon aus, dass die wiederkommen und das Häuschen weiterbenutzen«, begann Augello. »Und deshalb schlage ich vor, ein Auge drauf zu haben. Nicht unbedingt rund um die Uhr, aber hin und wieder sollte einer von unseren Leuten dort vorbeischauen, auch nachts.«

»Ich dagegen bin überzeugt, dass sie das Häuschen nicht mehr brauchen«, sagte Fazio.

»Und warum nicht?«

»Erstens, weil solche improvisierten Lager immer nur ein einziges Mal benutzt werden. Und zweitens, weil Intelisano die beiden Tunesier, die auf seinem Feld arbeiten, nach der Tür gefragt hat. Damit wissen die jetzt, dass er die Sache entdeckt hat.«

»Wer hat dir denn gesagt, dass die Tunesier da mit drinstecken?«, fragte Augello.

»Niemand. Aber ausschließen können wir es nicht.«

»Seit wann bist du Rassist?«, fragte Augello provozierend.

Aber Fazio ließ sich nicht beirren.

»Dottore, jeder hier weiß, dass ich kein Rassist bin. Aber ich frage mich: Woher wissen diese Waffenschmuggler oder Terroristen – denn um solche handelt es sich hier doch, da kommt man nicht drum herum –, woher also wissen diese Leute, die mit Sicherheit nicht von hier sind, dass in dieser gottverlassenen Gegend ein unbewohntes Häuschen steht? Irgendjemand muss es ihnen gesagt haben.«

»Ich geb's nur ungern zu«, sagte Augello, »aber vielleicht hast du recht. In Tunesien geht es drunter und drüber, und es besteht eine große Nachfrage nach Waffen. Dann sollten wir uns deiner Ansicht nach also diese beiden Tunesier vorknöpfen?«

»Das erscheint mir der einzig logische Schritt.«

»Einen Moment«, schaltete sich Montalbano ein, der endlich beschloss, den Mund aufzumachen. »Tut mir leid, aber ich muss euch sagen, dass diese zweifellos umfangreichen und wichtigen Ermittlungen nicht wir führen können.«

»Und warum nicht?«, fragten Fazio und Augello wie aus einem Mund. Sie waren gekränkt.

»Weil uns die Mittel dazu fehlen. Auf dem Zeitungspapier sind Fingerabdrücke, das ist so sicher wie der Tod. Ein Experte kann anhand der Splitter erkennen, was das für Waffen sind und wo sie produziert wurden, das ist so sicher wie die Steuern. Und solche Experten haben wir nicht. Stimmt's? Und deshalb ist das nichts für uns. Findet euch damit ab, das ist Sache der Terrorismusbekämpfung.«

Schweigen. Dann sagte Augello:

»Du hast recht.«

»Na prima«, sagte Montalbano. »Da wir uns also einig sind, bringst du, Mimì, dieses ganze Zeug hier, die Munitionssplitter und das Zeitungspapier, nach Montelusa. Du bittest um eine Audienz beim Signori e Questori, schilderst ihm den Fall und begibst dich mit seinem päpstlichen Segen zu denen von der Terrorabwehr. Du erstattest ihnen Bericht, übergibst ihnen die Säcke und verabschiedest dich mit freundlichen Grüßen.«

Mimì machte ein skeptisches Gesicht.

»Ist es nicht besser, wenn Fazio das erledigt? Er war schließlich dabei, als das Zeitungspapier und die Munitionssplitter gefunden wurden.«

»Nein, Fazio hat was anderes zu tun.«

»Was denn?«

»Du redest noch mal mit Intelisano und versuchst, mehr über die Tunesier herauszufinden. Niemand verbietet uns, parallel Ermittlungen zu führen. Aber Achtung: Im Polizeipräsidium darf vorerst niemand erfahren, dass wir an der Sache dranbleiben.«

Fazio grinste zufrieden.

Gegen neunzehn Uhr rief Catarella an.

»Dottori, Pasquali wäre da, der Sohn von Ihrer Haushälterin Adilina, und er sagt, wenn Sie Zeit hätten, würde er gern persönlich selber mit Ihnen sprechen.«

»Am Telefon?«

»Nein, er ist hier vor Ort gegenwärtig anwesend.«

»Dann schick ihn mir rein.«

Beim Eintreten nahm Pasquali die Mütze ab.

»Baciolemano, Duttù, meine Verehrung.«

»Ich grüße dich, Pasqualì. Setz dich. Wie geht's der Familie?«

»Alle gesund und munter, danke.«

»Hast du was für mich?«

»Sissì. Aber zuerst muss ich den Ort und die Uhrzeit des Überfalls wissen. Und zwar ganz genau. Sie haben gesagt, das war im Vicolo Crispi?«

»Richtig. Warte mal kurz.«

Er stand auf, ging rüber in Fazios Büro, suchte die Akte mit di Martas Anzeige heraus und notierte sich dessen Telefonnummer auf einem Zettel. Dann kehrte er in sein Büro zurück, stellte das Telefon laut und wählte die Nummer.

»Du kannst ruhig mithören.«

»Pronto?«, meldete sich eine Frauenstimme.

»Ich bin Commissario Montalbano und würde gern mit Signora Loredana di Marta sprechen.«

»Am Apparat.«

»Buonasera. Entschuldigen Sie die Störung, Signora, aber ich bräuchte ein paar genauere Angaben zu dem Überfall, den Sie ...«

»O mein Gott! Ich möchte nicht ... Ich fühle mich so ...«
Es war ihr offenbar wirklich unangenehm.

»Ich verstehe vollkommen, Signora, dass ...«

»Hat denn mein Mann Ihnen nicht schon alles erzählt?«

»Schon, Signora, aber *Sie* wurden überfallen und nicht er, verstehen Sie?«

»Aber was soll ich denn noch sagen, zusätzlich zu dem, was ich schon gesagt habe?«

»Signora, ich kann nachvollziehen, dass es Ihnen nicht leichtfällt, über diese abscheuliche Geschichte zu sprechen. Aber Sie müssen verstehen, dass ich gezwungen bin ...«

»Entschuldigen Sie bitte. Ich werde mir Mühe geben. Fragen Sie.«

»Vor wie vielen Tagen ist dieser Raubüberfall passiert?«

»Vor drei Tagen.«

»Um wie viel Uhr?«

»Ich hatte, kurz bevor ich den Mann am Boden liegen sah und anhielt, zufällig auf meine Armbanduhr geschaut. Es war vier Minuten nach Mitternacht.«

»Ich danke für Ihr Verständnis und für Ihr Entgegenkommen. Sagen Sie mir jetzt noch, wo genau es passiert ist?«

»Wie bitte? Das habe ich doch schon mehrmals gesagt! Im Vicolo Crispi, ich musste Geld in den ...«

»Ja, ja, ich weiß, aber auf welcher Höhe? Könnten Sie das ganz genau angeben?«

»Was heißt, auf welcher Höhe?«

»Signora, der Vicolo Crispi ist nicht besonders lang, oder? Es gibt in der Straße, glaube ich, eine Bäckerei, einen Laden für ...«

»Ah, jetzt verstehe ich. Einen Moment bitte. Wenn ich mich recht erinnere, dann war es zwischen dem Textilgeschäft und dem Juwelierladen Burgio, ja, das müsste stimmen. Nur ein paar Meter vom Nachttresor entfernt.«

»Danke, Signora. Das war vorerst alles.«

Er legte auf und sah Pasquali an.

»Hast du gehört?«

»Hab ich.«

»War es das, was du wissen wolltest?«

»Ja.«

»Und?«

»Ich kann Ihnen versichern, dass der Dieb keiner aus dem Club ist.«

»Also entweder ein Auswärtiger oder ein Gelegenheitsdieb?«

»Eher ein Gelegenheitsdieb.«

»Alles klar.«

Doch Montalbano merkte, dass Pasquali noch etwas sagen wollte, sich aber nicht dazu durchringen konnte.

»Ist noch was?«, fragte er.

»Ja, schon.«

Es fiel ihm sichtlich schwer, mit der Sprache herauszurücken.

»Du kannst ruhig reden. Du weißt, ich würde niemals sagen, dass die Information von dir ist.«

»Da hab ich keine Zweifel.«

Endlich gab er sich einen Ruck.

»Die erzählt Ihnen Märchen.«

»Wer?«

»Die Signora, mit der Sie gerade gesprochen haben.«

»Wie kommst du darauf?«

»Nur eine Frage: Tauscht die Polizei ihre Informationen mit den Carabinieri aus? Und die Carabinieri mit der Polizei?«

»Warum willst du das wissen?«

»Weil Signor Angilo Burgio, der Besitzer von dem Juwelierladen im Vicolo Crispi, bei den Carabinieri einen Raubüberfall auf seinen Laden angezeigt hat. Und der hat vor exakt drei Tagen stattgefunden.«

Montalbano staunte nicht schlecht.

»Weißt du mehr darüber?«

»Schon, aber ... Ich möchte sichergehen, dass ...«

»Pasqualì, du kannst ganz beruhigt sein.«

»Die Jungs hatten wie immer einen, der Schmiere stand. Zwar in einem Hauseingang, aber von da hatte er die komplette Straße im Blick. Der stand da von halb zwölf bis halb eins. Das passt nicht.«

»Was passt nicht?«

»Da war keiner, der auf der Straße lag, und auch kein Auto, das angehalten hat.«

»Ich verstehe.«

»Soweit er es gesehen hat, sind in diesem Zeitraum nur ein Krankenwagen, ein Lieferwagen und eine Ape im Vicolo Crispi vorbeigekommen.«

»Ich danke dir, Pasqualì.«

»Stets zu Ihren Diensten, Duttù.«

Dann hatte die schöne Signora Loredana ihrem Mann einen dicken Sack Lügen aufgebunden.

Nun galt es herauszufinden, wie die sechzehntausend Euro tatsächlich verschwunden waren.

Und da durfte man nichts ausschließen: weder die Möglichkeit, dass der Raubüberfall woanders stattgefunden hatte, noch dass Loredana den Täter zwar erkannt, aber nicht den Mut gehabt hatte, es ihrem Mann zu sagen, und ebenso wenig, dass Loredana mit dem Dieb unter einer Decke steckte.

Der Commissario stand auf, ging in Fazios Büro und nahm den der Strafanzeige beiliegenden Zettel, auf dem Fazio sich Notizen gemacht hatte. Schnell fand er, wonach er suchte: Valeria Bonifacio, Loredanas Busenfreundin, Via Palermo 28. Sogar die Telefonnummer hatte Fazio aufgeschrieben.

Er setzte sich auf Fazios Stuhl und wählte die Nummer.

»Pronto?«, hörte er eine Frauenstimme.

Er hielt sich mit Daumen und Zeigefinger die Nase zu, um seine Stimme zu verstellen.

»Bin ich hier bei Bonifacio?«

»Ja.«

»Ich bin Buchhalter Milipari von der Schifffahrtsgesellschaft Fulconis. Ich möchte mit dem Capitano sprechen.«

»Mein Mann ist derzeit in Genua. Er macht da einen Zwischenstopp.«

»Ah, danke. Dann rufe ich ihn auf dem Handy an. Ach, hören Sie, falls wir ihm morgen ein Paket nach Vigàta liefern müssen: Sind Sie am Vormittag zu Hause?«

»Ja. Bis zehn.«

»Grazie, Signora.«

Montalbano legte auf. Er würde die Signora Valeria am nächsten Morgen aufsuchen. In Abwesenheit ihres Mannes war die Chance größer, dass sie ihm sagte, was er wissen wollte.

Auf seinem Küchentisch in Marinella lag eine Nachricht von Adelina.

Gestern Abend haben Sie drausen gegessen und ich hab das essen in den Mül schmeisen müssen und das war Schade. Und weil ich gesehen hab das sie nachts Gesellschaft haten hab ich für heute Abend nichts gekocht. Weil wenn sie heute Abend wider drausen essen dann will ich nicht noch mal das essen wegschmeisen. Wenn Sie morgen zuhause essen wollen schreiben Sie mir das auf.

Er stieß eine Verwünschung aus. Dabei war dies keineswegs Adelinas Rache dafür, dass er die Nacht mit einer Frau verbracht hatte. Adelina hätte jeder potenziellen Rivalin Livias den roten Teppich ausgerollt, denn sie konnte Livia nicht leiden – was allerdings auf Gegenseitigkeit beruhte. Nein, Adelinas gute Absichten standen außer Zweifel, trotzdem stand er jetzt hier und hatte nichts zu essen.

Auch wenn er im Moment keinen Hunger verspürte, später würde ihm bestimmt der Magen knurren.

Das Restaurant war keine Lösung, denn Marian konnte jeden Augenblick anrufen. Sicher, er konnte das Handy mitnehmen, aber im Beisein anderer Leute würde er keinen Ton herausbringen.

Er warf einen Blick in den Kühlschrank. Bis auf eine Dose in Öl eingelegte Anchovis war er leer.

Aber hatte er denn gar nichts Essbares mehr im Haus? Offenbar hatte Adelina vergessen, die Vorräte an Käse, Passuluna-Oliven und Salami aufzufüllen.

Er schaute auf die Uhr. Eigentlich müsste er es noch rechtzeitig zur Bar in Marinella schaffen, um ein paar Sachen zu besorgen, bevor Marian anrief.

Kurzentschlossen sprang er ins Auto und fuhr los. Es herrschte kein Verkehr. In der Bar, die eine Käse-, Wurst- und Brottheke hatte, kaufte er ein paar Sachen und kehrte nach Hause zurück.

Auf halber Strecke geriet ein Lkw vor ihm ins Schleudern. Mit der Geistesgegenwart eines Rennfahrers bei der Carrera Panamericana riss er das Steuer so abrupt herum, dass sein Wagen mit zwei Rädern im Graben und zwei Rädern auf dem angrenzenden Acker in gefährlicher Schräglage dahinschlitterte wie in einem filmreifen Stunt, ehe er wieder auf die Fahrbahn gelangte.

Erst jetzt fuhr ihm der Schrecken in die Knochen, und seine Hände fingen an zu zittern. Er lenkte den Wagen an den Straßenrand, hielt an und wartete, bis er sich ein wenig beruhigt hatte.

Auf dem Weg zur Haustür klingelte das Telefon. Mit den Tüten in der Hand dauerte es lange, bis er endlich den Schlüssel ins Schloss gesteckt und aufgesperrt hatte.

Im Flur ließ er die Tüten fallen und rannte zum Telefon.

»Pronto?«

Er hörte nur noch das Freizeichen. Bestimmt hatte Marian versucht, ihn anzurufen.

Und jetzt? Wie hatte er bloß so dumm sein können, nicht nach ihrer Handynummer zu fragen! Um genau zu sein, kannte er auch ihre Festnetznummer und ihre Adresse nicht.

Er musste sich in Geduld üben.

Er holte die Tüten aus dem Flur und deckte den Tisch auf der Veranda, aber er hatte keine Lust zu essen. Er zündete sich eine Zigarette an.

Was Marian wohl um diese Uhrzeit in Mailand machte?

Das Telefon klingelte. Er stürzte zum Hörer.

Es war tatsächlich Marian, und sie beantwortete die Frage, die er sich gerade gestellt hatte. Als hätte sie seine Gedanken gelesen.

»Ciao Commissario.«

»Ciao. Hast du vorhin schon mal angerufen?«

»Ja. Ich bin bei meinen Eltern und geh jetzt gleich essen, mit dem Kunsthändler, du weißt schon. Ich hab den ganzen Nachmittag rumtelefoniert, um die Sache schnell über die Bühne zu bringen, ich will ja so bald wie möglich zurück. Du weißt gar nicht, wie sehr du mir fehlst.«

Und nach einer Pause fügte sie hinzu:

»Sag mir wenigstens, dass ich dir gefalle, wenn du dich schon nicht traust, mir was anderes zu sagen.«

»Du gefällst mir ... sehr sogar.«

»Kann ich dich nach dem Essen anrufen? Auch wenn es spät wird?«

»Natürlich.«

»Ich küsse dich.«

»Ich ...«

Er stockte.

»Was willst du sagen? Dass du mich auch küsst?«

»Ja.«

Er legte auf und ging auf wackligen Beinen zur Veranda. Dann klingelte es erneut.

Bestimmt wollte Marian ihm noch etwas sagen.

»Ciao, Salvo.«

Das war nicht Marian.

»Wer spricht da?«

Noch während er die Frage stellte, wusste er, dass er einen kolossalen Fehler beging, einen Fehler größer als ein zwanzigstöckiges Hochhaus.

Wie war es möglich, dass er die Stimme am anderen Ende der Leitung nicht erkannt hatte? Vielleicht weil er noch Marians Stimme im Ohr hatte.

»Jetzt bist du es, der meine Stimme nicht erkennt. Was soll ich dazu sagen?«, fragte Livia ärgerlich.

Es half nichts, er musste ihr etwas vorflunkern. Er holte Luft und tauchte unter.

»Du hast nicht verstanden, dass das ein Scherz war.«

»O nein, dafür kenne ich dich zu gut, Salvo. Ich könnte schwören, dass du den Anruf einer anderen Frau erwartet hast.«

»Wenn du so felsenfest davon überzeugt bist, hat es keinen Sinn, weiter darüber zu reden, meinst du nicht auch?«

»Sag mir, wie sie heißt.«

Am besten flunkerte er weiter.

»Karol.«

»Carol?!«

»Ja, was ist daran so komisch? Karol mit K. Wie der frühere Papst, erinnerst du dich?«

»Und das soll eine Frau sein?«

»Na klar.«

Er spielte den Beleidigten.

»Wie kannst du bloß auf die Idee kommen, dass ich ... mit einem Mann?«

»Und was macht sie beruflich?«

»Sie ist Lapdance-Tänzerin in einem Nachtlokal in Montelusa.«

Livia dachte einen Augenblick nach. Dann sagte sie:

»Das glaub ich dir nicht. Du nimmst mich auf den Arm.«

Plötzlich überkam Montalbano eine unsägliche Müdigkeit.

Doch ihm fehlte der Mut, Livia zu sagen, was ihm gerade widerfuhr. Allerdings wäre das am Telefon ohnehin kaum möglich gewesen.

»Livia, hör zu. Ich mache gerade eine schwierige Phase durch und ...«

»Im Büro?«

Er griff die Idee dankbar auf.

»Ja, im Büro. Es ist eine lange Geschichte, die ich dir in aller Ruhe erzählen und bei der ich dich gern um Rat bitten möchte. Aber gleich holt Fazio mich ab, und wenn ich nach Hause komme, ist es zu spät zum Telefonieren. Wenn ich kann, rufe ich dich morgen Abend an. Einverstanden?«

»Einverstanden«, sagte Livia kühl.

Das Gespräch hatte ihn angestrengt. Er setzte sich wieder auf die Veranda und aß etwas, hatte aber keinen Appetit.

Er räumte den Tisch ab und setzte sich in den Sessel vor den Fernseher. Zappte durch alle Programme, bis er einen Krimi fand, der einschließlich Werbung zwei Stunden

dauerte. Um elf schaute er die Nachrichten auf Retelibera.

Wie konnte es sein, dass kein einziger Lokalsender über
den Einbruch in den Juwelierladen berichtete? Offenbar
hatten die Carabinieri die Nachricht unter Verschluss halten können, um in aller Ruhe zu ermitteln.

Er fand einen Western, mit dem weitere zwei Stunden
vergingen.

Dann schaltete er den Fernseher aus, weil ihm fast die Augen zufielen, und setzte sich auf die Veranda.

Ein riskantes Manöver, denn dort würde er anfangen,
über seine Situation zwischen Marian und Livia nachzu-
grübeln.

Und dazu fühlte er sich noch nicht imstande.

Früher oder später aber musste er sich der Sache stellen.

Und wie auch immer die Lösung aussah, sie würde für
ihn ganz sicher großes Glück und großen Schmerz bedeuten.

Sechs

Er warf einen Blick auf die Uhr. Fast zwei. Wie lange dauerte eigentlich so ein Abendessen in Mailand? Zum Teufel! Selbst wenn die Kellner in dem Restaurant achtzigjährige Greise waren und am Stock gingen, konnte es sich nicht dermaßen lange hinziehen! Und außerdem: Was hatten Marian und dieser Kunsthändler eigentlich alles zu bereden? Gingen sie sämtliche Epochen der Kunstgeschichte durch? Na gut, Marian hatte ihn vorgewarnt, dass es spät werden würde, aber die Nacht war bald um.

Ich zieh den Stecker raus und geh schlafen, beschloss er.

Und in dem Moment klingelte das Telefon.

Er war inzwischen derart aufgewühlt, dass er zusammenzuckte und fast vom Sessel gefallen wäre.

»Pro-pronto!«

»Ciao, Commissario, entschuldige, dass ich dich habe warten lassen. Aber das Treffen hat sich hingezogen.«

Montalbano präsentierte sich als wahrer Gentleman.

»Aber du brauchst dich doch nicht zu entschuldigen! Ich bitte dich! Ist doch klar, dass manchmal ...«

»Gianfranco hat darauf bestanden, dass wir noch auf ein Glas in eine Bar gehen. Ich bin gerade erst nach Hause gekommen.«

Jetzt stieß der Neandertaler den Gentleman grob beiseite.

»Und wer ist dieser Gianfranco?«

»Gianfranco Lariani, der Kunsthändler. Ach so, stimmt, ich hab dir ja gar nicht gesagt, wie er heißt. Er hat einfach nicht lockergelassen: Komm schon, hat er gesagt, hab dich nicht so. Ich musste nachgeben, schon aus diplomatischen Gründen.«

Wie denn, duzten sie sich etwa?

»Kanntest du ihn schon vorher?«

»Wen? Gianfranco? Nein, nein. Ich dachte, ich hätte dir die Geschichte schon erzählt. Pedicini hatte mich gebeten, mich mit ihm in Verbindung zu setzen.«

Und gleich bei der ersten Begegnung gingen sie zum Du über: *Komm schon, hab dich nicht so* ...

Es war besser, das Thema zu wechseln.

»Alles gut?«

»Ausgezeichnet. Glaub ich zumindest.«

»Du bist nicht sicher?«

»Nein, weil Lariani ein gerissener Kerl ist. Das ist einer, der ... Er gibt sich ziemlich zugeknöpft.«

Zum Glück! Das hätte gerade noch gefehlt! Aber Montalbano konnte es sich nicht verkneifen zu fragen:

»Wie ist er denn so?«

»In welchem Sinn?«

»Als Mann.«

»Na ja, sehr elegant, distinguiert, so um die fünfundvierzig ... Ein ziemlich attraktiver Typ ...«

Da war sie, die Eifersucht, gegen die er so lange gekämpft hatte.

Zack! Ein Pfeilschuss mitten ins Herz.

»Hat er dir den Hof gemacht?«

»Hätte mich gewundert, wenn nicht. Du hättest mich sehen sollen! Ich war in Bestform. Ihm stand buchstäblich der Mund offen. Aber das ist nicht das Entscheidende. Ich glaube, Pedicini hat ein gutes Gespür: Lariani könnte tatsächlich die Sachen haben, die ihn interessieren.«

»Hat er das gesagt?«

»Nicht ausdrücklich, aber indirekt. Wie gesagt, er ist ein gerissener Kerl, der sich nicht in die Karten schauen lässt. Aber ich hab seinen wunden Punkt gefunden: das Geld. Ich habe durchblicken lassen, dass ich sofort bezahle, per Überweisung, und da wurde er gleich zugänglicher.«

»Und wie seid ihr verblieben?«

»Wir haben ausgemacht, dass ich morgen Nachmittag zu ihm gehe.«

Eine Alarmglocke schrillte.

»Und wohin?«, fragte Montalbano in gespielt gleichgültigem Ton.

»Zu ihm nach Hause.«

Nein! Das ging wirklich entschieden zu weit!

»Entschuldige, aber warum zu ihm nach Hause? Hat dieser Signore denn keine Galerie? Kein Büro? Oder ist das in Mailand so üblich?«

»Ach komm, das ist lächerlich. Soweit ich ihn verstanden habe, hat er direkt neben seiner Wohnung ein Depot für die Bilder. Aber ich bin mir sicher, dass ich nichts erreichen werde.«

»Und warum nicht?«

»Ich kenne die Taktik solcher Leute. Er wird mir einen

alten Schinken zeigen, um mich zu testen. Ich werde ihm sagen, dass mich solche Sachen nicht interessieren, und dann muss er einen neuen Termin mit mir vereinbaren. Und dann – endlich – wird er mich in sein Allerheiligstes führen.«

»Ich versteh nicht.«

»Er wird sich dazu durchringen, mir seine besten Werke zu zeigen. Und das ist der entscheidende Moment. Vorausgesetzt, Lariani hat tatsächlich das, was Pedicini sucht.«

»Wieso, was sucht er denn?«

»Ach, in der italienischen Malerei des 17. Jahrhunderts gibt es massenhaft Mariendarstellungen, Kreuzigungsszenen, Darstellungen von Geburt und Auferstehung. Aber solche Sachen interessieren Pedicini gar nicht. Ebenso wenig wie Porträts. Er will Stillleben, Landschaften oder Genrebilder. Und zwar großformatige.«

»Ich verstehe. Aber kostet dich das nicht viel Zeit? Denkst du, dass du dein Ziel bald erreicht hast?«

»Das hoffe ich. Ich halte es ohne dich nicht aus. Es ist mir noch nie passiert, dass ich mich so ...«

Sie unterbrach sich.

»Was hast du heute gemacht?«

»Im Büro?«

»Ja. Ich möchte an jeder Minute deines Lebens teilhaben.«

»Das kann ich dir gern erzählen, aber es würde dich nur langweilen.«

»Dann vereinfache ich die Sache. Was hast du gemacht, während du auf meinen Anruf gewartet hast?«

»Ich hab zwei Filme im Fernsehen geschaut und ...«

Fast wäre ihm herausgerutscht, dass er mit Livia telefoniert hatte. Er konnte sich gerade noch bremsen.

Aber Marian war nicht entgangen, dass er ins Stocken geraten war.

»Was noch?«, fragte sie.

Er wollte nicht auch noch ihr etwas vorflunkern. Livia zu belügen war genug.

»Und dann hat Livia angerufen.«

»Ah.«

Eine Pause. Und dann:

»Hast du ihr von uns erzählt?«

»Nein.«

»Warum nicht?«

»Ich fand es noch zu früh.«

Diesmal war die Pause länger.

»Hör zu, Salvo, du hast hoffentlich gemerkt, dass es für mich kein One-Night-Stand war. Es ist auch keine flüchtige Affäre. Dafür kenne ich mich zu gut.«

»Das habe ich gemerkt.«

»Und nach dem zu urteilen, was ich gestern Nacht gehört habe, war es auch für dich kein Abenteuer.«

»Wenn es mir nur um ein Abenteuer gegangen wäre, würde ich jetzt nicht mit dir telefonieren.«

»Wir reden darüber, wenn ich wieder zurück bin. Jetzt machen wir Schluss. Wenn ich im Bett liege, werde ich mir vorstellen, dass du bei mir bist. Wann kann ich dich morgen anrufen?«

»Ich weiß nicht. Am besten abends, dann können wir in Ruhe reden.«

»Wie du willst. Buonanotte, Commissario mio.«

Er hatte zwei Möglichkeiten. Entweder er blieb wach und dachte darüber nach, wie er das Thema Livia gegenüber ansprechen sollte, oder er legte sich ins Bett und versuchte, mit Marians Stimme im Ohr einzuschlafen.

Er entschied sich für Letzteres, schloss die Augen und versuchte, Schlaf zu finden.

Das Schöne war, dass es funktionierte.

Sein letzter Gedanke war eine Frage: Wie lange war es her, dass er mit Livia so gesprochen hatte?

Am nächsten Morgen fühlte er sich blendend. Das Wetter war herrlich. Er trank ein Kännchen Espresso, duschte und rasierte sich, schrieb Adelina einen Zettel, dass er abends zu Hause essen würde, und machte sich auf den Weg.

Um halb neun stieg er ins Auto, und um 9.20 Uhr parkte er in der Via Palermo, vor dem Haus mit der Nummer 28. Er hatte ziemlich lange gebraucht, weil die Via Palermo in der Oberstadt von Vigàta lag, am Stadtrand, wo die Bebauung in die Felder überging und die Häuser, jedes mit einem kleinen Vorgarten, weiter auseinanderstanden. Die Nummer 28 war ein gepflegtes Einfamilienhaus. Das eiserne Gartentürchen stand offen.

Er ging hindurch, gelangte auf einem schmalen Weg zur Haustür und klingelte.

»Ja?«, hörte er nach einer Weile eine Frauenstimme über die Sprechanlage.

»Ich bin Commissario Montalbano.«

Pause.

»Zu wem wollen Sie?«

»Zu Signora Valeria Bonifacio.«

Erneut Stille. Dann sagte die Stimme:

»Ich bin allein zu Hause.«

Was sollte das denn heißen? Dass er ein Vergewaltiger war?

»Signora, ich wiederhole, ich bin …«

»Schon gut, aber ich bin noch nicht angezogen.«

»Ich warte solange.«

»Könnten Sie nicht am Nachmittag noch mal kommen?«

»Nein, Signora, tut mir leid.«

»Dann müssen Sie sich zehn Minuten gedulden.«

Die Taktik, unangemeldet aufzutauchen, hatte stets den gewünschten Effekt.

Signora Valeria führte jetzt unter Garantie ein hektisches Telefonat mit ihrer Freundin Loredana, um sich instruieren zu lassen, was sie sagen sollte.

Er rauchte eine Zigarette. Die Via Palermo war eine wenig befahrene Straße, nicht zuletzt, weil es hier keine Einkaufsmöglichkeiten gab. Im Verlauf der folgenden zehn Minuten kam nur ein einziges Auto vorbei.

Er klingelte erneut.

»Commissario Montalbano?«

»Ja.«

Der Türöffner summte, Montalbano öffnete und betrat das Haus.

Signora Valeria kam ihm entgegen und reichte ihm die Hand. Dann führte sie ihn ins Wohnzimmer und bot ihm einen Sessel an.

Aus irgendeinem Grund hatte der Commissario eine Dame in mittleren Jahren erwartet, aber Valeria war nicht viel älter als Loredana. Die blonde, hübsche junge Frau trug eine taillierte Bluse und eine eng geschnittene Hose, die ihre Figur gut zur Geltung brachten.

»Möchten Sie einen Kaffee?«

»Nein danke.«

Sie setzte sich ihm gegenüber in einen Sessel und schlug die Beine übereinander, sah ihn an und lächelte. Montalbano fand, dass es ein ziemlich gequältes Lächeln war.

Sie war sichtlich angespannt, hatte sich aber unter Kontrolle.

»Wie kann ich Ihnen behilflich sein, Commissario?«

»Es tut mir wirklich leid, dass ich Sie stören muss. Hat man Ihnen meinen Besuch denn nicht angekündigt?«

»Nein, hat man nicht.«

»Die können was erleben, wenn ich ins Kommissariat zurückkomme. Ich hätte von Ihnen gern ein paar Informationen bezüglich des Überfalls auf Ihre Freundin Loredana di Marta. Sie wissen doch, dass ...«

»Ja, ich weiß Bescheid. Loredana hat mich angerufen. Sie stand unter Schock. Ich bin sofort zu ihr gefahren, und sie hat mir alles erzählt, auch ... die unappetitlichen Details.«

»Sie meinen den Kuss?«

»Nicht nur.«

Bedeutete das, dass Signor di Marta nur die halbe Wahrheit erzählt hatte? Und dass die Sache viel gravierender gewesen war?

»Gab es denn sonst noch etwas?«

»Ja.«

»Was genau?«

»Es ist mir sehr unangenehm, darüber zu sprechen. Nun,

er hat ihre Hand genommen und an seinen ... Verstehen Sie?«

»Ja. Ist er noch weiter gegangen?«

»Zum Glück nicht. Aber Loredana sagt, es war ekelerregend und schrecklich.«

»Mit Sicherheit. Zum Glück hat er es dabei belassen. Erinnern Sie sich, um wie viel Uhr genau Ihre Freundin an jenem Abend von hier aufgebrochen ist?«

»Ganz genau kann ich es nicht sagen.«

»Ungefähr.«

»Nun ja, es muss kurz vor Mitternacht gewesen sein, weil die Uhr geschlagen hat, nachdem Loredana gegangen war.«

Sie deutete auf eine große Standuhr in einer Ecke des Wohnzimmers.

»Hübsch«, sagte der Commissario.

Obwohl sie nicht die exakte Uhrzeit anzeigte. Sie ging ein wenig vor.

»Ja. Ich hab sie von meinem Vater. Er war ganz vernarrt in Pendeluhren, unsere Wohnung war voll davon. Ich habe sie alle weggegeben und nur diese hier behalten.«

»Nehmen wir also an, es war zehn Minuten vor Mitternacht?«

»Vielleicht Viertel vor.«

»Nicht später?«

»Das würde ich ausschließen.«

»Signora, für uns ist wichtig, den Zeitpunkt, an dem der Überfall stattgefunden hat, möglichst genau zu kennen.«

»Gut, dann sage ich Viertel vor zwölf.«

»Danke. Bleibt Signora Loredana immer so lange bei Ihnen?«

»Nein. Normalerweise geht sie zum Abendessen nach Hause.«

»Dieser Abend war eine Ausnahme.«

»Ja.«

»Darf ich fragen, warum?«

»Mir ging es nicht gut, und Loredana wollte mich nicht alleinlassen. Sie hat sich Sorgen gemacht, aber es war nur eine Unpässlichkeit.«

»Sie leben allein? Sind Sie nicht verheiratet?«

»Doch. Aber mein Mann ist Kapitän eines Containerschiffs und oft lange unterwegs.«

»Ich verstehe. Eines würde ich gern noch wissen: Wann hat Signora Loredana gemerkt, dass sie vergessen hat, das Geld ihres Mannes in den Nachttresor zu geben: nach der Ankunft hier bei Ihnen oder kurz vor ihrem Aufbruch?«

»Es ist ihr eingefallen, gleich nachdem sie hier angekommen ist. Sie wollte sofort wieder los, aber ich habe ihr gesagt, dass sie das auch später erledigen kann. Ich musste alle meine Überredungskünste aufbieten.«

»Ah. Sie waren das?«

»Ja. Und ich habe schreckliche Schuldgefühle. Wenn ich sie hätte gehen lassen ...«

»Aber nein, Signora! So dürfen Sie nicht denken! Es war Zufall, so etwas konnte man nicht vorhersehen!«

Er stand auf.

»Sie haben mir sehr geholfen. Ich danke Ihnen.«

»Ich begleite Sie hinaus«, sagte Valeria.

Und als sie ihm die Haustür öffnete, fragte Montalbano:

»Kennen Sie Carmelo Savastano?«

Ihre Reaktion überraschte ihn. Valeria wurde blass und wich einen Schritt zurück.

»Wa…warum…fragen…Sie…mich das?«

»Weil ich erfahren habe, dass Ihre Freundin Loredana lange mit diesem Savastano liiert war.«

»Aber was hat er mit dem Überfall zu tun?«

Sie hatte unwillkürlich die Stimme erhoben.

»Gar nichts, Signora. Reine Neugier.«

Signora Valeria hatte sich inzwischen wieder gefangen.

»Klar kenne ich ihn. Loredana und ich sind schon sehr lange befreundet. Aber ich habe Carmelo eine Ewigkeit nicht gesehen.«

Er stieg ins Auto und schaute auf die Uhr. 10.31 Uhr. Dann fuhr er los.

Aber statt zum Kommissariat lenkte er den Wagen zügig zum Vicolo Crispi. Es herrschte normaler Verkehr.

Als er in den Vicolo Crispi einbog und das Textilgeschäft und den Juwelierladen Burgio erreicht hatte, schaute er erneut auf die Uhr. 11.11 Uhr. Er hatte vierzig Minuten gebraucht.

Valerias und Loredanas Angaben zufolge hatte Loredana dieselbe Strecke in neunzehn Minuten bewältigt. Ungeachtet der Tatsache, dass Valerias Uhr vorging. Allerdings war es späte Nacht gewesen, bei sehr viel weniger Verkehr.

Im Kommissariat rief er Loredana an, um sich die Uhrzeit bestätigen zu lassen.

»Montalbano am Apparat.«

»Schon wieder?!«

»Verzeihen Sie, ich habe nur eine einzige Frage.«

»Na gut.«

»Erinnern Sie sich, wann genau Sie an jenem fraglichen Abend von Ihrer Freundin Bonifacio aufgebrochen sind?«

»Es war Viertel vor zwölf.«

Das kam wie aus der Pistole geschossen. Sie hatte nicht eine Sekunde gezögert.

Bestimmt hatte Valeria mit ihr telefoniert, nachdem er gegangen war, und ihrer Freundin von dem Gespräch berichtet.

Er rief Fazio zu sich.

»Neuigkeiten?«

»Ein paar.«

»Ich hab auch welche.«

»Dann fangen Sie an.«

Er erzählte ihm, was Pasquali gesagt hatte, denn Fazio wusste von seiner Beziehung zu Adelinas Sohn. Dann berichtete er ihm von seiner Begegnung mit Valeria Bonifacio und schließlich von seinem Anruf bei Loredana.

»Entschuldigen Sie«, sagte Fazio. »Aber wenn wir sicher wissen, dass Loredana di Marta mit ihrem Wagen an jenem Abend nicht im Vicolo Crispi vorbeigekommen ist, warum interessiert es Sie dann so brennend, wie viel Zeit sie von der Via Palermo bis dorthin gebraucht hat?«

»Überleg doch mal! Kann ich etwa in den Bericht schreiben, ein Dieb hat sich von jemandem, der bei einem Einbruch Schmiere stand, erzählen lassen, dass zur Tatzeit kein Auto durch den Vicolo Crispi gekommen ist? Kann ich Pasquali und den Schmiersteher als Zeugen benennen? Nein, kann ich nicht.«

»Sie haben recht.«

»Und selbst wenn ich das Wunder vollbringen würde, sie als Zeugen vorzuladen, würde niemand ihnen glauben. Der Verteidiger würde ihre Aussage zerpflücken. Sie sind rechtskräftig verurteilte Diebe und damit automatisch als notorische Lügner abgestempelt. Viele Lügner und Straftäter, die nicht rechtskräftig verurteilt wurden, können hingegen lügen und stehlen, so viel sie wollen. Ihnen glaubt man, denn sie sind Anwälte, Politiker, Wirtschaftsfachleute, Banker und so weiter und so fort. Und deshalb muss ich den Nachweis, dass Loredana nicht die Wahrheit sagt, nach den Regeln des Systems führen.«

»Und wie wollen Sie das machen?«

»Du musst mir einen Gefallen tun.«

»Sehr gern.«

»Du fährst heute Nacht um Viertel vor zwölf mit deinem Auto von der Via Palermo zum Vicolo Crispi und sagst mir dann morgen früh, wie lange du für die Strecke gebraucht hast.«

»Wäre es nicht besser, Sie schicken Gallo?«

»Nein. Der würde höchstens siebeneinhalb Minuten brauchen. Und jetzt bist du dran.«

»Dottori, ich habe mit Intelisano gesprochen. Er hat mir die Namen und die Adresse der Tunesier in Montelusa gegeben. Sie sind beide um die fünfzig und tüchtige Arbeiter. Sie sind vor vier Jahren als Flüchtlinge gekommen und haben politisches Asyl erhalten. Ihre Papiere sind in Ordnung.«

Montalbano spitzte die Ohren.

»Politisches Asyl?«

»Sissignore.«

»Man müsste sich erkundigen, wie sie nachgewiesen haben, dass sie ...«

»Schon geschehen.«

Dieses »schon geschehen« brachte Montalbano jedes Mal auf die Palme.

»Wenn du es schon erledigt hast, würdest du dann die Güte haben, mich davon in Kenntnis zu setzen?«

»Dottore, entschuldigen Sie bitte, aber ich dachte, dass ...«

Dem Commissario tat sein Ausbruch schon leid.

»Ich muss mich bei dir entschuldigen.«

»Beide haben Söhne, die als Regimegegner verhaftet wurden und im Gefängnis sitzen. Auch gegen die Väter wurde Haftbefehl erlassen, allerdings konnten sie das Land rechtzeitig verlassen.«

Montalbano verzog das Gesicht.

»Diese beiden Tunesier überzeugen mich nicht«, sagte er.

Sieben

»Buona giornata allerseits.« Mimì Augello trat ein.

»Gratuliere, du hattest recht«, sagte der Commissario lächelnd.

Mimì machte ein verwundertes Gesicht.

»Wie bitte?! Du gibst mir recht?! Was ist denn los? Ist heute der internationale Tag der Nächstenliebe? Und in welcher Sache gibst du mir recht?«

»In der Sache mit den Tunesiern.«

»Und das heißt?«

»Es sind tatsächlich politische Flüchtlinge. Regimegegner. Ihre Söhne sitzen in Tunesien im Gefängnis. Es besteht also eine gewisse Wahrscheinlichkeit, dass...«

»Halt«, rief Augello. »Alle mal herhören!«

»Was ist denn jetzt?«, fragte Montalbano.

»Ich muss euch mitteilen, dass der Polizeipräsident uns verwarnt hat. Er hat wortwörtlich gesagt: ›Sagen Sie Montalbano, ab sofort ist die Terrorismusbekämpfung für die Ermittlungen zuständig. Wehe, er mischt sich ein. Dann gibt's Ärger.‹ Hiermit hab ich's euch gesagt, jetzt können wir den Signor Questore einen guten Mann sein lassen. Also, was machen wir mit den Tunesiern?«

»Im Moment habe ich keinen blassen Schimmer«, gestand

der Commissario. »Vielleicht fällt mir nach dem Essen etwas ein. Fazio, erzähl Dottor Augello die Geschichte mit dem Überfall auf Loredana di Marta.«

Als Fazio fertig war, sah Mimì den Commissario fragend an.

»Was hältst du von der Sache?«

»Ich habe versucht, mich in die Lage des Diebs zu versetzen, Mimì. Loredanas Geschichte ist erfunden, das wissen wir. Aber mal angenommen, sie wäre wahr. Also: Ich verstecke mich im Eingang eines Hauses im Vicolo Crispi und warte darauf, dass ein Auto vorbeikommt, um mich auf den Boden zu werfen. Ich als Dieb habe absolut keine Ahnung, wer in dem Wagen sitzt, der die Straße entlangkommt. Angenommen, es sitzen zwei, drei Männer drin, dann wird die Sache schon haarig, selbst wenn der Dieb bewaffnet ist. Denn mit Sicherheit steigt nur einer aus und schaut nach, während der oder die anderen im Wagen sitzen bleiben; und wie die reagieren, kann der Dieb nicht voraussehen. Außerdem: Was ist, wenn in der Zwischenzeit noch ein Auto kommt? Nein, das Risiko ist einfach zu groß. Es sei denn, der Dieb weiß schon im Voraus, welches Auto kommt, und vor allem, wer drinsitzt.«

»Fazit?«

»Das kann ich dir sagen. Der Raubüberfall, wenn es denn einer war, fand unter Garantie an einem anderen Ort und unter anderen Umständen statt, und der Täter hatte mindestens einen Komplizen.«

»Das seh ich auch so«, sagte Mimì. »Aber wie gehen wir weiter vor? Wir wissen, dass die Signora uns Märchen auftischt, aber wie bringen wir sie dazu, das zuzugeben?«

»Wir lassen uns von ihr Hinweise geben, wie es wirklich war, ohne dass sie es merkt. Wir bestellen sie für heute Nachmittag hierher, sagen wir für halb fünf. Fazio, kümmere du dich darum und gib mir Bescheid. Wenn sie mit ihrem Mann kommen will, ist das in Ordnung. Ich werde ihr ein paar Fragen stellen, und dann sehen wir, wie wir weiter vorgehen. Aber du, Mimì, darfst dich auf keinen Fall blicken lassen, solange diese di Marta hier ist.«

Augello machte ein beleidigtes Gesicht.

»Und warum darf ich nicht dabei sein?«

»Das sag ich dir, wenn sie wieder weg ist. Es ist besser für dich, glaub mir. Du wirst schon noch auf deine Kosten kommen.«

Auf seinem Spaziergang zur Mole kam Montalbano ins Grübeln. Er wusste zwar, welche Taktik er bei Loredana di Marta anwenden würde, aber er hatte keine Idee, wie er an die beiden Tunesier herankommen konnte.

Allerdings war Vorsicht geboten, denn wenn herauskam, dass gegen sie Ermittlungen liefen, würde die Einwanderungsbehörde sie umstandslos nach Tunesien abschieben, auch wenn ihnen dort Folter oder sogar der Tod drohte. Wie vielen armen Geschöpfen war dieses schreckliche Schicksal nicht schon widerfahren? Montalbano wollte die beiden nicht auf dem Gewissen haben.

Als er sich auf den flachen Felsen setzte, entdeckte er den Krebs, der ihn schon erwartete.

»Ciao«, begrüßte er ihn.

Er bückte sich nach einer Handvoll Kieselsteine. Die größeren sortierte er aus, dann begann er mit dem Spiel. Es bestand darin, ein winziges Steinchen nach dem Krebs zu werfen. Wenn er nicht traf, blieb der Krebs unbeweglich sitzen. Wenn er traf, kroch der Krebs ein paar Zentimeter zur Seite, und sobald er den Rand des Wassers erreicht hatte, verschwand er.

Während Montalbano die Seitwärtsbewegung dieses Tierchens beobachtete, kam ihm der Gedanke, dass man sich den beiden Tunesiern auf dieselbe Weise nähern musste: von der Seite.

Im Handumdrehen nahm in seinem Kopf ein Plan Gestalt an, der die beiden keiner Gefahr aussetzte.

Zur Belohnung rauchte er noch eine Zigarette, dann kehrte er ins Kommissariat zurück.

Als Erstes rief er Fazio zu sich und bat ihn, das Telefonat mitzuhören, das er gleich mit Intelisano führen würde.

»Montalbano am Apparat. Entschuldigen Sie bitte, aber ich muss Sie ganz dringend sprechen.«

»Wann?«

»Möglichst noch heute.«

Intelisano dachte nach.

»Wäre neunzehn Uhr zu spät?«

»Nein, das ist in Ordnung.«

Er legte auf.

»Was wollen Sie von ihm?«, fragte Fazio.

»Hab ich euch nicht gesagt, dass mir nach dem Essen etwas einfallen würde?«

»Und was ist Ihnen eingefallen?«

»Ich fahre morgen früh mit Intelisano zur Contrada Spiritu Santo. Er wird mich den beiden Tunesiern als potenziellen Käufer seines Grundstücks vorstellen – unter falschem Namen und ohne zu sagen, dass ich von der Polizei bin. Soweit einverstanden?«

»Ja. Und weiter?«

»Am Nachmittag fahr ich noch mal hin, aber allein, und sag den beiden Tunesiern, dass Intelisano von diesem zweiten Besuch nichts erfahren darf, weil ich wissen möchte, was das Stück Land tatsächlich wert ist – wie gut ist die Ernte, wie hoch sind die Erträge –, und ich erkundige mich auch nach dem brachliegenden Acker mit dem Häuschen drauf, denn Intelisano möchte das Land natürlich als Ganzes verkaufen. Ich werde dafür auch was springen lassen. Dabei wird ein Wort das andere ergeben, und ich hoffe, dass ich auf diese Weise ein paar nützliche Informationen erhalte.«

»Die Idee gefällt mir«, sagte Fazio.

Mimì Augello kam herein.

»Wie viel Zeit bleibt mir noch, bevor ich mich verziehen muss?«

Montalbano schaute auf die Uhr.

»Fünf Minuten.«

»Ich wollte dir sagen, dass mir etwas eingefallen ist. Diese Loredana, war die vor ihrer Heirat mit di Marta Verkäuferin im Supermarkt in der Via Libertà?«

Fazio antwortete an Montalbanos Stelle.

»Sissignore.«

»Dann kenne ich sie.«

»Ach du meine Güte!«, rief Montalbano aus. »Hast du sie . . . ?«

»Nein, ein Freund von mir, der sie mir vorgestellt hat, hat's bei ihr probiert. Aber er hatte keine Chance, weil sie fest mit einem Kerl liiert war, in den sie sich unsterblich verliebt hatte.«

»Dann weiß sie also, dass du von der Polizei bist?«

»Nein. Ich habe mich als Rechtsanwalt Diego Croma vorgestellt.«

Montalbano musste laut lachen. Ein Name wie aus einem Groschenroman.

»Das war dein Deckname?«

»Einer von vielen.«

»Sag mir noch einen, damit ich was zu lachen habe.«

»Carlo Alberto de Magister. Damit hab ich mich als Adliger ausgegeben. Zerstört das jetzt deinen Plan, dass sie mich schon kennt?«

»Nein. Ganz im Gegenteil.«

Das Telefon läutete.

»Dottori, da wären zwei Signori hier vor Ort, aber genau betrachtet ist es ein Signore und eine Signora, und sie sagen, Sie hätten die Herrschaften persönlich selber einbestellt.«

»Die di Marta?«

»Weiß ich nicht, Dottori, ob sie Didi und Marta heißen.«

Montalbano streckte die Waffen.

»Schon gut, Catarè. Jetzt . . .«

»Aber wenn Sie möchten, frag ich schnell, wie sie heißen.«

»Ich hab gesagt, lass gut sein. Du zählst jetzt bis zehn, dann bringst du sie hierher.«

»Soll ich laut zählen, Dottori?«

»Wie du willst.«

Er legte auf.

»Ich hau ab«, sagte Mimì und öffnete die Tür.

»Lass offen!«, rief Montalbano ihm nach.

Eine Minute verging und niemand kam.

»Wie lange braucht Catarella eigentlich, um bis zehn zu zählen?«, fragte Fazio.

Eine weitere halbe Minute verstrich, dann griff Montalbano nach dem Hörer.

»Catarè, was ist?«

»Dottori, noch ein wenig Geduld bitte. Ich schaff's nicht bis zehn, weil andauernd das Telefon klingelt oder einer kommt und was will. Und dann muss ich unterbrechen und wieder von vorn anfangen zu zählen. Und jetzt, wo Sie mich angerufen haben, hab ich vergessen, wo ich war, also muss ich noch mal bei null anfangen.«

»Lass das mit dem Zählen und bring sie her.«

Und da sah er auch schon vom Ende des Flurs den Signor di Marta und seine Frau auf sein Büro zusteuern. Er stand auf, ging ihnen entgegen, stellte sich der Signora vor, führte die beiden in sein Zimmer und ließ sie vor seinem Schreibtisch Platz nehmen.

Fazio setzte sich auf den Stuhl vor dem Computer.

Loredana di Marta, die noch keine einundzwanzig Jahre alt war und aussah wie achtzehn, war eine brünette Schönheit, groß gewachsen und mit langen Beinen. Aus ihren unter normalen Umständen gewiss strahlenden Augen war jetzt aller Glanz gewichen. Sie war sichtlich aufgeregt, nervös und blass.

Der Blick des Commissario wanderte unwillkürlich zu ihren vollen, perfekt geformten Lippen, auf denen keine

Spuren der Bisswunden zu sehen waren, die ihr der Räuber zugefügt hatte.

»Wir sind hergekommen, ohne lange zu fragen, wieso und weshalb, aber ich verstehe nicht, warum ...«, begann di Marta sofort.

Montalbano gebot seinem Redeschwall mit einer Handbewegung Einhalt.

»Signor di Marta, dass Sie auf eigenen Wunsch an dieser Unterredung teilnehmen können, ist ein Entgegenkommen meinerseits. Es ist Ihnen jedoch in keiner Weise gestattet, sich einzumischen, ist Ihnen das klar? Den Grund für die Vorladung werden Sie verstehen, wenn Sie still zuhören, während ich Ihrer Frau meine Fragen stelle.«

»Ist gut«, murmelte di Marta.

»Ich werde Sie nicht lange aufhalten«, wandte sich Montalbano an die junge Frau. »Deshalb fange ich auch gleich an. Sagen Sie mir, wann genau an jenem Abend Ihr Mann Ihnen das Geld für den Nachttresor übergeben hat.«

Herr und Frau di Marta tauschten einen kurzen Blick. Offenbar hatten sie nicht damit gerechnet, dass der Commissario mit dieser Frage beginnen würde.

»Als ich zu meiner Freundin Valeria aufgebrochen bin.«

»Um welche Uhrzeit?«

»Halb neun vielleicht.«

»Und an diesem Tag hatten Sie Ihre Freundin noch nicht gesehen?«

»Ich war schon mal am Nachmittag zwischen vier und halb sieben bei ihr.«

»Und nach dem Abendessen hielten Sie es für notwendig, noch einmal zu ihr zu fahren?«

»Ja. Ihr ging es nicht gut. Ich war, wie gesagt, um sieben zu Hause, habe für meinen Mann gekocht, wir haben gegessen, und als ich ihm sagte, dass ich noch mal wegmuss, hat er mir das Geld gegeben, damit ich es einzahle.«

»War es das erste Mal?«

»Was?«

»Dass Sie eine solche Einzahlung vornehmen wollten.«

»Nein. Ich habe das schon mehrmals gemacht.«

»Verstehe. Aber als Sie dann im Auto saßen, haben Sie es vergessen.«

»Ja. Ich hatte andere Dinge im Kopf. Ich ... ich habe mir Sorgen um Valeria gemacht.«

»Selbstverständlich. Folglich wussten nur drei Personen, dass Sie diese Geldsumme bei sich hatten.«

»Zwei«, korrigierte Loredana. »Mein Mann und ich.«

»Aber nein!«, sagte Montalbano. »Valeria Bonifacio hat mir gesagt, dass Ihnen, Signora di Marta, gleich nach Ihrer Ankunft eingefallen ist, dass Sie das Geld nicht eingezahlt haben. Sie wollten gleich wieder los, aber die Signora Bonifacio hat Sie überredet, es auf dem Heimweg zu erledigen. War es so?«

»Ja, so war es.«

»Sehen Sie, ich hatte recht. Drei Personen wussten Bescheid. Schließen Sie aus, dass noch jemand davon erfahren hat?«

»Das würde ich ausschließen.«

»Haben Sie auf dem Weg zu Ihrer Freundin irgendwo angehalten?«

»Warum hätte ich das tun sollen?«

»Hätte doch sein können, Signora, dass Ihnen die Zigaretten ausgegangen waren und Sie neue kaufen wollten, so etwas in der Art.«

»Ich verstehe nicht, wieso das wichtig ist ...«

»Nehmen wir an, Sie hätten irgendetwas gekauft und jemand hätte gesehen, dass Sie viel Geld bei sich tragen.«

»Ich habe nirgendwo angehalten.«

Montalbano machte eine Pause und beschloss, dass die Zeit des Schmierentheaters gekommen war.

Er zog eine Grimasse, pfiff durch die Zähne, betrachtete in langem Schweigen die Spitze seines Kugelschreibers und fing dann an, leise zu lamentieren:

»O je o je!«

Di Marta sah ihn betroffen an, sagte aber kein Wort. Loredana fragte:

»Was soll das heißen?«

»Dass es leider gar nicht gut aussieht.«

»Für wen?«, fragte sie mit veränderter Stimme.

»Was für eine Frage, Signora! Können Sie sich das nicht denken?«

»Nein, ich kann es mir nicht denken!«

»Für Ihre Freundin Valeria, Signora! Das liegt doch auf der Hand!«

»Aber was reden Sie denn da«, sagte Loredana, sichtlich verdattert.

»Meine liebe Signora, es ist wohlgemerkt nur eine Mutmaßung, aber nehmen wir mal Folgendes an: Sie besuchen Ihre Freundin und sagen ihr, dass Sie vergessen haben, eine größere Summe Bargeld bei der Bank einzuzahlen. Sie sagen, Sie möchten die Sache erledigen, aber Ihre Freundin hält Sie davon ab. Finden Sie das nicht merkwürdig?«

»Warum soll das merkwürdig sein? Ich musste doch ohnehin irgendwann nach Hause fahren . . .«

»O nein! Wenn Sie das Geld um halb neun Uhr abends deponieren, ist es etwas anderes als um Mitternacht. Zumal Sie allein unterwegs waren. Eine so junge und – wenn ich mir die Bemerkung erlauben darf – bildschöne Frau wie Sie! Finden Sie nicht, dass das ein, gelinde gesagt, fahrlässiger Vorschlag war?«

»Aber ich wusste doch gar nicht, dass ich so lange bleiben würde. Und Valeria auch nicht!«

Ziemlich schlagfertig, die Kleine.

»Lassen Sie mich meine Spekulation zu Ende führen. Ihre Freundin übertreibt mit ihrer Unpässlichkeit, damit Sie so spät wie möglich aufbrechen. Sobald Sie das Haus verlassen haben, läuft sie zum Telefon und informiert einen Komplizen, dass Sie mit einer großen Summe Bargeld in der Tasche zum Vicolo Crispi unterwegs sind. Der Komplize fährt dorthin, und die Sache ist geritzt.«

Loredana starrte ihn mit offenem Mund an. Sie war völlig perplex. Der Commissario wedelte mit der Hand, als würde er eine Fliege verscheuchen.

»Aber lassen wir den Aspekt unserer Ermittlungen gegen die Signora Bonifacio vorerst beiseite. Und ich bitte Sie, ihr nichts von meinem Verdacht zu sagen. Kommen wir zu einem anderen Punkt. Sie haben erklärt, dass Sie im Vicolo Crispi zwischen dem Textilgeschäft und dem Juwelierladen einen Mann am Boden haben liegen sehen. Meine Frage lautet – und denken Sie bitte genau nach, bevor Sie antworten: Als Sie diesen Mann bemerkt haben, lag er da schon am Boden oder ließ er sich gerade fallen?«

»Was macht das für einen Unterschied?«

»Einen gewaltigen.«

»Das versteh ich nicht.«

»Ich erkläre es Ihnen, hören Sie gut zu. Der Räuber legt sich doch gewiss nicht auf die Straße, um das nächstbeste Auto auszurauben, das vorbeikommt. Denn was macht er, wenn es ein Lkw ist? Oder eine Ape? Die Beute wäre nicht der Rede wert. Fünf Euro vielleicht? Nein, er muss das richtige Auto abpassen. Also hält er sich in einem Hauseingang versteckt und wirft sich auf die Straße, sobald er Ihr Auto kommen sieht. Können Sie mir folgen?«

»Ja.«

»Aber weil der Vicolo Crispi nicht besonders lang und außerdem schnurgerade ist, mussten Sie zwangsläufig sehen, wie der Mann sich zu Boden wirft. Verstehen Sie?«

Sie sah ihm direkt in die Augen. Ihr Blick war jetzt nicht mehr trüb, sondern hellwach und scharf. Montalbano hatte es mit einer intelligenten jungen Frau zu tun, einer Gegnerin, die dieser Bezeichnung würdig war.

»Ich bleibe bei dem, was ich gesagt habe«, erklärte Loredana mit fester Stimme. »Möglich, dass ich die Bewegung des Mannes nicht wahrgenommen habe, weil ich auf die Uhr gesehen oder sonst etwas gemacht habe. Aber als ich den Mann sah, lag er schon am Boden.«

Donnerwetter. Sie war nicht nur intelligent, sondern auch gewieft. Sie hatte begriffen, dass sie mit dem Beharren auf ihrer Version des Tathergangs Montalbanos Hypothese einer Verwicklung Valerias in den Raubüberfall schwächte. Montalbano wusste, dass di Marta bei seinen nächsten Fragen ausrasten konnte. Dennoch beschloss er eiskalt, die beiden zu überrumpeln.

»Entschuldigen Sie, im Protokoll steht, dass der Räuber, nachdem er ins Auto gestiegen war, den Schlüssel abgezogen und auf die Straße geworfen hat.«

»Ja.«

»Sie mussten also aussteigen und den Schlüssel suchen, nachdem der Räuber verschwunden war?«

»Ja.«

»Hat das lange gedauert?«

»Ich glaube schon. Die Straße ist schlecht beleuchtet, und ich war ... ziemlich durcheinander.«

»In welche Richtung ging er?«

»Wer?«

»Der Räuber.«

»Er ist in meine Fahrtrichtung davongelaufen, die Scheinwerfer haben ihn von hinten angestrahlt, und am Ende der Straße ist er dann nach rechts abgebogen.«

»Zur nächsten Frage«, sagte Montalbano. »Ihre Freundin Valeria hat mir von einem Detail berichtet, das in der Anzeige Ihres Mannes merkwürdigerweise gar nicht auftaucht.«

Signor di Marta, der bis zu diesem Augenblick interessiert zugehört hatte, machte ein empörtes Gesicht und sagte:

»Ich habe Ihnen alles gesagt!«

»Sie haben uns alles gesagt, was Ihnen Ihre Frau erzählt hat«, korrigierte Montalbano.

Di Marta verstand sofort. Er schnellte zu Loredana herum und fixierte sie wie ein wilder, zum Angriff bereiter Stier.

»Hast du mir denn nicht alles erzählt?! Was ist noch passiert? Du hast geschworen, dass du mir alles gesagt hast!«

Loredana antwortete nicht, sie schlug die Augen zu Boden.

Montalbano merkte, dass er eingreifen musste.

»Ich hatte Ihnen gesagt, Sie sollen sich ...«

»Ich rede, wann es mir passt!«

»Fazio, begleite den Signor di Marta hinaus«, sagte der Commissario kühl.

»Was soll das heißen?«, protestierte der Mann und sprang auf.

»Das heißt, dass ich Ihre Anwesenheit hier in diesem Raum nicht mehr für angebracht halte.«

»Das ist ein Übergriff! Ein Missbrauch Ihrer Amtsgewalt!«, schrie di Marta, leichenblass und mit drohend gereckten Fäusten.

Aber Fazio hatte ihn schon mit festem Griff an der Schulter gepackt und schob den weiter zeternden di Marta hinaus.

»Möchten Sie einen Schluck Wasser?«, fragte der Commissario.

Loredana nickte. Montalbano stand auf und schenkte ihr aus einer Flasche ein, die er auf seinem Aktenschrank stehen hatte.

Sie trank das Glas in einem Zug leer.

Fazio kam zurück.

»Ich konnte ihn so weit beruhigen, dass er im Wartezimmer Platz genommen hat. Aber man behält ihn im Auge.«

»Fühlen Sie sich imstande weiterzumachen?«, fragte Montalbano.

»Wenn ich schon mal hier bin«, antwortete sie resigniert.

»Warum haben Sie Ihrem Mann verschwiegen, dass der Räuber Sie nicht nur geküsst, sondern noch zu etwas anderem gezwungen hat?«

Loredana war jetzt feuerrot im Gesicht. Schweiß stand auf ihrer Oberlippe. Sie zwang sich zur Ruhe, aber es kostete sie große Anstrengung. Sie war sehr aufgewühlt.

»Weil … Er ist wahnsinnig eifersüchtig. Manchmal verliert er die Beherrschung. Blind vor Eifersucht, würde er am Ende behaupten, ich hätte eingewilligt. Und außerdem … ich dachte, wenn ich es ihm sage … könnte er einen Anfall kriegen. Ich wollte es ihm ersparen … Ehrlich gesagt versteh ich nicht, warum Valeria es für nötig befunden hat, Ihnen zu sagen …«

»Ihre Freundin hat korrekt gehandelt. Aber offen gestanden hatte ich den Eindruck, dass sie mir noch etwas verschwiegen hat.«

Das war ein Testballon. Er hatte keineswegs diesen Eindruck gehabt. Vielmehr hatte ihn Loredanas innere Anspannung auf eine Idee gebracht.

Acht

Loredana antwortete nicht. Sie schien gar nicht gehört zu haben, was der Commissario gesagt hatte. Sie hielt den Blick gesenkt und ließ die Schultern hängen. Ab und zu schüttelte sie den Kopf, als wollte sie einen Gedanken oder eine Erinnerung abwehren, die ihr unangenehm waren. Schließlich öffnete sie ihre Handtasche, nahm ein besticktes Taschentuch heraus und tupfte sich den Schweiß von der Oberlippe. Danach hielt sie es verkrampft zwischen den Fingern fest.

Der Commissario fand, dass der Moment gekommen sei, seine Trümpfe auf den Tisch zu legen. Er schloss kurz die Augen und legte los:

»Würden Sie mir den Namen und die Adresse Ihres Gynäkologen nennen?«

Loredana zuckte zusammen. Sie hob den Kopf und sah Montalbano überrascht, ja entsetzt an.

»Warum?«

Dieses »Warum?« hatte sie mit vollem Körpereinsatz herausgeschrien: starr aufgerichtet, mit weit aufgerissenen Augen und zum Zerreißen gespannten Nerven.

Montalbano genoss seinen Erfolg. Er war zufrieden, er hatte ins Schwarze getroffen.

»Weil ich ihn um eine Auskunft bitten möchte, die er mir sicher geben wird, weil sie nicht unter die Schweigepflicht fällt.«

»Und welche?«

Loredanas Stimme war nur noch ein Hauch.

»Ich werde ihn lediglich fragen, wann Sie sich das letzte Mal haben untersuchen lassen.«

Da brach Loredana in Tränen aus. Sie wandte ihr Gesicht zur Seite, rutschte aber auf der Stuhlkante noch weiter vor und legte die gefalteten Hände, in denen sie immer noch das Taschentuch hielt, auf den Schreibtisch.

»Um Himmels willen … es reicht! Haben Sie Mitleid mit …«

Fazio sah ihn an, aber er wich dem Blick aus.

»Signora, es tut mir leid, aber ich muss Sie weiter befragen. Reißen Sie sich bitte zusammen. Tun Sie es Ihrem Mann zuliebe, denn wenn er Sie so aufgelöst sieht … Ich werde Ihnen helfen, ja?«

»Wie denn?«

»Ich sage Ihnen, wie es sich meiner Ansicht nach zuge-tragen hat, und Sie korrigieren mich, wenn ich mich irre. Also, der Räuber hat Sie gezwungen, ins Auto zu steigen, er hat das Geld aus Ihrer Handtasche genommen, dann hat er Sie mit einer Waffe bedroht und Ihnen befohlen loszu-fahren. War es so?«

Loredana nickte. Sie presste das Taschentuch mit beiden Händen ans Gesicht, als wolle sie alles ausblenden.

»Er hat Sie in eine dunkle und verlassene Gegend gelotst, Ihnen dann befohlen anzuhalten und auf den Rücksitz zu klettern. Hab ich richtig geraten?«

»Ja.«

»Und dann hat er Sie vergewaltigt.«

»Ja«, sagte Loredana mit kaum hörbarer Stimme.

Ein leiser Klagelaut, dann wurde sie ohnmächtig und sackte langsam vom Stuhl auf den Boden.

Bei dem Versuch, ihr zu Hilfe zu eilen, stießen Montalbano und Fazio zusammen. Fazio hob sie hoch und bettete sie auf das Sofa. Montalbano benetzte sein Taschentuch mit Wasser aus der Flasche und legte es ihr auf die Stirn. Erst nach zehn Minuten war sie wieder ansprechbar.

»Können Sie ein paar Schritte gehen?«

»Ja.«

»Führ die Signora in dein Büro und bleib bei ihr«, sagte er zu Fazio.

Dann wählte er Catarellas Nummer.

»Bring den Herrn aus dem Wartesaal zu mir rein.«

»Wo ist meine Frau?«, war das Erste, was di Marta sagte, als er den Raum betrat.

»In Fazios Büro. Wenn die Signora sich erholt hat, wird er eine neue Aussage zu Protokoll nehmen.«

»Eine neue Aussage?!«

Sie schauten sich an. Der Commissario brauchte nichts weiter zu sagen. Di Marta fing an zu zittern und nach Luft zu ringen. Er legte eine Hand auf seine Brust, als würde er gleich eine Herzattacke bekommen.

Es fehlte noch, dass jetzt auch noch di Marta umkippte.

»Sie ist vergewaltigt worden, stimmt's?«

»Leider ja«, sagte Montalbano.

Fünf Minuten, nachdem die Eheleute di Marta gegangen waren, rief Montalbano Fazio und Augello zu sich. Er bat Fazio, den Kollegen zunächst über den Verlauf der Vernehmung zu informieren. Währenddessen rauchte er auf dem Parkplatz eine Zigarette.

Er musste allein und in aller Ruhe über das Vorgefallene nachdenken. Als er mit der Zigarette fertig war, kehrte er in sein Büro zurück und eröffnete die Sitzung.

»Als Erstes möchte ich von dir, Fazio, wissen, ob du Fragen an mich hast.«

»Ja. Soweit ich verstehe, haben Sie Ihren fingierten Verdacht gegen die Bonifacio nur geäußert, um zu sehen, wie sie reagieren wird, wenn Loredana ihr davon erzählt. Aber als die Bonifacio Ihnen gesagt hat, dass es nicht bei einem Kuss geblieben war, hatten Sie da wirklich den Eindruck, dass sie Ihnen noch mehr verschweigt?«

»Nein. Als ich mit ihr gesprochen habe, hatte ich nicht diesen Eindruck. Erst Loredanas Reaktion während der Vernehmung hat mir klargemacht, welches Spiel sie spielt.«

»Entschuldigen Sie, was für ein Spiel?«

»Kam es dir nicht auch so vor, dass Loredana mich zu einem ganz bestimmten Punkt führen wollte? Und dass ich ihr brav hinterhergelaufen bin?«

»Willst du damit sagen, sie wurde gar nicht vergewaltigt?«, fragte Mimì. »Was für einen Grund hatte sie dann, sich untersuchen zu lassen?«

»Das sage ich doch gar nicht. Ich sage, sie hat sich vergewaltigen lassen. Sie brauchte einen Beweis dafür, dass sie körperlich misshandelt wurde. Und der Gynäkologe hat es ihr attestiert. Und beachtet bitte, dass sie nicht von sich aus gesagt hat, dass sie vergewaltigt wurde. Ich habe sie gedrängt, es zuzugeben. Das war äußerst geschickt von ihr.«

»Aber mit welchem Ziel?«

»Das sag ich euch gleich. Sicher ist jedenfalls, dass die beiden Frauen ... Loredana kommt mit Bisswunden auf den Lippen nach Hause. Valeria sagt mir, dass der Räuber ihre Freundin auch noch gezwungen hat, ihn anzufassen. Und die kommt aufgewühlt hier an wie jemand, der etwas zu verbergen hat ... Wirklich raffiniert, wie die beiden es geschafft haben, mir die Idee mit der Vergewaltigung einzureden! Sie haben einen perfekten Plan ausgeheckt. Die haben echt was drauf!«

»Na gut«, sagte Augello ungeduldig. »Aber warum wollte sie den Eindruck erwecken, vergewaltigt worden zu sein?«

»Weil damit der Verdacht ausgeräumt ist, dass sie mit dem Räuber unter einer Decke steckt.«

»Stimmt«, sagte Fazio sofort.

»Und da es für alles einen Grund gibt, haben sich der Vergewaltiger und sein Opfer abgesprochen. Folglich wird Loredana uns auf die Spur des Räubers führen. Und hier kommst du ins Spiel, Mimì.«

»Versteh schon. Ich soll mich an Loredana ranmachen.«

»Falsch.«

»Was dann?«

»Du sollst dich an Valeria Bonifacio ranmachen. Glaub mir, als Frau ist sie es allemal wert. Lass dir von Fazio die Kontaktdaten geben und komm erst wieder ins Kommissariat, wenn du mit ihr Fühlung aufgenommen hast.«

Fazio wiegte bedächtig den Kopf.

»Was ist?«

»Mich überzeugt das nicht, Dottore.«

»Was denn? Dass Augello sich an die Bonifacio ranmachen soll?«

»Nein, nein, das ist in Ordnung. Mich überzeugt nicht, dass die beiden wegen sechzehntausend Euro ein solches Theater veranstaltet haben.«

»Erscheint dir das zu wenig?«

»An sich nicht, im Vergleich zum Aufwand schon. Aber das ist nur mein Eindruck.«

»Vielleicht hast du recht. Aber zum jetzigen Zeitpunkt haben wir keine andere Wahl, als in diese Richtung weiterzugehen.«

Und nach einer kurzen Pause fügte er hinzu:

»Ich habe allerdings schon eine Idee, wer dieser Vergewaltiger sein könnte. Ich bin darauf gekommen, als mir klar wurde, dass es eine Vergewaltigung mit Einverständnis des Opfers war.«

»Was das betrifft«, sagte Fazio, »hab ich auch eine Idee.«

»Wirklich? Dann sag den Namen.«

»Sie zuerst!«

»Ich nenne den Vornamen und du den Nachnamen, einverstanden?«

»Einverstanden.«

»Carmelo ...«, begann der Commissario.

»... Savastano«, ergänzte Fazio.

»Was seid ihr doch für Genies!«, rief Mimì Augello spöttisch. »Das ist dermaßen naheliegend, dass ich mich an eurem edlen Wettstreit gar nicht erst beteiligen wollte. Der reinste Kindergarten.«

Er stand auf und ging. Das Telefon klingelte.

»Dottori, da wäre ein Signore hier vor Ort im Kommissariat, sein Name ist 'Ntintilin…«

»…tonton«, ergänzte Montalbano.

»Nein, Dottori, so heißt er nicht, er heißt 'Ntintillinsano.«

»Bring ihn her.«

Intelisano hatte gegen Montalbanos Vorschlag nichts einzuwenden.

»Einverstanden, Dottori. Wenn Sie mit den Tunesiern in Spiritu Santo sprechen möchten, ist es einfacher, von Montelusa aus hinzufahren, die Straße dort ist in einem besseren Zustand. Ich nehme immer diesen Weg.«

»Und wie wollen wir verbleiben?«

»Am besten fahren wir mit zwei Autos, Sie mit Ihrem und ich mit meinem. Wir treffen uns am Ortseingang von Montelusa, an der Abzweigung nach Aragona. Ist halb acht in Ordnung?«

»Bestens.«

»Wie soll ich Sie vorstellen?«

»Als Ingegnere Carlo La Porta.«

Er wollte gerade nach Marinella aufbrechen, als Catarella ihn telefonisch benachrichtigte, Dottori Squisìto von der Terrorismusbekämpfung sei im Kommissariat und wolle persönlich selber mit ihm sprechen. Der Commissario kannte ihn.

»Er heißt Sposìto, Catarè. Bring ihn zu mir.«

Der fünfundvierzig Jahre alte Polizeidirektor Sposìto war immer schlecht gekleidet, immer ein wenig zerzaust und immer in Eile. Sie hatten nie viel miteinander zu tun gehabt, waren sich aber oft im Polizeipräsidium begegnet, und der Commissario fand ihn nicht unsympathisch.

»Ich halte dich nicht lange auf, höchstens fünf Minuten«, sagte Sposìto. »Ich bin nämlich in Eile. Ich war zufällig hier in der Nähe und dachte mir, ich …«

»Aber ich bitte dich! Setz dich doch.«

»Ich schicke voraus, dass wir das Häuschen in der Contrada Spirito Santo durchsucht haben – ganz unauffällig, versteht sich. Du hattest völlig recht. Es handelt sich mit hoher Wahrscheinlichkeit um eine Waffenlieferung, bestehend aus einer Kiste Raketenwerfern und zwei Kisten Munition. Ich bräuchte allerdings eine Information von dir.«

»Gerne.«

»Soweit ich Dottor Augello verstanden habe, hat sich der Eigentümer des Grundstücks nicht sofort bei euch gemeldet, als er die eingebaute Tür entdeckt hat, sondern erst einen Tag später.«

»Nein, er ist am Abend desselben Tages gekommen, aber da war ich schon weg, und Augello hat ihn gebeten, am nächsten Morgen wiederzukommen.«

»Und du, bist du noch am Vormittag hingefahren?«

»Ja. Warum fragst du?«

»Weil unter diesen Umständen klar ist, dass das Häuschen von jemandem beobachtet wurde, der wusste, dass Intelisano nicht irgendein Spaziergänger ist, sondern der Eigentümer. Und deshalb hat man das Häuschen auch sofort leergeräumt, nachdem Intelisano weg war.«

»Ich verstehe. Und?«

»Und deshalb könnte es sein, dass die Waffen noch nicht zu ihrem endgültigen Bestimmungsort unterwegs sind, sondern woanders zwischengelagert wurden, irgendwo in der Nähe von dem Häuschen, vielleicht sogar in einem Versteck, das leicht aufzuspüren ist. Ich danke dir.«

Er stand auf. Die beiden Männer gaben sich die Hand.

Warum hatte Sposìto kein Wort über die beiden tunesischen Landarbeiter verloren? Konnte es sein, dass er noch keine Kenntnis von ihnen hatte? Oder hatte er es ihm absichtlich verschwiegen?

In Marinella vergewisserte er sich als Erstes, dass seine Haushälterin ihm diesmal etwas gekocht hatte.

Im Ofen stand Kartoffelauflauf mit Anchovis. Adelina hatte für den Fall, dass er nicht allein war, eine Riesenmenge zubereitet.

Kaum hatte er auf der Veranda den Tisch gedeckt, klingelte das Telefon.

»Ciao, Commissario.«

»Ciao, Marian. Wie ist es mit Lariani gelaufen?«

Das interessierte ihn brennend.

»Schlecht.«

Montalbano war sofort alarmiert. Er stellte sich vor, der Mistkerl habe sie zu sich nach Hause eingeladen, um sich an sie ranzumachen.

»Hat er dich angefasst?«

»Wie kommst du denn darauf? Das hätte er mal versuchen sollen … Nein, schlecht in dem Sinne, dass er ein harter Brocken ist. Wie befürchtet, hat er mir ein paar alte Schinken gezeigt, und als ich ihn gefragt habe, ob das ein Scherz sein soll, meinte er, er kann mir wahrscheinlich beschaffen, was ich suche, braucht aber ein wenig Zeit und muss darüber nachdenken.«

»Wie lange?«

»Zwei Tage mindestens.«

»Der spielt auf Zeit.«

»Das kannst du laut sagen. Und das bedeutet leider, dass ich nicht so schnell wie geplant nach Vigàta zurückkommen werde.«

»Wo bist du denn im Moment?«

»Bei meinen Eltern. Wir gehen gleich essen. Ach ja, noch etwas: Kurz nachdem ich gestern Abend hier war, hat Pedicini mich aus Korfu angerufen. Er wollte wissen, wie es mit Lariani vorangeht. Ich hab ihm gesagt, dass der Kunsthändler mich hinhält. Und dann hat er etwas gesagt, das mir im ersten Moment wirklich komisch vorkam.«

»Was denn?«

»Er meinte, ich soll mich an Paolo Antonio Barbieri interessiert zeigen.«

»Und wer ist das?«

»Der Bruder von Il Guercino. Er ist vor allem für seine Stillleben bekannt.«

»Und warum kam dir das komisch vor?«

»Weil er damit meines Erachtens das Spektrum der möglichen Objekte zu sehr einschränkt.«

»Mit anderen Worten, dadurch wird die Sache noch schwieriger.«

»Oder einfacher.«

»Warum?«

»Weil ich Lariani natürlich sofort angerufen und ihn gebeten habe, gezielt nach Barbieri zu suchen. Da hat er nur gelacht und gesagt, mit dieser Bitte hätte er gerechnet.«

»Will heißen?«

»Das hab ich auch nicht ganz verstanden. Aber lass uns von etwas anderem reden. Soll ich dir was gestehen?«

»Klar.«

»Ich hab solchen Appetit!«

»Hast du nicht gesagt, dass du gleich zum Essen gehst?«

Sie lachte.

»Salvo, das meinst du aber jetzt nicht ernst, oder? Auf *dich* hab ich Appetit! Und du?«

Obwohl Montalbano allein war, errötete er.

»Selbstverständlich« war alles, was er herausbrachte.

Marian lachte wieder.

»Meine Güte, manchmal wirkst du richtig unbeholfen … irgendwie süß. Los, Commissario, nimm deinen Mut zusammen und sag, dass du mich auch begehrst.«

Montalbano schloss die Augen, holte tief Luft und wagte den Sprung.

»Ich … ich …«, begann er.

Und stockte. Gewiss begehrte er sie, aber er schaffte es partout nicht, es auszusprechen. Die Worte machten sich auf, von seinem Herzen zu seinem Mund zu strömen, aber seine Lippen bewegten sich nicht, er brachte es einfach nicht heraus.

»Los, streng dich ein bisschen an. Du hast es fast geschafft«, sagte Marian. »Nimm noch mal Anlauf.«

»Ich …«

Nichts zu machen. Diesmal kam erschwerend hinzu, dass seine Kehle trocken war wie die Sahara.

»Die rufen mich, ich muss los«, sagte Marian. »Bei dem Tempo dauert es ja eine Stunde, bis du es endlich herausgebracht hast. Fürs Erste bist du erlöst. Ich ruf dich vor dem Zubettgehen noch mal an, um dir eine gute Nacht zu wünschen.«

Er legte auf und ging auf die Veranda hinaus. Und schon klingelte das Telefon.

Natürlich war es Livia.

»Könntest du ganz kurz warten?«

Er musste ein Glas Wasser trinken.

»Da bin ich wieder.«

»Ich hab es vorhin schon probiert, aber da war besetzt. Mit wem hast du gesprochen?«

»Mit Fazio.«

Die Lüge war ihm mühelos über die Lippen gekommen. Und Livia schluckte sie anstandslos.

Als er auflegte, hatte er ihr mindestens zehn Lügen aufgetischt.

Konnte er so weitermachen? Nein, unmöglich. Mit jeder neuen Lüge fühlte er sich selbst in den Schmutz gezogen, sodass er jetzt das dringende Bedürfnis verspürte, sich unter die Dusche zu stellen.

Was war er doch für ein Kerl!

Einerseits schaffte er es nicht, Marian zu sagen, dass er sie nicht nur begehrte, sondern Liebe für sie empfand. Und andererseits fehlte ihm der Mut, Livia offen und ehrlich zu sagen, dass er das Gefühl hatte, sie nicht mehr zu lieben.

Nach dem Duschen ging es ihm besser, und er setzte sich an den Tisch. Er aß von allem die Hälfte, danach räumte er ab.

Er wollte sich frühzeitig schlafen legen, denn er musste mindestens um sechs aufstehen, damit er um halb acht an der Abzweigung nach Aragona war.

Er nahm das Telefon mit ins Schlafzimmer und stöpselte den Stecker in der Dose neben seinem Nachttisch ein.

Aus dem Bücherregal zog er das erstbeste Buch heraus, das ihm in die Hände fiel. Als er im Bett lag, stellte er fest, dass es Stendhals *Über die Liebe* war. Er musste lachen. Dann schlug das Buch auf und fand folgende Stelle:

> *In der ersten Zeit meiner Bekanntschaft mit der Liebe*
> *ließen mich meine sonderbaren Empfindungen an-*
> *nehmen, dass ich gar nicht liebte. Ich verstehe die*
> *Feigheit ...*

Er las eine gute Stunde, bis ihm die Augen zufielen. Da klingelte das Telefon.

»Buonanotte, Commissario.«

»Ich auch«, sagte er schlaftrunken.

Marian fing an zu lachen.

»Bist du ein Spätzünder? Diese Antwort hättest du mir geben sollen, als ich dich gefragt habe, ob du mich auch begehrst. Dieses ›Ich auch‹, das du zwischen den Zähnen herausgepresst hast, hätte zu der vorigen Frage gehört. Oder wolltest du sagen: ›Ich wünsche dir auch eine gute Nacht‹«?

»Letzteres«, antwortete Montalbano und fühlte sich lächerlich und feige zugleich.

Aber die richtigen Worte wollten ihm auch diesmal nicht über die Lippen.

Kurz bevor er das Haus verließ, beschlichen ihn plötzlich Zweifel. Was, wenn die Tunesier ihn schon einmal im Fernsehen gesehen hatten und ihn als Commissario Montalbano wiedererkannten? Die Wahrscheinlichkeit war zwar gering, aber durchaus vorhanden. Doch wie konnte er auf die Schnelle sein Aussehen verändern?

Er behalf sich mit einer Sonnenbrille, die sein halbes Gesicht verdeckte, einem alten Schlapphut, den er tief in die Stirn zog, und einem roten Tuch, das er sich um den Hals band und bis zur Nase hochzog. Dann empfahl er sich Gott.

Intelisano war pünktlich am vereinbarten Treffpunkt. Er sah Montalbano verwundert an, stellte aber keine Fragen.

Nachdem sie eine Weile auf einem einigermaßen passierbaren Weg gefahren waren, hielt Intelisano an. Montalbano hinter ihm blieb gleichfalls stehen.

»Ab jetzt müssen wir zu Fuß weiter. Schließen Sie Ihren Wagen ab.«

Linker Hand verlief ein Weg, der nur für Karren geeignet war, den schlugen sie ein.

»Von hier an gehört das Land mir.«

Sie gingen zwanzig Minuten über frisch gepflügte Felder. Montalbano stieg der Geruch von Erde in die Nase, ein Duft so herrlich wie der des Meeres.

Dann passierten sie einen gemauerten Viehstall, an den sich eine große Wellblechscheune anschloss, deren oberer Teil als Heuboden diente.

Während Montalbano so dastand und die Scheune betrachtete, traf ihn ein greller Lichtstrahl vom Heuboden.

Trotz der Sonnenbrille schloss er unwillkürlich die Augen, und als er sie wieder aufschlug, war der Lichtstrahl verschwunden. Er musste die Brille abnehmen, um sich die tränenden Augen zu trocknen. Vielleicht hatte sich ein Sonnenstrahl in einem Stück Blech gebrochen.

Neun

»Diese Scheune ist recht praktisch«, sagte Intelisano.
»Oben ist der Heuboden, der untere Teil dient als Lager
und Garage und zur Aufbewahrung des Saatguts ... Wenn
es heiß ist oder regnet, machen meine Bauern hier ihre
Mittagspause.«

»Haben die denn einen Schlüssel?«

»Selbstverständlich.«

»Und sie übernachten auch hier?«

»Nein. Ich dachte, ich hätte es schon gesagt. Sie haben eine
Unterkunft in Montelusa.«

Nach weiteren zehn Minuten Fußmarsch kamen sie zu
dem Stück Land, auf dem die Tunesier arbeiteten.

Tatsächlich konnte man von hier aus die andere Hälfte der
Parzelle – den brachliegenden Teil mit dem baufälligen
Häuschen – nicht sehen. Dazwischen lag ein kleiner Hügel,
der den Blick verstellte.

Die Tunesier bearbeiteten jedoch sicherlich auch den hü-
geligen Teil des Ackers und kannten daher das Häuschen.

Als sie die beiden Besucher kommen sahen, unterbrachen
sie ihre Tätigkeit. Der auf dem Traktor stieg herunter. Sie
nahmen ihre Mützen ab. Intelisano stellte die Männer
vor.

»Das ist Alkaf, und das ist Mohammet.«

»Angenehm«, sagte Montalbano und reichte ihnen die Hand.

»Sie kommen aus Tunesien«, fuhr Intelisano fort, »und arbeiten seit zwei Jahren hier. Dieser Signore ist Carlo La Porta, der das Land kaufen möchte.«

»Will verkaufen?«, fragte Mohammet wenig begeistert.

»Drei große Parzellen sind schwer zu bewirtschaften«, sagte Intelisano.

Alkaf lächelte Montalbano zu.

»Machst du gute Geschäft.«

»Noch besser, wenn wir hier arbeiten«, sagte Mohammet.

Sie waren beide um die fünfzig Jahre alt und hatten sich gut gehalten. Hager, mit klugen, hellwachen Augen machten sie trotz ihres ärmlichen Äußeren einen durchaus kultivierten Eindruck.

»Habt ihr in Tunesien fremde oder eure eigenen Felder bearbeitet?«, fragte Montalbano.

»Eigene Felder«, antworteten sie im Chor.

»Aber nicht groß«, ergänzte Alkaf.

»Mit einem Traktor?«

»Nein«, sagte Mohammet. »Für Traktor kein Geld. Hacke und Handpflug. Traktor fahren haben hier gelernt.«

»Gehen wir weiter?«, fragte Intelisano.

Montalbano nickte und verabschiedete sich mit einem erneuten Händedruck.

Sobald sie außer Hörweite waren, fragte Intelisano den Commissario, wann er die Absicht habe wiederzukommen, um allein mit den Männern zu sprechen.

»Spätestens um fünf, wahrscheinlich schon früher.«

»Denken Sie daran, dass die beiden bei Sonnenuntergang nach Montelusa fahren.«

»Ist gut.«

»Wie war Ihr Eindruck von den Männern?«

»Sie wirken sachkundig und intelligent.«

»Das sind sie. Und fleißig sind sie auch.«

»Würden Sie ausschließen, dass ...«

»Dottori, unter normalen Umständen würden sie sich garantiert nichts zuschulden kommen lassen, aber in ihrer Situation ...«

Montalbano sah es genauso. Inzwischen waren sie bei ihren Autos angelangt.

»Ich hab in Montelusa ein paar Dinge zu erledigen und bin gegen eins wieder hier«, sagte Intelisano. »Aber spätestens um drei haben Sie hier freie Bahn.«

Auf dem Rückweg nach Vigàta dachte Montalbano über Alkaf und Mohammet nach. Eines war sicher: Ihren Händen nach zu urteilen waren sie keine Bauern, die gewohnt waren, von morgens bis abends die Hacke zu schwingen.

Schon bei der Begrüßung hatte er gemerkt, dass sie ziemlich glatte Hände hatten, ohne Schwielen.

Der zweite Händedruck hatte ihn in seiner Einschätzung bestätigt.

»Bongiorno Dottori!«, sagte Catarella, als er den Commissario eintreten sah.

Montalbano blieb abrupt stehen.

Wie konnte das sein? Mit der Sonnenbrille, dem Schlapphut und dem bis zur Nase hochgezogenen Tuch sah er aus wie eine wandelnde Vogelscheuche. Er hatte keinen Piep von sich gegeben, und doch hatte Catarella ihn auf Anhieb erkannt.

»Woran hast du erkannt, dass ich es bin?«

»Hätte ich es denn nicht erkennen sollen?«

»Nein. Ich bin doch verkleidet.«

Catarella machte ein betrübtes Gesicht.

»Das tut mir leid, ich hab nicht verstanden, dass Sie verkleidet sind. Ich bitte um Vergebnis und Entschulligung. Aber wenn Sie wollen, gehen Sie noch mal raus und kommen wieder rein, und dann tu ich so, als würde ich Sie nicht ...«

»Schon gut. Sag mir lieber, woran du mich erkannt hast.«

»An dem Schnurrbart und dem Muttermal, Dottori. Und an Ihrem Gang.«

»Warum? Wie gehe ich denn?«

»Auf Ihre eigene Art, Dottori.«

Es war also zwecklos, sich zu verkleiden.

»Schick Fazio zu mir.«

In seinem Büro nahm er in aller Eile Hut, Sonnenbrille und Halstuch ab und verstaute alles im Aktenschrank. Er wollte dieselbe Szene nicht noch einmal mit Fazio erleben.

»Buongiorno, Dottore. Wie war es bei den tunesischen Bauern?«, fragte Fazio und trat ein.

»Tunesier mögen sie sein, aber Bauern sind sie ganz bestimmt nicht.«

»Und warum nicht?«

Er erzählte ihm von dem Händedruck. Fazio wiegte bedächtig den Kopf.

»Aber Intelisano meint, sie verstehen was von ihrer Arbeit«, sagte er.

»Vielleicht besaßen sie in ihrem Dorf ein kleines Stück Land und kennen sich deshalb aus. Heute Nachmittag geh ich noch mal hin. Ich muss höllisch aufpassen, was ich sage, die können Gedanken lesen. Und was hast du mir zu berichten?«

»Dottori, Loredana di Marta wurde offenbar gestern Abend in eine Klinik in Montelusa eingeliefert.«

»Was ist denn geschehen?«

»Es kursiert das Gerücht, dass sie Prellungen am Kopf und ein paar gebrochene Rippen hat, aber Genaues weiß man nicht.«

»Und wie ist das passiert?«

»Auch das ist unklar. Zum einen heißt es, ihr Mann habe sie geschlagen, zum anderen wird gemunkelt, sie sei die Treppe hinuntergefallen.«

»Signor di Marta ist vermutlich zu dem Schluss gekommen, dass Loredana den Räuber kennt, und wollte den Namen aus ihr herausprügeln.«

»Das glaube ich auch.«

»Wir müssen herausfinden, ob Loredana ihm den Namen verraten hat oder nicht. Meinst du nicht, dass es allmählich an der Zeit ist, Carmelo Savastano ins Visier zu nehmen?«

»Schon geschehen.«

Wie immer, wenn Fazio diese beiden Wörter sagte, ging Montalbano an die Decke. Im Übrigen fragte er sich, wann Fazio eigentlich die Zeit fand, das zu tun, was er für »schon geschehen« erklärte. Unter seinem Schreibtisch trat der

Commissario von einem Fuß auf den anderen, um sich zu beruhigen.

»Dann schieß mal los.«

»Savastano führt weiter sein Lotterleben. Keiner weiß, woher er das nötige Geld hat. Gestern Abend hat er auf dem Fischmarkt einen Streit angefangen und ist handgreiflich geworden. Die Carabinieri haben ihn über Nacht in die Arrestzelle gesteckt. Inzwischen ist er vermutlich wieder auf freiem Fuß.«

»Behalt ihn im Auge.«

»In Ordnung. Ich wollte Ihnen noch von dem Auftrag berichten, den Sie mir erteilt hatten. Sie haben mich nicht mehr darauf angesprochen, und ich habe vergessen, es Ihnen . . .«

»Wovon redest du?«

»Von der Zeit, die Loredana gebraucht hat, um von der Via Palermo zum Vicolo Crispi zu fahren.«

»Ja, richtig. Und, hast du es überprüft?«

»Hab ich, sogar zweimal. Unter dreißig, fünfunddreißig Minuten ist es nicht zu schaffen.«

Beim Mittagessen in Enzos Trattoria ließ er es gemächlich angehen, denn er hatte jede Menge Zeit. Als er fertig war, war es kurz vor drei.

Den Spaziergang zur Mole sparte er sich. Später, beim Gang über die Felder, konnte er in Ruhe verdauen.

Aber erst musste er noch mal ins Kommissariat, um Sonnenbrille, Hut und Halstuch zu holen.

Catarella passte ihn am Eingang ab.

»Ah Dottori! Gott sei Dank, dass Sie da sind!«

»Warum?«

»Darum weil Sie allerdringlichstens den Signori 'Ntintinlinsano anrufen sollen, der schon zweimal angerufen
hat! Er bittet Sie eindringlich, dass Sie nicht dahin gehen,
wohin Sie gehen wollen, bevor Sie ihn, den nämlichen
Signori 'Ntintinlinsano, angerufen haben.«

Was war passiert? Er stürzte in sein Büro.

»Signor Intelisano, was gibt's?«

»Dottori, etwas Unglaubliches ist geschehen!«

»Was denn?«

»Etwas völlig Verrücktes.«

»Und was?«

»Etwas ganz und gar...«

Montalbano verlor allmählich die Geduld. Er erhob die
Stimme.

»Wollen Sie es mir endlich sagen oder nicht?«

»Wie ich Ihnen schon gesagt habe, war ich in Montelusa,
und so gegen zwölf, halb eins bin ich zurück nach Spiritu
Santo. Da stand der Traktor mitten auf dem Acker, mit
laufendem Motor, und von den beiden Tunesiern war weit
und breit keine Spur.«

»Und wo waren sie?«

Intelisano schien die Frage nicht gehört zu haben.

»Ich bin dann zur Scheune gegangen. Sie war abgeschlossen, aber der Schlüssel lag vor dem Tor am Boden. Ich habe
aufgesperrt und bin reingegangen. Die Tunesier konnten
nicht weit sein, denn in der Scheune lagen noch ihre Ruck-
säcke und ihre Sachen.«

»Und was haben Sie dann gemacht?«

»Ich habe eine halbe Stunde gewartet. Sie hatten ja den

Schlüssel vor der Scheune liegen lassen, deshalb bin ich davon ausgegangen, dass sie gleich wiederkommen. Da sie nicht aufgetaucht sind, habe ich mich ins Auto gesetzt und bin nach Montelusa gefahren. Ich weiß ja, wo sie wohnen, sie haben ein Zimmer im Rabàto. Aber da waren sie nicht. Und die anderen Tunesier, die dort wohnen, haben gesagt, die beiden seien gegen elf Uhr gekommen, haben in Windeseile ihre Sachen gepackt und sind abgehauen.«

»Und wo sind Sie jetzt?«

»In Spiritu Santo.«

»Warten Sie dort auf mich. Ich fahre sofort los.«

Eine halbe Stunde später war er bei Intelisano. Der saß mit ratloser Miene vor seiner offenen Scheune.

»Ich habe keine Erklärung dafür.«

»Die kann ich Ihnen geben. Die Tunesier haben mich erkannt, und weil sie Dreck am Stecken haben, sind sie abgehauen.«

»Wollen Sie damit sagen, dass die beiden etwas mit dieser Waffengeschichte zu tun haben?«

»Die hängen dick mit drin. Ihre Flucht ist der Beweis dafür.«

»Aber wieso sollten die Sie kennen?«

»Aus dem Fernsehen.«

Intelisano verzog das Gesicht.

»Verzeihen Sie die Frage, aber wann waren Sie das letzte Mal im Fernsehen?«

»Vor zehn Monaten.«

»Und Sie glauben, dass jemand, der Sie nicht persönlich kennt, sondern Sie vor zehn Monaten ein paar Minuten lang im Fernsehen gesehen hat, sich noch an Sie erinnert? Nicht mal, wenn man Ihnen mit der Taschenlampe ins Gesicht leuchtet ...«

Das Licht! Der Lichtstrahl! Das war keine Spiegelung in einem Stück Blech, sondern ...

»Wie kommt man auf den Heuboden?«

»Hinter der Scheune gibt es eine Metallleiter. Aber mir wird leicht schwindelig, ich bin da noch nie hochgestiegen.«

Montalbano lief zur Rückseite der Scheune, Intelisano hinter ihm her. Die Leiter war steil, fast senkrecht angebracht, aber der Commissario dachte nicht weiter darüber nach, sondern kletterte mit der Behändigkeit eines Feuerwehrmanns hinauf. Intelisano sah ihm von unten zu.

Der Heuboden war leer bis auf ein Dutzend Heuballen, die vorn an der großen Öffnung oberhalb des Scheunentors übereinandergestapelt waren.

Bei näherer Betrachtung stellte Montalbano fest, dass die Heuballen zu einer Art Stollen angeordnet waren. Man konnte hineinkriechen und beobachten, was unten im Umkreis der Scheune vor sich ging.

Montalbano schob sich durch die Ballen hindurch. Von hier oben sah er bis zu der Stelle, wo er sein Auto abgestellt hatte. Aber nicht nur das. Über eine Hügelmulde hinweg konnte man bis zu dem Häuschen mit dem kaputten Dach schauen, in dem provisorisch die Waffen gelagert worden waren. Ein optimaler Beobachtungsposten.

Als er am Vormittag mit Intelisano hier gewesen war, hatte irgendjemand sie von dort beobachtet. Wahrscheinlich mit einem Fernglas, das den Lichtstrahl reflektiert hatte.

Und es war eben dieser Jemand, der ihn erkannt hatte, nicht die beiden Tunesier. Das war die Erklärung für deren überstürzte Flucht.

Er kroch aus dem Versteck und schaute sich um. Nicht weit von der Leiter entfernt lag ausreichend Heu für ein Nachtlager.

Daneben eine leere Mineralwasserflasche und eine zusammengefaltete Zeitung. Mit Hilfe von zwei Holzstecken drehte er sie so um, dass er das Datum lesen konnte. Sie war von diesem Tag. Die Tunesier mussten sie am Morgen gekauft und dem im Heu versteckten Mann gebracht haben.

Dann entdeckte der Commissario eine Plastiktüte und öffnete sie, erneut mit Hilfe der Holzstecken. Sie enthielt die Schalen von einem hartgekochten Ei, ein Stück frisches Brot und eine weitere, halb volle Flasche Mineralwasser. Außer der Zeitung hatten sie ihrem Komplizen also auch das Frühstück gebracht.

Er stieg die Leiter hinunter.

»Haben Sie etwas gefunden?«

»Allerdings. Die beiden hatten jemanden auf dem Heuboden versteckt. Sie wussten ja, dass Sie nicht hinaufsteigen würden, weil Ihnen schwindelig wird. Dieser Jemand dort oben muss mich erkannt haben.«

»Und was machen wir jetzt?«

»Sie schließen die Scheune ab und kommen mit mir nach Montelusa.«

»Wozu?«

»Um mit den Leuten von der Terrorabwehr zu sprechen.«

Er betrat Sposìtos Büro zunächst allein. Intelisano wartete im Vorzimmer.

»Lieber Montalbano, was verschafft mir die Ehre?«

»Ich muss dir eine Dummheit beichten, die ich gemacht habe.«

»Du?«, fragte Sposìto verwundert.

Als der Commissario geendet hatte, fragte Sposìto:

»Weiß der Polizeipräsident, dass du parallele Ermittlungen führst?«

»Nein.«

»Verstehe. Von mir wird er nichts erfahren.«

»Danke.«

»Aber es ist doch gar nicht gesagt, dass die beiden Tunesier und der dritte Mann abgehauen sind, weil sie dich erkannt haben.«

»Nicht?«

»Nein. Um wie viel Uhr seid ihr von Spiritu Santo aufgebrochen, du und Intelisano?«

»So gegen halb zehn, Viertel vor zehn.«

»Das könnte hinhauen.«

»Was meinst du damit?«

»Wie ich dir schon gesagt habe, durchkämmen wir im Moment die gesamte Gegend, weil ich überzeugt bin, dass die Waffen irgendwo in der Nähe versteckt sind. Heute Morgen um neun hat das Kommando unter Leitung meines Stellvertreters, Peritore, die Durchsuchung des Häuschens abgeschlossen, in dem die Waffen gelagert waren. Danach haben sie sich den Hügel vorgenommen und eine Höhle durchsucht, ohne etwas zu finden. Sie haben auch einen Traktor inspiziert, der dort stand, aber da war nichts. Peritore hat mir auch von einer Wellblechscheune und einem Viehstall berichtet. Der Scheunenschlüssel lag vor dem Tor am Boden, sie haben aufgeschlossen und sich drinnen umgeschaut, aber nichts Nennenswertes gefunden. Auch im Stall war nichts. Anschließend haben sie das Nachbargrundstück durchsucht.«

»Auf dem Heuboden haben sie nicht nachgesehen?«

»Nein. Du siehst, auch wir machen manchmal Fehler.«

»Dann glaubst du also, dass die drei nicht abgehauen sind, weil sie mich erkannt haben, sondern weil sie vom Heuboden aus deine Leute gesehen haben, die auf die Scheune zukamen?«

»Das erscheint mir naheliegend.«

»Sicher. Aber eins ist nicht naheliegend.«

»Was denn?«

»Dass Peritore nicht auf die Idee gekommen ist, jemanden auf den Heuboden zu schicken.«

Sposìto breitete die Arme aus.

»Was soll ich sagen? Es ist nun mal passiert.«

Nein, irgendetwas stimmte da nicht.

»Darf ich dich etwas fragen?«

»Fragen kannst du, aber ich weiß nicht, ob ich dir eine Antwort geben kann.«

»Was für ein Netz haben sie dir für den Fischfang empfohlen? Ein grobmaschiges oder ein feinmaschiges?«

»Kein Kommentar. Aber ich rufe jetzt sofort Peritore an und sag ihm, er soll noch mal zur Scheune fahren und den Heuboden inspizieren. Auf der Flasche und der Zeitung sind bestimmt Fingerabdrücke. Zufrieden? Apropos, du hast doch nichts angefasst, oder?«

»Nein, ich glaube nicht, dass ich was vermasselt habe.«
Er stand auf.
»Ich habe Signor Intelisano mitgebracht, den Eigentümer der Parzelle. Wenn du ihn zu den beiden Tunesiern befragen willst...«
»Selbstverständlich. Danke.«

Zurück im Kommissariat, bat er Fazio und Augello zu einer Besprechung und erzählte ihnen die Geschichte. Und in groben Zügen erzählte er ihnen auch von seiner Begegnung mit Sposìto.
»Ich glaube, ich verstehe«, sagte Augello.
»Verrat es mir.«
»Er ist der Chef der Terrorismusbekämpfung, nicht wahr? Seine Aufgabe besteht darin, Terrornetzwerke frühzeitig aufzuspüren und herauszufinden, ob jemand einen Anschlag plant, stimmt's?«
»Stimmt.«
»Und was ist, wenn es sich hier gar nicht um Terroristen handelt? Sondern um Personen, die nicht einen Anschlag planen, sondern die Waffen in ihr Land schmuggeln wollen, um gegen die Regierung zu kämpfen?«
»Terroristen oder Regimegegner, Waffenschmuggel ist in jedem Fall eine Straftat«, schaltete sich Fazio ein.
»Einverstanden. Aber Sposìto weiß ja nicht, ob es sich um Terroristen oder um Regimegegner eines anderen Landes handelt. Dann sähe die Sache nämlich ganz anders aus. Deshalb geht er so behutsam vor.«
»Vielleicht hast du recht«, sagte Montalbano. »Und sollte es sich tatsächlich so verhalten, bin ich überzeugt, dass

Sposìto auf einen Kompetenzkonflikt spekuliert. Wenn es sich nicht um Terroristen handelt, ist der Geheimdienst zuständig, und er braucht sich nicht mehr um den Fall zu kümmern. Er wollte mich jedenfalls unbedingt davon überzeugen, dass nicht ich an der Flucht der Tunesier schuld bin, sondern seine Leute.«

»Warum denn?«

»Damit ich aufhöre, weiter in dieser Sache zu ermitteln. Wozu ich, wie ich einräumen musste, im Übrigen gar nicht befugt bin.«

»Aber noch bist du nicht...«, sagte Augello.

»Mimì, überleg doch mal. Sposìtos Verhalten mir gegenüber besagt dreierlei: Erstens, er ist überzeugt, dass der Mann auf dem Heuboden mich erkannt hat. Zweitens – und das ergibt sich aus erstens –, dass dieser Mann jemand ist, der mich nicht nur flüchtig kennt, sondern ziemlich gut, wenn er mich trotz meiner Verkleidung am Schnurrbart, an meinem Muttermal und an meinem Gang erkannt hat. Und drittens, dass der Mann auf dem Heuboden womöglich kein Ausländer ist, sondern aus Vigàta oder Umgebung stammt. Jedenfalls hat Sposìto versucht, mich von Überlegungen abzubringen, die meine Neugier wecken könnten. Aber Neugier hin oder her, jetzt wo die Tunesier weg sind, haben wir keinen Trumpf mehr in der Hand. Lasst uns also von anderen Dingen reden. Mimì, was hast du mir zu berichten? Hast du mit der Bonifacio Fühlung aufgenommen?«

Augello grinste.

Zehn

»Natürlich habe ich Fühlung aufgenommen. Und ob ich das habe!«

»Sag bloß, du ...«, warf Montalbano verblüfft ein.

»Nein, zur Sache gekommen bin ich noch nicht. Das hätte nicht mal Don Juan geschafft. Aber die Geschichte ist schon eigenartig, ich erzähl sie euch am besten von Anfang an. Heute früh, so gegen neun, hab ich im Auto vor dem Haus der Bonifacio Posten bezogen und mich mit Geduld gewappnet. Um zehn kam sie wie eine Furie rausgeschossen, ist ins Auto gestiegen und Richtung Montelusa gefahren. Ich natürlich hinterher. An der Santa-Teresa-Klinik ist sie in den Zufahrtsweg abgebogen und hat das Auto auf dem Parkplatz abgestellt. Ich hab es ihr gleichgetan, während sie ausgestiegen und in die Klinik gegangen ist. Als ich zum Empfang kam, war sie schon nicht mehr da. Ich hab mich ausgewiesen und erfahren, dass die Bonifacio sich nach dem Zimmer von Signora Loredana di Marta erkundigt hat. Ich hatte keine Ahnung, dass die im Krankenhaus liegt. Aber ich hab nicht weiter nachgefragt, sondern bin mit dem Lift in den dritten Stock gefahren, wo das Zimmer ist. Kaum war ich im richtigen Gang, hab ich schon Geschrei gehört. Ein Fünfzigjähriger, bestimmt di

Marta, hat gerufen: ›Vergiss es! Ich verbiete dir, meine Frau zu sehen! Du bist an allem schuld!‹ Und die Bonifacio zu ihm: ›Geh mir aus dem Weg, du Armleuchter!‹ Darauf hat di Marta sie an den Schultern gepackt und gegen die Wand gestoßen. Zum Glück sind zwei Krankenpfleger dazwischengegangen. Di Marta hat sich in das Zimmer seiner Frau verzogen, die Bonifacio ist gegangen. Ich bin schnell zum Aufzug. Wir waren allein im Lift, und weil sie geweint hat, hab ich sie gefragt, ob jemand schwer krank sei. Kurz und gut, ich hab sie zum Café der Klinik geführt, aber sie wollte partout nicht reingehen, sie wollte einfach nur weg. Ich hab sie dann überredet, mit mir in eine Bar in der Nähe zu gehen, wo man draußen sitzen kann. Und dann haben wir fast zwei Stunden geredet.«

»Gratuliere, Mimì. Nur so aus Neugier, wie hast du dich ihr eigentlich vorgestellt?«

»Als Avvocato Diego Croma. Ich dachte, es ist besser, wenn ich den Namen benutze, unter dem Loredana mich kennengelernt hat.«

»Hat sie dir ihr Herz ausgeschüttet?«

»Nein, sie hat gesagt, sie weint nicht aus Kummer, sondern aus Wut darüber, dass di Marta sie daran gehindert hat, ihre Busenfreundin zu besuchen. Als ich sie nach dem Grund gefragt habe, meinte sie, er sei eifersüchtig auf ihre Freundschaft. Und sie hat mir noch erzählt, dass er seine Frau windelweich geschlagen hat und sie deshalb im Krankenhaus liegt.«

»Hat sie dir auch gesagt, warum?«

»Auch aus Eifersucht, allerdings auf einen anderen Mann.«

»Und für diese großartigen Erkenntnisse hast du zwei Stunden gebraucht?«

»Das Wichtigste ist, dass sie mich für morgen Nachmittag um vier zu sich nach Hause bestellt hat, in meiner Eigenschaft als Anwalt. Und da habe ich ihr noch etwas von einem Rechtsstreit erzählt, den ich mir spontan ausgedacht habe.«

»Was für ein Rechtsstreit?«

»Eine komplizierte Strafsache, in der ich als skrupelloser Winkeladvokat auftrete.«

»Wozu das denn?«

»Weil ich den Eindruck hatte, die Bonifacio will gar keinen seriösen Anwalt.«

In Marinella angekommen, hatte er kaum die Verandatür geöffnet, als Marian anrief.

»Ciao, Commissario mio. Wie geht es dir?«

»Gut, und dir?«

»Heute war ein todlangweiliger Tag.«

»Wieso?«

»Ich hab den ganzen Tag auf einen Anruf von Lariani gewartet.«

»Und, hat er angerufen?«

»Ja, abends um sieben hat er sich endlich dazu herabgelassen. Er meinte, er hat gefunden, wonach ich suche.«

»Das ist doch keine schlechte Nachricht.«

»Warte. Er hat hinzugefügt, dass sich das Gemälde nicht in Mailand befindet und er es mir frühestens in drei Tagen zeigen kann. Und dann hat er mir einen Vorschlag gemacht.«

»Welchen?«

»Die Zeit solange mit ihm zu verbringen, in seinem Chalet in der Schweiz. Und er hat mich überzeugt.«

Montalbano war wie vor den Kopf gestoßen.

»Du bist darauf eingegangen?«

»Natürlich nicht, was denkst du denn von mir? Nein, er hat mich überzeugt, dass es eine gute Idee ist, sich die Wartezeit so angenehm wie möglich zu machen.«

»Ich versteh nicht.«

»Ich erklär's dir. Morgen nehme ich das Flugzeug und komme nach Vigàta, bleibe zwei Tage bei dir, und dann fliege ich wieder zurück nach Mailand. Was hältst du davon?«

In Montalbanos Brust schlug ein Hasen- und ein Löwenherz. Einerseits hätte er Freudensprünge machen können, andererseits fühlte er sich beklommen.

»Was ist? Du sagst ja gar nichts.«

»Hör mal, Livia, ich wäre überglücklich, keine Frage. Tatsache ist aber, dass ich im Moment wirklich viel zu tun habe. Wir könnten uns nur abends sehen, und außerdem ist nicht gesagt, dass ...«

Er hatte das Gefühl, die Leitung sei plötzlich tot.

»Pronto? Pronto?«, schrie er in den Hörer.

Wie immer, wenn die Verbindung unterbrochen war, fühlte er sich, als hätte man ihm eine Gliedmaße amputiert.

»Ich bin noch da und trage immer noch denselben Namen«, sagte Marian mit einer Stimme, die aus arktischer Kälte zu kommen schien.

Montalbano verstand kein Wort.

»Was soll das heißen, dass du immer noch denselben Namen trägst?«

»Du hast gerade Livia zu mir gesagt!«

»Ich?!«

»Ja, du!«

Er verging fast vor Scham.

»Entschuldige«, brachte er gerade noch hervor.

»Und du glaubst, mit einem ›Entschuldige‹ ist es getan?«

Er wusste nicht, was er antworten sollte.

»Schon gut, ich komme nicht, du kannst beruhigt sein«, sagte Marian.

»Ich habe nicht gesagt, du sollst nicht kommen. Ich war gerade dabei, dir zu erklären ...«

»Schon gut, schon gut, lassen wir das. Ich bin spät dran, ich geh zum Abendessen zu einer Freundin und ruf dich morgen wieder an. Buonanotte, Commissario.«

Buonanotte, Commissario, kühl und ohne das »mio«.

Der Appetit war ihm vergangen. Er setzte sich mit Whisky und Zigaretten auf die Veranda.

Aber kaum hatte er sich niedergelassen, musste er schon wieder aufstehen, weil das Telefon erneut klingelte. Dieses Mal war es bestimmt Livia.

Montalbà, präg dir diesen Namen gut ein: Livia. Und pass auf, dass du nicht den nächsten Schlamassel anrichtest. Einer reicht.

»Pronto?«

»Entschuldige wegen eben, Commissario. Es war dumm von mir.«

»Ich ...«

»Nein, sag nichts, denn wenn du den Mund aufmachst,

baust du nur Mist. Ich wollte dir noch mal eine gute Nacht wünschen. Buonanotte, Commissario mio. Bis morgen.«

Er legte auf und machte einen Schritt, da klingelte es schon wieder.

»Pronto?«

»Wie kommt es, dass das Telefon immer besetzt ist, wenn ich dich anrufe?«

»Und warum rufst du mich immer an, wenn das Telefon besetzt ist?«

»Was ist das denn für eine Logik?«

»Entschuldige, ich bin müde. Ich habe zwei Ermittlungen am Hals, und die ...«

»Ich verstehe. Aufgrund von Umständen, die sich auf die Schnelle nicht erklären lassen, habe ich drei Tage frei. Was hältst du davon, wenn ich runterkomme?«

Er zuckte zusammen. Damit hatte er nicht gerechnet. Wie kam es nur, dass plötzlich alle so viel Zeit hatten?

»Vielleicht wäre das eine gute Gelegenheit, mal in Ruhe über einiges zu reden«, fuhr Livia fort.

»Worüber denn?«

»Über uns beide.«

»Über uns beide? Hast du mir etwas Bestimmtes zu sagen?«

»Nein, ich nicht, aber ich habe so ein Gefühl, dass *du* mir etwas zu sagen hast.«

»Hör zu, Livia, ich muss dich darauf hinweisen, dass ich tagsüber beschäftigt bin, ich habe keine freie Minute. Wir könnten nur abends miteinander reden. Allerdings wäre ich dann mit Sicherheit nicht mehr in der optimalen Verfassung, um ...«

»Um mir zu sagen, dass du mich nicht mehr liebst?«

»Nicht doch, was redest du da. Ich wäre müde, gereizt ...«

»Schon verstanden. Spar dir alles Weitere.«

»Was meinst du denn damit?«

»Dass ich nicht komme, weil du mich nicht willst.«

»Himmel noch mal, Livia, ich hab doch gar nicht gesagt, dass ich dich nicht haben will. Ich wollte dir nur ehrlich zu verstehen geben, dass ich mich nicht in der Lage sehe ...«

»... oder nicht sehen willst ...«

Und schon hatten sie Streit. Eine Viertelstunde lang zankten sie sich, danach waren Montalbanos Hemd und Hose nassgeschwitzt.

Vermutlich als Reaktion darauf meldete sich plötzlich sein Bauch, und zwar mit einem Bärenhunger.

Im Kühlschrank stand ein Teller Reis mit Meeresfrüchten, im Backofen waren Tintenfischringe und frittierte Garnelen, die er nur noch aufzuwärmen brauchte.

Er schaltete den Ofen ein und deckte den Tisch auf der Veranda.

Während des Essens hielt er die Gedanken an Livia und an Marian gleichermaßen auf Distanz. Andernfalls wäre ihm der Appetit sofort wieder vergangen.

Stattdessen konzentrierte er sich auf Sposìtos Versuch, ihn von der Überlegung abzubringen, dass die Tunesier abgehauen waren, weil der Mann in der Scheune ihn, Montalbano, erkannt hatte.

Einen Grund dafür musste Sposìto ja gehabt haben.

Hatte er schon ein genaueres Bild, um wen es sich handeln konnte? Und fürchtete er Montalbanos Reaktion, falls der dahinterkäme?

Er grübelte lange darüber nach, ohne zu einem Schluss zu gelangen.

Doch dann schaffte er es nicht mehr, den Gedanken über seine eigene Lage aus dem Weg zu gehen.

Eines stand fest: Livia hatte ihm angeboten, sich zu einem offenen Gespräch zu treffen, und er hatte gekniffen. Wenn Marian erfuhr, dass er sich gegen eine Klärung mit Livia gesträubt hatte, würde sie ihn bestimmt einen Feigling nennen.

Aber woher rührte seine Unsicherheit?

In den letzten Jahren hatte er doch andere Frauenge-schichten gehabt, bei denen ihm eine Entscheidung nicht so schwergefallen war. Doch genau genommen stimmte das so auch nicht. Von den anderen Affären hatte er Livia schlichtweg nichts erzählt.

Warum nur hatte er das Gefühl, dass er es im Fall von Ma-rian nicht genauso machen konnte?

Vielleicht sollte er vor einer Aussprache mit Livia erst mit sich selbst ins Reine kommen.

Er griff zur Flasche, um sich etwas Whisky in ein Glas zu gießen.

Dabei stieß er mit dem Ellbogen gegen den Aschenbecher, den er gerade noch auffangen konnte, bevor er auf dem Bo-den in tausend Stücke zersprang. Der Aschenbecher war aus Glas, ein Geschenk Livias ...

In dem Moment wurde ihm klar, dass er in diesem Haus niemals frei und unbefangen würde nachdenken können.

Jeder Winkel war durchdrungen von den vielen mit Livia gemeinsam verbrachten Jahren.

Im Bad hing ihr Bademantel, im Nachtschränkchen lagen

ihre Pantoffeln, zwei Schubladen der Kommode enthielten ihre Unterwäsche und ihre Blusen, der Schrank war zur Hälfte mit ihren Kleidern und anderen Anziehsachen belegt ...

Das Glas, aus dem er gerade trank, hatte sie gekauft, auch das Geschirr und das Besteck ...

Und das neue Sofa, die Vorhänge, das Bettzeug, die Garderobe, den Fußabstreifer ...

Nein, in dieser Wohnung, in der ihn alles an Livia erinnerte, würde er nie zu einer freien Entscheidung gelangen.

Er musste mindestens einen Tag Urlaub nehmen und sich einen Ort weit weg von Marinella suchen.

Aber das war im Moment nicht möglich. Er konnte die laufenden Ermittlungen nicht einfach aussetzen. Er ging zu Bett.

Vor dem Einschlafen fiel ihm eine Figur ein, von der er in der Schule gehört hatte: ein römischer Konsul oder so ähnlich. Er hieß Quintus Fabius Maximus und trug den Spitznamen *Cunctator*, der Zauderer.

Den übertraf er um Längen.

Um sieben Uhr morgens weckte ihn das Telefon.

»Dottori, ich bitte um Vergeblichkeit und Nachtsicht in Anbetracht der frühzeitlichen Morgenstunde, aber Fazio hat gesagt, ich soll Sie trotz der Frühlichkeit der Uhrzeit anklingeln, dass Sie sich vorbereiten.«

»Vorbereiten worauf?«

»Vorbereiten soll heißen: sich waschen und anziehen.«

»Und warum?«

»Weil Gallo Sie abholt, insofern als dass einer angerufen hat, dass da ein ausgebranntes Auto mit einer toten Leiche drin liegt.«

Eine halbe Stunde später war er soweit. Als er das letzte Tässchen Espresso hinunterkippte, klingelte es an der Tür.

»Warum haben die dich hergeschickt? Es hätte doch gereicht, mir die Adresse durchzugeben, dann wäre ich mit meinem Auto hingefahren.«

»Dottore, da wären Sie nie angekommen. Das ist an einem gottverlassenen Ort, am Arsch der Welt.«

»Wo denn?«

»In der Gegend von Casuzza.«

Ein mulmiges Gefühl beschlich ihn. Wurde sein Traum etwa doch Wirklichkeit?

Bei der Ankunft erkannte er, dass die Landschaft haargenau so aussah wie in seinem Traum, nur dass ihn statt des Sarges ein ausgebranntes Auto erwartete.

Der Bauer sah anders aus. Eigentlich war es gar kein Bauer, sondern ein gut gekleideter Dreißigjähriger, der aufgeweckt wirkte. Neben ihm stand ein Moped. Statt Catarella war Fazio da.

Der Geruch von angekokeltem Metall, verbranntem Plastik und Menschenfleisch hing in der Luft.

»Gehen Sie nicht zu nah ran, es ist alles noch sehr heiß«, warnte ihn Fazio.

Auf dem Beifahrersitz konnte man die Leiche erkennen, etwas Schwarzes, wie ein großes Stück Holz.

»Hast du den Wanderzirkus verständigt?«, fragte der Commissario.

»Schon geschehen.«

Diesmal machte die Bemerkung ihn nicht nervös. Er wandte sich an den jungen Mann.

»Haben Sie uns angerufen?«

»Ja.«

»Wie heißen Sie?«

»Salvatore Ingrassia.«

»Wie kommt es, dass Sie ...«

»Ich wohne dort drüben.«

Er zeigte auf das einzige Haus weit und breit.

»Und da ich auf dem Fischmarkt arbeite, komme ich auf dem Weg in die Stadt zwangsläufig hier vorbei.«

»Wann sind Sie gestern Abend nach Hause gekommen?«

»Das müsste spätestens um neun gewesen sein.«

»Leben Sie allein?«

»Nein, mit meiner Freundin.«

»Und das Auto stand noch nicht da.«

»Stand es nicht.«

»Haben Sie in der Nacht irgendetwas Ungewöhnliches gehört, was weiß ich, Schreie, einen Schuss ...«

»Das Haus ist weit weg.«

»Das sehe ich. Aber nachts ist es hier doch sicher totenstill, und dann ist das leiseste Geräusch ...«

»Ja, Dottore, da haben Sie recht. Bis elf Uhr habe ich nichts gehört, das kann ich Ihnen versichern.«

»Und nach elf sind Sie schlafen gegangen?«

Der junge Mann errötete.

»Nennen wir es so.«

»Wie heißt Ihre Freundin?«

»Stella Urso.«

»Wie lange sind Sie schon zusammen?«

»Drei Monate.«

Auf seine Art beschäftigt, hätte das Pärchen wohl nicht einmal die Bombardierung von Montecassino mitbekommen.

»Wann, meinst du, wird der Wanderzirkus hier sein?«, wandte er sich an Fazio.

»Die Spurensicherung und Dottor Pasquano in ein bis eineinhalb Stunden. Aber dass Staatsanwalt Tommaseo es hierher schafft, bezweifle ich.«

Es war allgemein bekannt, dass ein Seehund oder ein Känguruh am Steuer eine bessere Figur abgegeben hätten als Dottor Tommaseo. Wenn er im Auto saß, versäumte er es nie, einen Baum oder einen Pfosten unterzupflügen.

Wie sollte Montalbano jetzt die Zeit totschlagen? Der junge Ingrassia schien zu ahnen, was ihm durch den Kopf ging.

»Wenn Sie bei mir einen Kaffee trinken wollen...«

»Gern, danke«, sagte der Commissario. »Lassen Sie Ihr Moped stehen, wir nehmen den Dienstwagen.«

Während sie auf den Wagen zugingen, fragte Montalbano den jungen Mann:

»Haben Sie Ihrer Freundin von Ihrer Entdeckung erzählt?«

»Ja, nach dem Anruf im Kommissariat habe ich gleich mit ihr telefoniert. Sie wollte zu Fuß herkommen, um es sich anzusehen, aber ich habe ihr gesagt, sie soll lieber zu Hause bleiben.«

»Hol uns, sobald der Erste da ist«, wies Montalbano Gallo an, als sie ausstiegen.

Im Haus war es blitzsauber und sehr aufgeräumt. Stella war ein hübsches, sympathisches Mädchen.

Als sie mit dem Kaffee wiederkam, stellte Montalbano ihr dieselbe Frage, die er schon ihrem Freund gestellt hatte.

»Haben Sie heute Nacht zufällig Rufe gehört – oder Schüsse ...?«

Er erwartete ein Nein, stattdessen geriet Stella ins Grübeln.

»Also, etwas habe ich schon gehört.«

»Und warum ich nicht?«, fragte ihr Freund.

»Weil du danach immer gleich einschläfst ...«

Sie hielt inne und wurde rot.

»Fahren Sie fort, es ist wichtig«, spornte der Commissario sie an.

»Ich bin aufgestanden und ins Bad gegangen. Und da hab ich einen Schlag gehört.«

»Was für einen Schlag?«

»Wie eine Tür, die der Wind zuschlägt. Aber weit weg.«

»Einen Knall?«

»Ja.«

»Wie der Schuss aus einer Pistole vielleicht?«

»Mit Pistolen kenne ich mich nicht aus.«

»Können Sie mir in etwa sagen, um welche Uhrzeit das war?«

»Das kann ich Ihnen sogar ganz genau sagen, denn bevor ich ins Bad ging, hab ich in der Küche ein Glas Wasser getrunken, und dabei hab ich auf die Uhr gesehen. Es war fünf nach eins.«

Sie unterhielten sich eine Weile über Stellas Probleme bei der Arbeitssuche. Und solange sie keine Arbeit fand, konnten sie es sich nicht leisten, zu heiraten und Kinder zu kriegen.

Dann kam Gallo, um sie abzuholen. Die Spurensicherung und Dottor Pasquano waren vor Ort, von Tommaseo hingegen gab es noch kein Lebenszeichen.

Glücklicherweise hatte der Leiter der Spurensicherung, mit dem der Commissario sich überhaupt nicht verstand, seinen Stellvertreter Mannarino geschickt. Sie begrüßten sich. Montalbano sah den Leuten von der Spurensicherung zu, die sich rund um das Autowrack zu schaffen machten. Sie waren verkleidet wie für eine Mondlandung.

»Es ist noch zu früh, um irgendetwas zu finden, nicht wahr?«

»Etwas haben wir schon«, gab Mannarino zurück.

»Kannst du mir verraten, was?«

»Aber natürlich. Eine Patronenhülse. Sie lag auf dem Boden vor der Rückbank. Entschuldige mich bitte.«

Er kehrte zu seinen Männern zurück.

Fazio hatte mitgehört. Sie wechselten einen kurzen Blick, dann ging Montalbano auf das Auto zu, in dem er Dottor Pasquano missmutig rauchen sah. In solchen Momenten machte man am besten einen großen Bogen um ihn, aber der Commissario wagte es trotzdem.

»Buongiorno, Dottore.«

»Einen Scheißdreck buongiorno.«

Das fing ja gut an.

»Was ist? Gestern Nacht beim Pokern verloren?«

Pasquano war ein passionierter Spieler, doch das Glück stand nicht allzu oft auf seiner Seite.

»Nein, gestern Abend ist es gut gelaufen, aber es geht mir

auf den Sack, jedesmal warten zu müssen, bis Dottor Tommaseo sich bequemt.«

»Tomasseo wäre pünktlich, wenn er sich nicht ständig verfahren oder irgendwo dagegenknallen würde. Man sollte Mitleid mit ihm haben.«

»Warum denn? Mitleid kann ich mit jemandem wie Ihnen haben, der kurz davor ist, dement zu werden. Nicht mit einem, der noch so jung ist.«

»Und warum sollte ich dement werden?«

»Weil Sie erste Symptome aufweisen. Haben Sie nicht gemerkt, wie Sie Tommaseo gerade genannt haben?«

»Nein.«

»Tomasseo. Sie haben den Namen verwechselt. Damit fängt es an.«

Montalbano war beunruhigt. Hatte Pasquano womöglich recht? Er hatte ja auch Marian mit Livia angesprochen.

»Aber machen Sie sich keine Sorgen. In der Regel ist das ein schleichender Prozess. Ihnen bleibt noch genügend Zeit, jede Menge Mist zu bauen.«

Elf

Nach einer weiteren halben Stunde fehlte von Tommaseo immer noch jede Spur, und Montalbano waren die Zigaretten ausgegangen. Er wusste nichts mit sich anzufangen, und seine Anwesenheit kam ihm überflüssig vor.

Mittlerweile war Pasquano ausgestiegen und lief hin und her wie ein Bär hinter den Gitterstäben seines Käfigs. Montalbano brachte nicht den Mut auf, sich von ihm zu verabschieden, als er kurzerhand beschloss, sich von Gallo ins Kommissariat fahren zu lassen. Noch länger am Tatort zu bleiben wäre reine Zeitverschwendung gewesen.

Da es auch im Büro nichts zu tun gab, fing er an, Unterlagen und Schriftstücke durchzusehen und abzuzeichnen. Der Papierkram hörte nie auf.

Es war fast ein Uhr, als Fazio auftauchte.

»Hast du mir etwas zu berichten?«

»Dottore, bevor das Auto in Brand gesteckt wurde, hat man die Kennzeichen abgeschraubt, Sie haben es ja gesehen. Aber Mannarino ist es gelungen, die Fahrgestellnummer zu entziffern. Ich erwarte jeden Augenblick einen Anruf mit Informationen zum Wagentyp und dem letzten Eigentümer des Fahrzeugs. Sofern der Wagen nicht eigens zu diesem Zweck gestohlen wurde.«

»Hat man weitere Patronenhülsen gefunden?«

»Nein, nur die eine. Aber Mannarino meint, die Spuren deuten auf zwei Autos hin.«

»Natürlich. Wie hätten sie sonst von dort wegkommen sollen? Zu Fuß vielleicht? Wahrscheinlich waren in dem zweiten Wagen auch die Benzinkanister für das Feuer. Die haben sie leer wieder mitgenommen, wegen der Fingerabdrücke. Und was ist mit Pasquano, hat der nichts gesagt?«

»Er meinte, bei dem Zustand der Leiche wird eine Identifizierung nicht einfach sein. Aber auf den ersten Blick hatte er den Eindruck, dass der Mann an Handgelenken und Knöcheln mit einem Draht gefesselt war und durch einen Genickschuss getötet wurde.«

»Die Handschrift der Mafia also?«

»Sieht so aus.«

»Und meinst du, das haut hin?«

»Keine Ahnung.«

Fazios Handy klingelte.

»Entschuldigen Sie«, sagte er und hob das Telefon an sein Ohr.

»Pronto«, meldete er sich und hörte dann schweigend zu.

»Grazie«, beendete er das Gespräch.

Er sah den Commissario an und verzog dabei das Gesicht.

»Die haben mir den Namen von dem Eigentümer des Wagens durchgegeben.«

»Wer ist es?«

»Carmelo Savastano.«

Montalbano hatte die Nachricht schnell verdaut. Die Information machte die Sache nicht komplizierter, sondern vielleicht sogar einfacher.

»Was hat Savastano mit der Mafia zu tun?«

»Keine Ahnung«, wiederholte Fazio.

»Es ist aber nicht gesagt, dass er der Tote ist.«

»Nein, gesagt ist es nicht.«

»Hat Savastano keine Verwandten?«

»Doch. Sein Vater heißt Giovanni. Aber sie sind zerstritten, sie reden schon seit Jahren nicht mehr miteinander.«

»Du solltest dich gleich bei ihm erkundigen, ob sein Sohn sich mal das Bein gebrochen hat oder ob es sonst etwas gibt, das bei der Identifizierung helfen kann.«

»Ich fahre sofort hin.«

Er blieb aber stehen und runzelte die Stirn.

»Was ist?«

»Falls es Savastano sein sollte, muss ich Ihnen etwas sagen.«

»Sprich.«

»Haben Sie noch den jungen Mann von heute früh vor Augen, der das ausgebrannte Auto entdeckt hat?«

»Ja, Salvatore Ingrassia.«

»Er war es, mit dem Savastano auf dem Fischmarkt gestritten hat, bevor die Carabinieri ihn mit zur Wache genommen haben.«

»Und, glaubst du, dass Ingrassia zu so etwas fähig ist?«

»Nein, aber ich wollte es einfach gesagt haben.«

Nach dem Essen machte er wie üblich seinen Spaziergang zur Mole. Der Krebs war nicht da und hatte auch keine Vertretung geschickt.

Er fing an zu überlegen.

Falls Savastano der Tote war, würde er seine Hand dafür ins Feuer legen, dass Ingrassia nichts mit dem Mord zu tun hatte. Er wäre sicher nicht so bescheuert gewesen, ihn umzubringen und dann zuzulassen, dass die Leiche nur ein paar hundert Meter von seinem Haus entfernt aufgefunden wurde.

Entweder wusste der Mörder nichts von dem Streit, dann war es Zufall. Oder er wusste alles und hatte ihn absichtlich in der Nähe von Ingrassias Wohnhaus umgebracht, um die Ermittler auf eine falsche Fährte zu locken.

Savastano war kein Mafioso, sondern ein Kleinkrimineller. Aber warum wurde dann das Ritual der Mafia vollzogen?

Auch hier gab es zwei mögliche Antworten: Entweder war er einem Mafioso in die Quere gekommen, oder das Ritual sollte die Ermittlungen in die falsche Richtung lenken.

Angenommen, man hätte Savastano auf offener Straße ins Gesicht oder in die Brust geschossen, also ohne die mafiöse Inszenierung, auf wen wäre sein Verdacht dann gefallen?

Auf di Marta natürlich.

Auf den Einzigen, der über ein echtes Motiv verfügte – wenn er durchschaut hatte, wie sich der Raubüberfall und die Vergewaltigung tatsächlich abgespielt hatten.

Im Büro wartete Fazio bereits auf ihn.

»Savastanos Vater konnte mir nichts sagen. Sie haben schon seit geraumer Zeit nicht mehr miteinander geredet. Er ist eine ehrliche Haut, ein armer Kerl, der das Pech hat, dass sein Sohn kriminell geworden ist. Aber ich wüsste einen anderen Weg.«

Und ob er einen wusste, der Spürhund, der er war!

»Nämlich?«

»Bei einem Blick in unser Archiv habe ich entdeckt, dass er mit einer gewissen Luigina Castro zusammen war, die ihn vor einiger Zeit wegen Misshandlung angezeigt hat.«

»War er denn nicht mit Loredana zusammen?«

»Doch, aber als sie mit di Marta ging, haben sie sich getrennt, und er...«

»Verstehe. Erzähl weiter.«

»Die beiden waren nicht mal zwei Monate zusammen, da hat Luigina ihn angezeigt, die Anzeige aber bald wieder zurückgezogen.«

»Hast du ihre Adresse?«

»Ich habe alles.«

»Fahr sofort hin.«

Kaum war Fazio gegangen, kam Augello herein. Montalbano sah ihn leicht verwundert an.

»Solltest du nicht um vier bei der Bonifacio sein?«

»Sie hat mich angerufen und es auf heute Abend verschoben. Ich soll zum Essen kommen. Die Sache lässt sich gut an.«

»Weißt du von der Geschichte mit dem ausgebrannten Auto?«

»Ja.«

»Scheint der Wagen von Carmelo Savastano zu sein, Loredanas ehemaligem Lover.«

»Und ist es auch seine Leiche?«

»Das wissen wir noch nicht.«

Nach einer Pause fragte Montalbano:

»Sollte sich herausstellen, dass es tatsächlich Savastano ist, Mimì, wen hättest du dann als Ersten in Verdacht?«

»Di Marta. Möglich, dass er den Namen aus Loredana herausgeprügelt hat.«

»Ich würde gerne wissen, wie der Raubüberfall deiner Ansicht nach abgelaufen ist. Wir hatten noch gar keine Gelegenheit, in Ruhe darüber zu reden.«

»Meiner Ansicht nach war Savastano nach der Hochzeit weiter Loredanas Hausfreund. An jenem Abend, als er – möglicherweise von ihr selbst – erfahren hat, dass di Marta ihr sechzehntausend Euro gegeben hatte, haben die beiden sich abgesprochen, weil er das Geld brauchte. Sie haben sich getroffen, Loredana hat ihm das Geld gegeben, und danach haben sie es besonders heftig getrieben, damit es wie eine Vergewaltigung aussieht.«

»Und welche Rolle hat die Bonifacio dabei gespielt?«

»Sie hat Loredana gedeckt. Meiner Meinung nach ist Loredana an jenem Abend zu ihrer Freundin gefahren, aber gleich wieder verschwunden, um sich mit Savastano zu treffen. Und jetzt hat die Bonifacio Angst, dass du das rauskriegst und sie der Mittäterschaft überführst. Ich bin überzeugt, dass sie deshalb einen Anwalt wie mich braucht, dem jedes Mittel recht ist.«

Im Großen und Ganzen sah Montalbano die Sache so wie Mimì. Bei gewissen Details, die keineswegs zweitrangig waren, war er allerdings zu ganz anderen Schlüssen gelangt.

Gegen sechs tauchte Fazio wieder auf.

»Ich hab was Brauchbares. Das Mädchen, das sich nach der Strafanzeige von Savastano getrennt hat, sagt, dass ihm am linken Fuß zwei Zehen fehlen. Die mussten vor einiger Zeit amputiert werden, nachdem ihm eine Eisenkiste draufgefallen ist.«

»Gut gemacht, Fazio!«

Montalbano fackelte nicht lange und rief Dottor Pasquano an. Er stellte den Apparat laut.

»Dottore, verzeihen Sie die Störung …«

»Die Störung, die Sie mir angedeihen lassen, ist von einem Ausmaß, dass keine Entschuldigung sie zu schmälern vermag.«

»Wie gewählt Sie sich doch ausdrücken können, wenn Sie's drauf anlegen!«

»Danke, aber das hängt nur mit Ihnen zusammen. Es geht ganz automatisch und hat den Zweck, Sie auf Distanz zu halten. Sie wollen sicher etwas über die verbrannte Leiche wissen.«

»Wenn Sie die Güte hätten.«

»Sie sind gar nicht in der Lage, meine gewählte Ausdrucksweise nachzuäffen. Und genau genommen taugen Sie auch sonst zu nichts. Ich bestätige, was ich schon zu Fazio gesagt habe. Ein einziger Schuss ins Genick, Knöchel und Handgelenke mit Draht gefesselt. Eine mafiöse Hinrichtung nach allen Regeln der Kunst.«

»Nichts, was einer Identifizierung dienlich wäre?«

»Doch. Zwei Zehen …«

»… am linken Fuß sind amputiert«, beendete Montalbano den Satz.

Einen Moment lang verschlug es Pasquano die Sprache, dann platzte es aus ihm heraus:

»Wenn Sie es schon wissen, Himmelherrgott noch mal, warum gehen Sie mir dann auf den Sack?«

Montalbano legte auf und wählte eine andere Nummer.

»Dottor Tommaseo? Ich muss Sie dringend sprechen. Kann ich in einer halben Stunde zu Ihnen kommen? Ja? Danke.«

»Was wollen Sie von Tommaseo?«, fragte Fazio.

»Die Genehmigung, das Telefon von der Bonifacio und von di Marta überwachen zu lassen. Haben wir alle Nummern?«

»Ja. Auch die Handynummern.«

»Gib her, auch die Adressen. Und dann überbringst du Savastanos Vater die schlechte Nachricht.«

Montalbano hatte sich auf eine lange Diskussion mit dem Staatsanwalt eingestellt, um die Abhörgenehmigung zu bekommen. Doch Tommaseo willigte gleich ein, da es um hübsche junge Frauen ging und er die Hoffnung hegte, sie früher oder später kennenzulernen.

Seine Augen leuchteten, er leckte sich die Lippen und wollte in allen Einzelheiten hören, wie sich die vorgetäuschte Vergewaltigung Loredanas zugetragen hatte.

Um ihn zu ködern, ließ sich der Commissario ein paar pikante Details einfallen, die einem Pornofilm alle Ehre gemacht hätten.

Da Tommaseo bekanntermaßen keinen Umgang mit Frauen hatte, reagierte er sich wohl dadurch ab, dass er sie verhörte.

Mit Tommaseos Genehmigung in der Tasche fuhr der Commissario zum Polizeipräsidium. Er betrat das Untergeschoss mit den Abhöranlagen, und es dauerte geschlagene fünfzehn Minuten, bis er die Kontrollen passiert hatte und ihm Einlass gewährt wurde. Dann verging noch über eine Stunde, bis er die Sicherheit hatte, dass die ganze Prozedur so schnell wie möglich umgesetzt wurde.

Beim Verlassen des Polizeipräsidiums kam ihm eine Idee, wie er sich Gewissheit verschaffen konnte, dass Savastanos Ermordung nichts mit der Mafia zu tun hatte.

Fünf Minuten lang ging er seinen Plan immer wieder durch und beleuchtete ihn von allen Seiten.

Schließlich gelangte er zu der Überzeugung, dass es der einzig richtige Weg war, der ihm zur Verfügung stand.

Er stieg ins Auto und fuhr zur Redaktion des Lokalsenders Retelibera, den sein guter Freund Nicolò Zito leitete. Es war fast einundzwanzig Uhr.

»Dottor Montalbano, wie schön, dass Sie mal wieder bei uns vorbeikommen«, rief die Sekretärin. »Wollen Sie zu Nicolò?«

»Ja.«

»Die Nachrichten sind gleich zu Ende. Warten Sie doch in seinem Büro.«

Kaum fünf Minuten später kam Zito. Sie umarmten einander, Montalbano erkundigte sich nach dem Wohlbefinden der Familie, dann sagte er:

»Ich brauche dich.«

»Was kann ich für dich tun?«

»Habt ihr die Nachricht vom Fund der Leiche in dem ausgebrannten Auto schon gebracht?«

»Natürlich. Ich bin heute früh selber hingefahren, um den Bericht zu drehen, aber du warst schon weg. Ich musste vage bleiben, weil keiner mir was sagen wollte.«

»Möchtest du ein Exklusivinterview?«

»Und ob!«

»Dann machen wir es gleich. Kannst du es in den nächsten Nachrichten bringen?«

»Na klar.«

»Vorher müssen wir aber ein paar Fragen abstimmen.«

Dottor Montalbano, danke, dass Sie sich bereit erklärt haben, unsere Fragen zu beantworten. Was können Sie uns zu diesem grausamen Verbrechen sagen, das so großes Entsetzen hervorgerufen hat?

Zunächst einmal kann ich Ihnen den Namen des Opfers nennen. Carmelo Savastano, ein junger Mann aus Vigàta.

War er vorbestraft?

Ja, aber wegen kleinerer Betrugsdelikte, Veruntreuung, Widerstand gegen die Staatsgewalt...

Wie hat man ihn ermordet?

Er wurde entführt, wo, ist noch unklar, wahrscheinlich auf dem Weg nach Hause. Dann hat man ihn in seinem eigenen Wagen zum Ort der Hinrichtung gebracht, mit einem der Mörder am Steuer. Savastano war an Hand- und Fußgelenken mit Draht gefesselt, und er saß auf dem Beifahrersitz. Man hat ihn mit einem Genickschuss getötet und dann das Auto in Brand gesteckt.

Auf den ersten Blick deutet all dies auf eine typische Exeku-
tion der Mafia hin.
Allerdings. Daher habe ich auch vor, in diese Richtung zu
ermitteln.

War Savastano Ihren Erkenntnissen zufolge denn ein Hand-
langer der Mafia?
Nehmen Sie es mir nicht übel, aber diese Frage möchte ich
nicht beantworten.

Wurde er vielleicht ermordet, weil er einen Fehler begangen
oder einen Befehl missachtet hat?
Das glaube ich nicht.

Was ist dann Ihr Eindruck?
Ich hoffe, dass dies nicht der erste Mord einer Serie ist, die
den Krieg zwischen verschiedenen Clans wiederaufflam-
men lässt wie bei den blutigen Machtkämpfen vor einigen
Jahrzehnten. Und ich werde alles daransetzen, so etwas im
Keim zu ersticken. Falls nötig, werde ich die Polizeipräsenz
deutlich erhöhen.

Er hatte den Köder ausgelegt und war sicher, dass der eine
oder andere Fisch anbeißen würde.
Erst um halb elf war er zu Hause in Marinella, zu spät für
Marian, die bestimmt schon angerufen hatte. Sein Bären-
hunger ließ ihm nicht einmal Zeit, den Tisch auf der Ver-
anda zu decken.
Die Pasta e fagioli, Bohnensuppe mit Nudeln, die er im
Kühlschrank fand, verschlang er stehend in der Küche,

noch während die Triglie all'agrodolce, Meerbarben in süßsaurer Soße, im Backofen warm wurden.

Mit den aufgewärmten Meerbarben setzte er sich vor den Fernseher, gerade rechtzeitig, um sein Interview zu sehen.

In der Nachrichtensendung um Mitternacht würde es erneut ausgestrahlt werden, das hatte Zito ihm versprochen.

Nach dem Essen ging er auf die Veranda.

Eine halbe Stunde später schaltete er erneut den Fernseher ein, denn um 23.30 Uhr liefen Nachrichten auf Televigàta, dem Konkurrenzsender von Retelibera. Er wollte wissen, ob es schon Kommentare zu dem Interview gab.

Doch die Nachrichtensprecherin ging nicht auf das Thema ein.

Als sie sich von den Zuschauern verabschieden wollte, reichte man ihr ein Blatt Papier, das sie vorlas:

Gerade erreicht uns die Nachricht, dass es bei Raccadali auf freiem Feld einen Schusswechsel zwischen der Polizei und drei Einwanderern gegeben hat, die sich der Gefangennahme entziehen konnten. Die Polizei hat dies weder bestätigt noch dementiert. Es handelt sich mutmaßlich um drei Einwanderer, die mit örtlichen Verbrecherbanden in Verbindung gebracht werden. Einer der drei ist offensichtlich verletzt worden. Soweit der aktuelle Stand. Sollten neue Details bekannt werden, berichten wir in den Nachrichten um 0.30 Uhr darüber.

Der Commissario musste sofort an Alkaf, Mohammet und den dritten Mann denken, der sich in der Scheune versteckt hatte.

Waren sie es, die sich einen Schusswechsel mit der Polizei geliefert hatten? Und falls ja, warum hatten sie es dazu kommen lassen?

Um Mitternacht schaltete er Retelibera ein, wo das Interview mit ihm erneut ausgestrahlt wurde. Zu dem Schusswechsel meldete Zito, dass nur einer der drei Einwanderer bewaffnet war und dieser das Feuer aus einer Maschinenpistole auf die Polizisten eröffnet hatte.

Das erschien ihm plausibel. Alkaf und Mohammet hatten nicht den Eindruck erweckt, dass sie Schusswaffen benutzten. Der Mann in der Scheune jedoch konnte durchaus bewaffnet sein und bereit zu töten.

Widerwillig legte er sich ins Bett, stellte das Telefon aber zur Sicherheit auf den Nachttisch.

Warum rief Marian nicht an?

Er nahm ein Buch zur Hand, war aber in Gedanken zu sehr mit Marian beschäftigt, er musste jede Seite zweimal lesen, weil er beim ersten Mal nichts verstand. Nach einer halben Stunde hatte er genug. Er löschte das Licht, schloss die Augen und versuchte einzuschlafen.

Warum rief Marian nicht an?

Warum hatte er sie nie nach ihrer Handynummer gefragt, obwohl er es sich mehrfach vorgenommen hatte?

Warum hatte sie selbst nie daran gedacht, sie ihm zu geben?

Warum ...

Und warum macht zwei mal zwei nicht drei?

Der Anruf war so schrill und er schreckte so abrupt aus dem Schlaf, dass er im Dunkeln den Hörer nicht richtig zu fassen bekam, der zu Boden fiel.

Er knipste das Licht an. Es war sechs Uhr morgens.

»Pronto?«

»Dottor Montalbano, sind Sie es?«

Eine männliche Stimme, die er nicht kannte. Er war versucht, dem Anrufer zu sagen, er sei falsch verbunden.

Er wollte nur die Stimme Marians hören.

Aber dann ging ihm auf, dass es ein Fehler wäre, sich zu verleugnen.

»Ja. Wer spricht?«

»Avvocato Guttadauro am Apparat.«

Er war sofort hellwach.

Guttadauro. Dieser schleimige, aalglatte und hinterhältige Mensch war der Anwalt des Mafiaclans der Cuffaro. Praktisch war er deren Sprecher.

Der Fisch hatte angebissen. Montalbano beschloss, ihn eine Weile zappeln zu lassen. Er wollte sich nicht allzu interessiert zeigen.

»Avvocato, ich bitte um Entschuldigung, könnten Sie in einer Viertelstunde noch einmal anrufen?«

»Aber gewiss doch!«

Er ging in die Küche, stellte den Espresso auf, ging ins Bad, wusch sich das Gesicht, kehrte in die Küche zurück, trank das ganze Kännchen leer und zündete sich eine Zigarette an.

Das Telefon läutete.

Er ließ es läuten. Erst beim zehnten Mal hob er ab.

Zwölf

»Ja, bitte, Avvocato.«

»Zuallererst möchte ich Sie bitten, diese Störung zu so früher Stunde zu entschuldigen. Bestimmt habe ich Sie aus Morpheus' Armen gerissen.«

»Was verschafft Ihnen die Gewissheit, dass ich in Morpheus' Armen lag?«, erwiderte der Commissario.

Dem Anwalt dämmerte, Montalbano könne die Metapher aus Unkenntnis missverstanden und als beleidigende Anspielung aufgefasst haben. Deshalb schob er nach einer kurzen Verlegenheitspause erklärend nach:

»Ich wollte Sie in keinster Weise ... Sie kennen doch bestimmt Morpheus. Das ist der Gott des Schlafes und nicht ein Mensch aus Fleisch und Blut.«

»Eben, Avvocato. Wer sagt Ihnen denn, dass ich geschlafen habe?«

»Umso besser. Ich bin gerade am Flughafen, in Punta Raisi, und muss gleich in den Flieger steigen.«

»Wohin geht denn die Reise?«

»Nach Rom. Die üblichen geschäftlichen Verpflichtungen.«

Die darin bestanden, einen willfährigen Abgeordneten oder hohen Beamten im Zusammenhang mit einem öffentlichen Bauauftrag durch Versprechungen oder Drohungen unter Druck zu setzen.

»Deshalb hätte ich Sie sonst erst nach acht Uhr anrufen können«, fuhr der Anwalt fort. »Und da hätte ich Sie womöglich nicht mehr zu Hause angetroffen. Das war der Grund...«

»Sie hätten mich auch im Büro anrufen können.«

»Ich weiß nicht, ob es klug wäre, Sie im Kommissariat zu stören. Sie haben ja immer so viel zu tun...«

»Na gut. Ich höre.«

»Ich wollte Ihnen sagen, dass wir gestern Abend das Vergnügen hatten, Sie im Fernsehen zu erleben. Wir waren alle voll Bewunderung. Wissen Sie, dass Sie wirklich einen hervorragenden Eindruck machen?«

»Danke.«

Ihr könnt mich mal, du und die Cuffaro, fügte er in Gedanken hinzu.

»Möge Gott Ihnen Ihre Gesundheit und Ihren klugen Kopf noch lange erhalten«, fuhr Guttadauro fort.

»Danke«, wiederholte der Commissario.

Man musste Geduld haben mit diesen Leuten, die sich stets gewunden und verklausuliert ausdrückten, nie frei heraus redeten. Aber früher oder später würde Guttadauro auf den Punkt kommen.

»Gestern Abend war ein betagter Bauer der Cuffaro bei uns«, nahm der Anwalt den Faden wieder auf. »Wir laden ihn ab und zu ein, weil er uns mit seinen wunderbaren Geschichten bei Laune hält. Ach ja, die gute alte bäuerliche Kultur! Die Globalisierung bringt uns um unsere gesunden uralten Wurzeln!«

Montalbano verstand, worauf er hinauswollte.

»Sie haben meine Neugier geweckt. Lassen Sie mich doch auch an Ihrer guten Laune teilhaben. Wollen Sie mir nicht eine dieser Geschichten erzählen?«

»Aber gern, mit dem größten Vergnügen! Nun, eine handelt von einem Löwenjäger, dem seine Jagdgenossen eines Tages einen Streich spielten. Sie hatten einen Einheimischen gesehen, der einen Esel getötet und ihm dann ein Löwenfell übergezogen hatte. Sie kauften ihm den Esel ab und versteckten ihn zwischen den Bäumen. Als der Jäger ihn entdeckte, schoss er auf ihn. Dann ließ er sich mit dem vermeintlichen Löwen fotografieren, den er glaubte erlegt zu haben. Alle dachten, er war es, der den Löwen getötet hat, dabei war er es gar nicht; so wenig, wie der Löwe ein Löwe war, sondern ein Esel.«

»Lustige Geschichte.«

»Nicht wahr? Wenn Sie wüssten, wie viele solcher Geschichten er kennt!«

»Und jetzt, Avvocato, sagen Sie mir doch, was …«

»Tut mir leid, Dottor Montalbano, aber gerade wird mein Flug aufgerufen. Leben Sie wohl und bis bald.«

Montalbano lächelte zufrieden. Das Interview war ein guter Schachzug gewesen.

Sie hatten sich vermutlich lange den Kopf zerbrochen, um auf die arg an den Haaren herbeigezogene Geschichte mit dem Löwen zu kommen. Aber alles in allem hatten sie die Sache damit auf den Punkt gebracht.

Mit den »Jagdgenossen« spielte Guttadauro nicht nur auf die Cuffaro, sondern auch auf die rivalisierenden Sinagra an.

Die beiden Mafiaclans hatten sich offensichtlich in aller Eile abgesprochen.

Die Geschichte lief darauf hinaus, dass die Mafia mit der ganzen Angelegenheit nichts zu tun hatte; dass Savastano kein Handlanger der Mafia war (der Anwalt hatte ihn als Esel bezeichnet) und von jemandem getötet worden war, der ebenfalls kein Mafioso war (sondern ein Einheimischer, wie Guttadauro betont hatte); und dass man den Mord als eine Abrechnung der Mafia darstellen wollte, obwohl das gar nicht zutraf.

Genau das hatte Montalbano von Anfang an vermutet, und nun hatte Guttadauro ihm die Bestätigung geliefert.

Mit dem Anruf hatten die Herren der ehrenwerten Gesellschaft ihm natürlich keinen persönlichen Gefallen tun wollen. Vielmehr waren sie durch seine Ankündigung aufgeschreckt worden, die Ermittlungen systematisch auszuweiten. Sie wollten in Ruhe gelassen werden.

Savastano war von einem Einheimischen ermordet worden. Aus Guttadauros verklausulierter Sprache übersetzt hieß das: von jemandem aus Vigàta, der mit der Mafia nichts zu schaffen hatte.

Er rief Fazio an.

»Was gibt's, Dottore?«

Er berichtete von Guttadauros Anruf.

»Wie gehen wir weiter vor?«, fragte Fazio.

»Um elf will ich Salvatore di Marta im Kommissariat haben.«

»Warum erst so spät? Haben Sie vorher etwas zu erledigen?«

»Ich nicht, aber du.«

»Was denn?«

»Ich will alles über diesen di Marta wissen.«

»Schon geschehen.«

Eines Tages bring ich ihn um, dachte der Commissario, sagte aber nur:

»Dann bestell ihn für halb zehn. Um neun setzen wir beide uns zusammen und besprechen alles Weitere.«

Bis halb neun trödelte er im Haus herum in der Hoffnung, Marian würde anrufen.

Was war denn nur los mit ihr? Er konnte sich keinen Reim darauf machen, dass sie sich nicht meldete.

Irgendwann kam ihm die Idee, im Telefonbuch nach der Nummer der Salzmine zu suchen, unter irgendeinem Vorwand Marians Bruder anzurufen und sich von ihm ihre Nummer geben zu lassen. Aber dann fehlte ihm der Mut dazu.

Er wartete und wartete, aber sie meldete sich nicht. Und je weiter die Minuten verrannen, umso stärker wurde ihm bewusst, wie sehr er sich danach sehnte, ihre Stimme zu hören. Er zögerte seinen Aufbruch so lange hinaus, dass er schließlich um fünf vor halb zehn im Kommissariat ankam.

»Zahlt dieser di Marta eigentlich den Pizzo?«

»Ja, er zahlt Schutzgeld, Dottore.«

»An wen?«

»Das Gelände, auf dem der Supermarkt steht, liegt im Einzugsbereich der Cuffaro.«

»Und wer ist der Eintreiber?«

»Ein gewisser Ninì Gengo.«

»Kann es nicht sein, dass di Marta sich von ihm hat helfen lassen?«

Fazio verzog das Gesicht.

»Nini Gengo ist keiner, der jemanden umbringt. Er ist ein Blutsauger, der so lange was zu melden hat, bis die Cuffaro beschließen, dass er nichts mehr zu melden hat.«

»Aber kann es nicht sein, dass di Marta Gengo gefragt hat, ob er den geeigneten Mann für diese Aufgabe kennt?«

»Möglich. Aber damit hätte er schon zu viele Mitwisser.«

»Stimmt.«

»Und außerdem: Wenn der Avvocato Guttadauro Sie extra angerufen hat, um klarzustellen, dass die Cuffaro nichts damit zu tun haben . . .«

»Können wir uns denn auf das Wort eines Anwalts verlassen, der ein Herz und eine Seele mit den Cuffaro ist?«

Fazio zuckte die Schultern. Das Telefon klingelte.

»Dottori, da wäre hier vor Ort dieser Signore, von dem Sie sagen, dass er di Maria heißt.«

»Bring ihn zu mir.«

Di Marta war so nervös, dass er keine Sekunde stillsitzen konnte. Er rutschte auf seinem Stuhl hin und her und bewegte unablässig seine Hände. Mal fasste er sich an die Nase, mal zog er die Bügelfalte nach, dann zupfte er seine Krawatte zurecht, und dabei schwitzte er unaufhörlich.

»Ich stecke in der Bredouille, nicht wahr?«, fragte er den Commissario.

Er hatte es also selbst gemerkt. Zum Glück, denn so sparte der Commissario eine Menge Zeit.

»Sie stehen im Moment tatsächlich nicht besonders gut da.«

Di Martas Schultern krümmten sich, als hätte man ihm eine schwere Last aufgebürdet. Er stieß einen tiefen Seufzer aus, der so lang andauerte, dass Montalbano befürchtete, seine Lungen würden kollabieren.

»Ich bitte Sie, Signor di Marta, versuchen Sie so ruhig wie möglich zu bleiben. Und beantworten Sie meine Fragen wahrheitsgemäß. Glauben Sie mir, es ist nur zu Ihrem Vorteil, wenn Sie ehrlich sind. Ich möchte Ihnen auch sagen, dass dies in gewisser Weise eine private Unterredung ist und der hier anwesende Fazio nicht einmal Protokoll führt. Verstehen Sie? Ich bin nicht befugt, irgendeine Entscheidung zu treffen. Sonst hätte ich Sie in Begleitung Ihres Anwalts hergebeten.«

Noch ein tiefer Seufzer.

»Ist gut.«

»Sagen Sie mir bitte, wo Sie vorgestern Abend ab zweiundzwanzig Uhr waren.«

»Wo hätte ich sein sollen? Zu Hause.«

»War jemand bei Ihnen?«

»Nein. Loredana liegt noch im Krankenhaus, sie wird, wie's aussieht, morgen entlassen.«

»Sagen Sie mir, was Sie ab dem Nachmittag gemacht haben.«

»Ich war im Supermarkt, bis zur Schließung, danach...«

»Augenblick. Während Sie im Supermarkt waren, haben Sie da in Ihrem Büro jemanden empfangen?«

»Ja. Einen Vertreter für Waschmittel und die Signora Molfetta, die ihre Rechnung in Raten abstottert.«

»Sonst niemanden?«

»Sonst niemanden.«

»Fahren Sie fort.«

»Nach Ladenschluss bin ich allein dageblieben, um die Abrechnungen zu machen, dann bin ich in den Vicolo Crispi gefahren, um das Geld einzuzahlen, und dann nach Hause.«

»Um welche Uhrzeit war das?«

»Halb zehn.«

»Haben Sie nichts zu Abend gegessen?«

»Doch, die Haushälterin hatte mir am Vormittag etwas vorbereitet.«

»Was denn?«

»Ich versteh nicht.«

»Was hatte sie Ihnen vorbereitet?«

Di Marta sah ihn verdutzt an.

»Ich ... ich weiß es nicht mehr.«

»Wie kann das sein?«

»Ich war mit meinen Gedanken woanders.«

»Und nach dem Abendessen?«

»Da hab ich Fernsehen geguckt, und um Mitternacht war ich im Bett.«

Folglich gab es niemanden, der bezeugen konnte, dass er den ganzen Abend und die Nacht zu Hause geblieben war. Das sprach gegen ihn. Er hatte kein wasserdichtes Alibi.

»Warum haben Sie Ihre Frau geschlagen?«

Die hinterrücks gestellte Frage ließ di Marta auf seinem Stuhl zusammenzucken.

Aber eine Antwort gab er nicht.

Montalbano beschloss, seine Phantasie ein wenig spielen zu lassen.

»Wir wissen, dass die Signora Loredana den Ärzten gesagt hat, sie sei die Treppe hinuntergefallen. Sie wollte Ihnen eine Anzeige ersparen. Aber die Ärzte haben ihr nicht geglaubt. Die Verletzungen können unmöglich von einem Sturz stammen. Die Klinik hat daher Anzeige erstattet. Ich habe das Papier hier in meiner Schublade, wollen Sie es sehen?«

»Nein.«

Die Falle war zugeschnappt.

»Sie haben sie geschlagen, richtig?«

»Ja.«

»Warum?«

»Nachdem ich hier im Kommissariat erfahren hatte, dass sie vergewaltigt worden war, habe ich sie zu Hause gefragt, warum sie mir das verschwiegen hat. Ihre Antwort hat mich nicht überzeugt. Vielmehr hat sie mich auf den Gedanken gebracht, sie den Räuber womöglich kennt und ihn irgendwie decken will. Das hat mich so in Rage versetzt, dass ich sie geschlagen habe.«

»Dann geschah es also nur aus Wut?«

»Ja.«

Montalbano zog ein finsteres Gesicht.

»Signor di Marta, ich hatte Ihnen geraten, ehrlich zu sein, in Ihrem eigenen Interesse.«

»Das bin ich doch...«

»Nein, das sind Sie nicht. Sie wollten von Ihrer Frau den Namen des Räubers wissen, der sie vergewaltigt hat.«

Di Marta hüllte sich in Schweigen. Dann schien er sich zu

einer Entscheidung durchgerungen zu haben, denn die Antwort war klipp und klar.

»Ja.«

Montalbano wusste, dass di Marta von diesem Moment an kooperieren würde, so gut er konnte.

»Hat sie Ihnen den Namen genannt?«

»Ja.«

»Sagen Sie ihn mir.«

»Carmelo Savastano.«

»Und wie haben Sie reagiert?«

»Ich ... mir sind die Tränen gekommen. Und dann ... wurde mir klar, was ich getan hatte, und ich habe Loredana ins Krankenhaus gebracht.«

»Haben Sie daran gedacht, sich an Savastano zu rächen?«

»Ich wollte ihn umbringen. Und das hätte ich auch getan, wenn mir nicht jemand zuvorgekommen wäre.«

»Wie wollten Sie ihn umbringen?«

»Ich wollte ihn erschießen, sobald er mir über den Weg gelaufen wäre. Seit Loredana mir seinen Namen gesagt hat, trage ich eine Waffe bei mir.«

Montalbano und Fazio tauschten einen kurzen Blick. Fazio stand auf.

»Haben Sie die Waffe bei sich?«

»Ja, natürlich.«

»Nehmen Sie die Hände hoch und stehen Sie langsam auf«, wies der Commissario ihn an.

Di Marta war noch im Aufstehen begriffen, da hatte Fazio ihn bereits gepackt und ihm die Pistole aus der Gesäßtasche gezogen. Er nahm das Magazin aus der Waffe.

»Ein Schuss fehlt«, sagte er.

Er hielt sich die Mündung unter die Nase und roch daran.

»Haben Sie vor kurzem damit geschossen?«, fragte er.

»Ja«, gab di Marta zu. »Ich hatte die Pistole in der Nachttischschublade und hab sie noch nie benutzt, ich hatte sie nicht einmal aus der Verpackung genommen, und da wollte ich ausprobieren, ob sie funktioniert.«

»Wann haben Sie sie ausprobiert?«, fragte Montalbano.

»Vorgestern Abend, auf dem Parkplatz hinter dem Supermarkt, als alle schon weg waren.«

»Wann genau? Am selben Abend, an dem Savastano erschossen wurde?«

»Ja.«

»Haben Sie einen Waffenschein?«

»Ja.«

»Setzen Sie sich wieder.«

Das Merkwürdige war, dass di Marta ruhiger wurde, je mehr er erzählte.

»Lassen Sie uns ein Stück zurückgehen. Trauen Sie sich das zu?«

»Ich versuch's.«

»Als Sie sich in die Signora Loredana verliebt haben, war sie da bei Ihnen beschäftigt, als Verkäuferin in Ihrem Supermarkt?«

»Ja.«

»Nach unseren Erkenntnissen war sie damals fest mit Carmelo Savastano liiert. Wussten Sie das?«

»Ja. Loredana hat es mir gesagt, als wir uns näherkamen. Aber die beiden haben sich da schon nicht mehr so gut verstanden.«

»Warum nicht?«

»Savastano hat sie misshandelt. Sie hat mir ihr Herz ausgeschüttet und sich in meinem Büro ausgeweint. Ich will Ihnen ein paar Beispiele geben: Einmal hat er in ihren Teller gespuckt und sie gezwungen weiterzuessen. Ein anderes Mal wollte er, dass sie sich prostituiert und mit einem Kerl einlässt, dem er Geld schuldete. Und als sie sich geweigert hat, hat er ihr mit einer Schere die Kleider zerschnitten. Sie war drauf und dran, ihn zu verlassen, aber er hat sie erpresst.«

»Womit?«

»Mit der Drohung, kompromittierende Fotos von ihr unter die Leute zu bringen. Und auch einen kleinen Film, den sie ganz am Anfang ihrer Beziehung aufgenommen hatten.«

»Ich verstehe. Und was haben Sie gemacht?«

»Ich wusste, dass ich mit Savastano reden musste.«

»Hatten Sie nicht Angst, allein mit einem Kerl wie ihm ...?«

»Natürlich hatte ich Angst. Aber Loredana war damals schon mein Ein und Alles.«

»Sind Sie bewaffnet zu diesem Treffen gegangen?«

»Nein. Auf die Idee bin ich gar nicht gekommen.«

»Was haben Sie ihm gesagt?«

»Ich bin gleich zur Sache gekommen, ich wollte es so schnell wie möglich hinter mich bringen. Ich habe ihn gefragt, was er dafür verlangt, dass er Loredana verlässt und das Fotomaterial herausgibt. Ich wusste, dass er in Geldnöten steckte, er war dauernd in illegalen Spielhöllen unterwegs, hatte aber nie Glück.«

»Wo hat dieses Treffen stattgefunden?«

»Er hatte bei sich zu Hause vorgeschlagen, aber ich wollte ihn im Freien treffen. Wir haben uns an der Mole verabredet.«

»Ist er auf Ihr Angebot eingegangen?«

»Ja, nach einigem Hin und Her.«

»Für wie viel?«

»Zweihunderttausend in bar, hundert bei Übergabe des Materials und hundert vor meiner Hochzeit mit Loredana.«

»Warum erst dann?«

»Um die Gewissheit zu haben, dass er Loredana, die fürs Erste zu ihren Eltern gezogen war, in der Zwischenzeit nicht nachstellt. Er hätte sonst die Hälfte des vereinbarten Betrags eingebüßt, das konnte er sich nicht leisten. Und falls er nach der Hochzeit wiederaufgetaucht wäre, war ja ich da, um Loredana zu verteidigen.«

»Hat er sich an die Abmachung gehalten?«

»Ja.«

»Haben Sie das Filmmaterial noch, das Savastano Ihnen gegeben hat?«

»Ich habe es vernichtet.«

»Angenommen, was Sie uns erzählt haben, entspricht alles der Wahrheit. Welchen Grund konnte Savastano Ihrer Ansicht nach gehabt haben, Ihre Frau auszurauben und zu vergewaltigen?«

Di Martas Antwort hatte der Commissario erwartet.

»Ich glaube, jemand hat ihn dazu angestiftet.«

»Und wer?«

»Valeria Bonifacio.«

»Aus welchem Grund sollte die Signora Bonifacio ...«

»Weil sie mich hasst. Um mir etwas anzutun. Weil sie auf Loredana und ihre Liebe zu mir eifersüchtig ist.«

»Haben Sie auch nur den Hauch eines Beweises für Ihre Vermutung?«

»Nein.«

Montalbano stand auf. Di Marta ebenso.

»Danke. Ich brauche Sie nicht mehr.«

Di Marta war mehr verwirrt als überzeugt.

»Kann ich gehen?«

»Ja.«

»Und was passiert jetzt?«

»Ich werde den Fall mit dem Staatsanwalt besprechen. Er trifft die Entscheidung für den nächsten Schritt.«

»Und die Pistole?«

»Die bleibt hier. Wozu brauchen Sie sie noch? Umgebracht wurde Savastano ja schon.«

Fazio begleitete di Marta hinaus. Als er zurückkam, fragte Montalbano:

»Wie ist dein Eindruck?«

»Entweder ist er unglaublich gerissen und spielt ein raffiniertes Spiel, oder er ist einfach ein armer Teufel, der in der Scheiße steckt. Was meinen Sie, Dottore?«

»Ich seh das genauso. Aber jetzt verteilen wir erst mal die Hausaufgaben. Während ich nach Montelusa fahre und mit Tommaseo spreche, bringst du die Pistole zur Spurensicherung. Die Kugel haben sie ja noch dort, also werden sie uns schon sagen können, ob das die Waffe ist, mit der Savastano erschossen wurde, oder nicht. Und dann musst du noch etwas herausfinden.«

»Was?«

»Hast du schon von dem Schusswechsel mit den drei Einwanderern gehört?«

»Hab ich. Und ich hatte denselben Gedanken wie Sie: Es
könnte sich um die von Spiritu Santo handeln.«

»Wenn ich Sposìto nach irgendwelchen Details frage,
kriege ich entweder eine patzige Antwort oder gar keine.
Aber wenn du, vielleicht im Gespräch mit einem deiner
Kollegen...«

»Verstanden. Ich geh dann mal.«

Doch dazu kam er nicht, denn in dem Moment erschien
Mimì Augello im Türrahmen.

Dreizehn

»Ich wollte nicht früher hier aufkreuzen, weil Catarella gesagt hat, di Marta ist hier. Ich war nicht sicher, ob ich reinkommen soll oder nicht.«

»Hast du gut gemacht, Mimì.«

»Wollt ihr wissen, wie das Abendessen mit der Bonifacio gelaufen ist?«

»Wenn es keine allzu lange Geschichte ist…«

»Ist 'ne kurze Sache.«

»Dann setz dich und erzähl«, sagte Montalbano.

»Den ersten Teil des Abends hat Valeria die Heilige gespielt. Man hätte meinen können, sie käme geradewegs aus dem Paradies: reumütig, mit niedergeschlagenem Blick, hochgeschlossener Bluse, den Rock bis übers Knie. Sie hat mir ihre gesamte Lebensgeschichte erzählt, angefangen mit der Grundschule. Von ihrer unglücklichen Kindheit, weil ihr Vater die Mutter mit einer Geliebten betrogen hat, mit der er einen Sohn hat. Daher ständiger Streit in der Familie. Die Erinnerung daran hat ihr die Tränen in die Augen getrieben. Sie wollte mir weismachen, ihr Mann sei bis heute der einzige Mann in ihrem Leben. Die vielen Monate, die er weg ist, machen ihr angeblich zu schaffen, schließlich sei sie eine gesunde, ansehnliche junge Frau, aber der erzwungene Verzicht werde durch den Gedanken an die große Liebe wettgemacht, die sie beide wie Efeu umrankt, genau so hat sie es ausgedrückt. Alles in allem ein fürchterliches Gedöns, das bis elf Uhr gedauert hat.«

»Und was ist um elf passiert?«

»Der Fernseher lief, und plötzlich bist du aufgetaucht, Salvo. Bei der Nachricht, der Tote sei Savastano, war sie wie ausgewechselt. Sie ist regelrecht durchgedreht und hat angefangen zu schreien, der Mörder sei bestimmt Loredanas Ehemann. Ich hab versucht, sie zu beruhigen, was die Sache aber nur noch schlimmer machte. Sie bekam einen hysterischen Anfall, hat einen Teller zerschlagen, wollte mit dem Kopf gegen die Wand stoßen. Ich musste sie mit Gewalt ins Bad zerren, um ihr Wasser ins Gesicht zu spritzen. Ich hab ihr den Kopf unter die Dusche gehalten, aber dann wurden ihre Klamotten nass. Sie wollte sich umziehen, schaffte es aber nicht, ihre Hände waren ganz zittrig. Sie konnte sich kaum auf den Beinen halten, ich musste sie stützen. Ich hab ihr Bluse und BH ausgezogen und ihr trockenes Zeug übergezogen. Den Rock hab ich ihr auch ausgezogen.«

»Und den Slip nicht?«

»Nein, der war trocken.«

»Und dann?«, fragten Montalbano und Fazio unisono.

»Ich muss eure lüsternen Erwartungen leider enttäuschen. Sie hat mir gezeigt, was sie hat, feinste Ware, aber mir war klar, dass sie an diesem Abend nicht feilgeboten wurde. Valeria hat gesagt, sie müsse sich hinlegen, da hab ich ihr als echter Gentleman die Hand geküsst und bin gegangen.

Heute Abend besuche ich sie wieder, und dann wollen wir zusammen essen.«

»Und im Ergebnis?«

»Im Ergebnis ist sie eine großartige Schauspielerin. Und ein echtes Luder. Gerissen und gefährlich. Sie hat mir eine tragische Szene vorgegaukelt. Bestimmt wollte sie mir irgendwas über diesen di Marta stecken. Da kam ihr dein Auftritt im Fernsehen gerade recht, und sie hat die Gelegenheit beim Schopf gepackt. Mal sehen, wie weit sie es heute Abend treibt. Übrigens, Beba meckert, dass ich zu oft weg bin. Bitte stell dich diesmal nicht so an, Salvo, und sag ihr, dass es aus dienstlichen Gründen ist. Wie ist es denn mit di Marta gelaufen?«

»Schlecht für ihn.«

»Nämlich?«

»Er hat kein hieb- und stichfestes Alibi für die Tatzeit. Aber ein Motiv für die Tat. Ich geh jetzt zu Tommaseo, der schickt ihm garantiert einen Ermittlungsbescheid. Er kann von Glück reden, wenn er nicht gleich verhaftet wird.«

Im Justizpalast erfuhr Montalbano, dass Tommaseo in einer Gerichtsverhandlung saß, die bis ein Uhr dauern würde.

Er hatte dummerweise versäumt, vorher anzurufen.

Um die Zeit zu nutzen, fuhr er ins Polizeipräsidium und erkundigte sich nach dem Verlauf der Abhöraktion. Im Keller verwies man ihn an Kabine 12 B.

Die Kabine bot gerade genug Platz für zwei, sofern keiner übergewichtig war. Der Beamte trug Kopfhörer und war mit Kreuzworträtseln beschäftigt.

»Ich bin Commissario Montalbano.«

»Agente De Nicola«, stellte der andere sich vor und stand auf.

»Bleib ruhig sitzen. Wann wurde das System aktiviert?«

»Heute früh um sieben.«

Sie hatten sich beeilt, Montalbano konnte sich nicht beklagen.

»Gab es Anrufe?«

»Ja. Wenn Sie reinhören wollen ...«

»Gerne.«

Der Polizeibeamte verwies ihn auf den Platz neben sich, gab ihm ein Paar Kopfhörer und betätigte einen Schalter. Dann hörte er sich mit ihm zusammen erneut die Aufzeichnungen an.

»*Pronto?*«, sagte eine Frauenstimme.

»*Valè, wie geht's dir?*«

»*Loredà, mein Engel. Herzchen, weißt du schon, wann du entlassen wirst?*«

»*Morgen, ganz sicher. Sie wollten meinen Mann im Kommissariat sprechen.*«

»*Meinst du, sie verhaften ihn?*«

»*Keine Ahnung, aber es sieht nicht gut aus für ihn. Hör zu ...*«

»*Sag.*«

»*Ich wollte dich fragen ... Alles klar?*«

»*Du meinst ....*«

»*Ja.*«

»*Mach dir keine Sorgen. Alles in Ordnung.*«

»*Schwörst du mir das?*«

»Ich schwör's.«

»Valè, ich halt's nicht mehr aus, ich werd noch verrückt, hier zu liegen, ohne dass ich . . .«

»Beruhige dich, tu mir den Gefallen. Und mach keine Dummheiten. Du musst Geduld haben. Später kannst du locker alles nachholen.«

»Ich leg jetzt auf. Der Arzt kommt gerade rein.«

Dann gab es noch einen Anruf für Valeria. Eine Männerstimme, ziemlich jung.

»Valè, ich bin's.«

»Bist du verrückt!«

»Valè, hör mir bitte . . .«

»Nein. Und ruf mich erst wieder an, wenn ich dir Bescheid gebe.«

Valeria hatte aufgelegt.

»Kannst du mir sagen, woher dieser zweite Anruf stammt?«

»Von einem Handy, das in der Funkzelle Montereale eingeloggt war. Mehr kann ich Ihnen nicht sagen.«

»Könnte ich eine Kopie bekommen?«

»Was für ein Tonbandgerät haben Sie?«

Zu kompliziert.

»Wenn du mir ein Blatt Papier gibst, schreib ich die Gespräche mit, sie sind ja nicht lang.«

»Eigentlich müsste der Staatsanwalt die Mitschrift erst genehmigen«, sagte De Nicola. »Aber es gäbe da eine Lösung. Erlauben Sie mir, einen Kaffee trinken zu gehen?«

»Geh ruhig.«

»Danke. Setzen Sie meinen Kopfhörer auf. Falls Sie es klingeln hören, drücken Sie zuerst diese Taste und dann diese. Ach ja, und Papier liegt hier in der Schublade.«

Zum Glück rief niemand an – nicht auszudenken, welches Durcheinander er angerichtet hätte.

Er fuhr zum Justizpalast zurück, wo er noch eine Weile warten musste, bis er endlich den Staatsanwalt sprechen konnte.

»Aber es ist schon zehn nach eins! Zeit zum …«

»Dottore, es geht um den Fall mit den beiden jungen Frauen, erinnern Sie sich?«

Er hatte seinen wunden Punkt getroffen.

»Und ob, und ob. Hören Sie, ich lade Sie zum Essen ein. Dann können wir die Angelegenheit in aller Ruhe besprechen.«

Montalbano bekam es mit der Angst. Wer weiß, in welche Kaschemme er ihn führen würde. Er traute Tommaseo zu, sich von wilden Beeren und Hundefleisch zu ernähren.

»Na gut«, willigte er schließlich ein.

Das Restaurant war ganz passabel. Es gab keinen Grund zur Klage – wenn man davon absah, dass er während des Essens sprechen musste, was ihm eigentlich gegen den Strich ging.

Danach kehrten sie in das Büro des Staatsanwalts zurück.

»Wie gedenken Sie vorzugehen?«, fragte Montalbano.

»Ich schicke diesem di Marta zwei Carabinieri in den Supermarkt, die sollen ihn um sechzehn Uhr dort abholen.

Um die Uhrzeit müsste er dort anzutreffen sein. Die Carabinieri werden ihm ausreichend Zeit lassen, seinen Anwalt zu verständigen, und bringen die beiden dann zu mir.«

Montalbano setzte eine skeptische Miene auf, was Tommaseo nicht entging.

»Ist daran etwas nicht in Ordnung?«

»Wenn Sie ihm die Carabinieri in den Supermarkt schicken, wird jemand die Presse informieren, das Fernsehen ...«

»Ja und?«

»Wie Sie meinen. Ich wollte Sie nur darauf hinweisen, dass man Sie belagern wird. Ist meine Anwesenheit erforderlich?«

»Wenn Sie etwas anderes zu tun haben ...«

»Also, wenn Sie gestatten, werde ich nicht dabei sein.«

»Ach, eine Sache noch, Montalbano, wann, sagten Sie, soll die hübsche Frau von di Marta entlassen werden?«

»Morgen.«

»Dann schnapp ich sie mir gleich morgen«, sagte Tommaseo und leckte sich die Lippen wie eine Katze bei der Vorstellung, eine Maus zu fangen.

Als er ins Kommissariat kam, war es bereits halb vier. Fazio erschien sogleich in seinem Büro.

»Die Pistole hab ich bei der Spurensicherung gelassen. Die geben mir das Ergebnis durch.«

»Hast du mit jemandem von der Terrorabwehr gesprochen?«

»Ja. Die waren unseren Freunden von Spiritu Santo zwei Tage lang auf den Fersen.«

»Dann waren es also diese drei?«

»Ja.«

»Sie haben das marode Häuschen zu einem Lager umfunktioniert? Ist das bestätigt?«

»Ja. Die scheinen schon eine ganze Weile Waffen nach Tunesien geschmuggelt zu haben. Aber nicht, um damit Geld zu machen, sondern weil sie einen Umsturz vorbereiten. Sposìto hatte angeordnet, sie zu verhaften und dabei eine Schießerei möglichst zu vermeiden.«

»Und wieso ist es dann zu dem Schusswechsel gekommen?«

»Die drei hatten sich in einer Höhle versteckt, und die Einheit ist daran vorbeigefahren, ohne etwas zu merken. Und dann hörten sie aus nächster Nähe eine MP-Salve. Sie haben zurückgeschossen, aber die drei konnten abhauen.«

»Willst du damit sagen, dass sie die Salve nur gehört haben?«

»Ja.«

»Es wäre also denkbar, dass sie versehentlich losgegangen ist.«

»Das denken die auch. Sie haben mir auch gesagt, dass einer der drei mit Sicherheit verletzt ist. Sie haben ziemlich viel Blut gefunden.«

Als Fazio gegangen war, beschäftigte sich der Commissario mit Schreibkram. Er wollte das Büro bald verlassen und spätestens um acht in Marinella sein, damit nicht wieder dasselbe passierte wie am Abend vorher. Mittlerweile war er überzeugt, dass Marian angerufen, ihn aber nicht erreicht hatte.

Um halb sieben erschien Fazio noch einmal in seinem Büro.

»Fehlanzeige.«

»Was genau?«

»Die Spuren des Laufs von di Martas Pistole stimmen nicht mit den Merkmalen des Projektils überein, das man aus dem Kopf des Toten geholt hat. Er wurde also mit einer anderen Pistole desselben Kalibers, einer 7.65er, erschossen.«

Das war ein Punkt zu di Martas Gunsten.

»Weiß es der Staatsanwalt schon?«

»Keine Ahnung.«

Später kam Augello vorbei, um sich zu verabschieden.

»Ist es nicht ein bisschen früh fürs Abendessen?«

»Ich fahr vorher noch nach Hause und zieh mich um.«

»Machst du dich schick?«

»Natürlich. Ich benutze sogar Parfüm.«

»Wie heißt es denn?«

»Das Parfüm? Virilité.«

»Und, bist du noch auf Höhe des Parfüms?«

»Ich kann mich nicht beklagen.«

Er wollte gerade das Büro verlassen, da klingelte das Telefon. Zito war dran.

»Kann ich in zwanzig Minuten bei dir vorbeikommen?«

»Weswegen?«

»Gibst du mir ein Interview?«

»Worüber denn?«

»Wie jetzt? Hast du es nicht gehört?«

»Nein, was denn?«

»Tommaseo hat di Marta verhaftet.«

Er fluchte. Nicht wegen der Verhaftung, sondern wegen des Interviews.

Konnte er Zito, der ihm so oft geholfen hatte, diese Bitte abschlagen? Bestimmt wurde es wieder spät, und Marian...

»Na schön, aber komm so schnell wie möglich.«

Er rief sofort den Staatsanwalt an.

»Dottor Tommaseo? Montalbano am Apparat. Ich habe erfahren, dass Sie...«

»Ja, wir haben die Indizien, und die sind erdrückend. Wenn wir ihn frei herumlaufen lassen, besteht Verdunklungsgefahr. Außerdem könnte er erneut Gewalt gegen seine Frau anwenden.«

»Sie wissen, dass die Spurensicherung di Martas Pistole untersucht hat und dass sie nicht...«

»Ja, das wurde mir während der Vernehmung mitgeteilt, aber es ändert nichts an der Gesamtlage.«

»Wir machen es kurz und schmerzlos, dann kann ich es in den Nachrichten um halb zehn senden«, sagte Zito, als er mit dem Kameramann eintrat.

»Wenn du in einer Viertelstunde fertig bist, kriegst du einen Kuss auf die Nase«, sagte Montalbano.

Fünf Minuten später war es soweit.

Dottor Montalbano, ich danke Ihnen für Ihre Bereitschaft zu diesem Interview. Jetzt haben wir also den Mörder von Carmelo Savastano. Glückwunsch an Staatsanwalt Tommaseo und an Sie. Sie haben schnell gehandelt.

Zunächst einmal möchte ich klarstellen, dass weder Staatsanwalt Tommaseo noch ich selbst davon ausgehen, dass di Marta den Mord tatsächlich verübt hat. Er war höchstens der Auftraggeber.

Dottor Tommaseo hat als Motiv Rache genannt. Mehr wollte er allerdings nicht sagen.
Wenn Dottor Tommaseo es dabei belassen hat, werde ich dem bestimmt nichts hinzufügen.

Aber ist es wirklich das einzige Motiv?
Wenn Dottor Tommaseo das so gesagt hat ...

Es wird aber gemunkelt, di Marta habe Savastano aus Eifersucht ermorden lassen.
Dazu kann ich nichts sagen.

Haben Sie Salvatore di Martas Ehefrau vernommen, die sich derzeit wegen eines Sturzes im Krankenhaus aufhält?
Ja.

Können Sie uns sagen, ob die Signora ...
Nein.

Haben Sie konkrete Beweise gegen ihn?
Beweise noch nicht. Starke Indizien schon.

Trifft es zu, dass Sie eine Pistole aus di Martas Besitz beschlagnahmt haben?
Ja.

Die Spurensicherung soll nach der Untersuchung der Pistole ausgeschlossen haben, dass es sich um die Tatwaffe handelt. Bestätigen oder dementieren Sie das?
Ich bestätige es. Es ist nicht die Tatwaffe. Ich möchte dennoch zu bedenken geben, dass wir di Marta für den Auftraggeber halten. Dass seine Pistole nicht für den Mord benutzt wurde, ist irrelevant.

Folglich setzen Sie die Suche nach dem eigentlichen Täter fort?
Gewiss. Aber es geht hier um mindestens zwei Personen.

Danke, Dottor Montalbano.

Als sie fort waren, sah er auf die Uhr. Er fluchte, es war schon nach halb neun. Eine wichtige Sache musste er jedoch unbedingt noch erledigen.
Er rief Augello auf dem Handy an.
»Wo bist du gerade?«
»Im Auto. Ich fahre zu Valeria.«
»Weißt du, dass Tommaseo di Marta verhaftet hat?«
»Ja. Ich hab's in den Nachrichten um acht gehört.«
»Ich wollte dir sagen, dass auf Retelibera um halb zehn ein Interview mit mir gesendet wird. Schau mal, wie Valeria diesmal reagiert.«
»Kein Problem. Bei der läuft der Fernseher sowieso immer.«
Er rannte zu seinem Wagen und flitzte nach Marinella.
Noch während er mit dem Hausschlüssel hantierte, hörte

er das Telefon klingeln. Diesmal schaffte er es, den Hörer rechtzeitig abzunehmen.

»Pronto?«, rief er keuchend.

»Ciao, Commissario. Bist du gelaufen?«

Er hörte Glocken läuten, Vögel zwitschern, Gitarren spielen und Böller krachen.

Kurzum, einen Höllenlärm, dass ihm Hören und Sehen verging.

»Ja. Bin grade angekommen. Ich will ... will, dass du mir alles gibst, und zwar sofort.«

Marian lachte kurz auf.

»Gerne, aber wie soll das gehen?«

»Nein, Pardon, was hast du denn verstanden, ich wollte sagen, gib mir alle deine Telefonnummern.«

»Hast du die denn nicht?«

»Nein, und ich hab jedes Mal vergessen, dich ...«

»Kein Problem. Ich geb dir meine Handynummer und die Nummer meiner Eltern.«

Er notierte sie auf einem Zettel.

»Warum hast du gestern Abend nicht angerufen?«

»Erzähl ich dir später. Es war eine dumme Anwandlung von mir, die sich dann auch als falsch erwiesen hat.«

»Wie meinst du das?«

»Ich muss jetzt los. Kann ich dich gegen Mitternacht anrufen?«

»Natürlich.«

»Dann bis später, Commissario.«

Auf einmal hatte er Hunger wie ein sibirischer Steppenwolf.

Begleitet vom anhaltenden Knurren seines gähnend leeren

Magens begab er sich auf die Suche nach der Beute, die Adelina ihm zubereitet hatte. Er öffnete den Kühlschrank mit solcher Wucht, dass er fast die Tür herausgerissen hätte.

Aber dann konnte er jauchzen und Dankeshymnen anstimmen, denn zwei Teller strahlten ihn an wie van Goghs Sonnen: Reis mit Erbsen und Artischocken als Vorspeise und Thunfisch in Tomatensoße als Hauptgericht.

Während die Speisen auf dem Herd warm wurden, öffnete er die Tür zur Veranda. Überrascht stellte er fest, dass ein leichter Nieselregen eingesetzt hatte. Kühl war es jedoch nicht, er konnte draußen essen.

Der feine Regen intensivierte den Geruch des Meeres. Er atmete tief durch die Nase ein.

Auch der nasse Sand verströmte einen angenehmen Geruch.

Und das leichte Klopfen der Regentropfen auf dem Vordach der Veranda klang wie eine ferne Melodie ...

Was war nur los mit ihm?

Wie kam es, dass er plötzlich den Regen genoss, der ihm sonst immer schlechte Laune bereitete? War es das unaufhaltsam fortschreitende Alter, das ihn sanftmütiger stimmte?

Oder bewirkte vielleicht Marian diese Veränderung?

Er beschloss, sich das Fernsehinterview nicht anzuschauen, und deckte den Tisch.

Als der Reis schön heiß war, brachte er ihn nach draußen und ließ ihn sich bis zum letzten Körnchen und zur letzten Erbse schmecken. Dann ging er zum Thunfisch über, der ihm nicht weniger gut mundete.

Danach räumte er ab, holte Zigaretten und Aschenbecher und setzte sich wieder auf die Veranda.

Ohne Whisky, denn er wollte einen klaren Kopf behalten.

Aus seiner Tasche holte er das Blatt mit den Abschriften der abgehörten Telefonate und fing an, sie zu studieren.

Vierzehn

Zunächst sprang – klar und deutlich wie ein schwarzer
Fleck auf einem weißen Blatt Papier – sofort ins Auge,
dass weder Valeria noch Loredana den Mord an Carmelo
Savastano auch nur mit einem Wort erwähnt hatten.
Dabei war die Nachricht von der Identifizierung der Leiche
noch gar nicht so alt.
Aber vielleicht hatten sie sich schon in einem Telefonat
vor Beginn der Abhöraktion darüber unterhalten. Jedenfalls schien es, als würden die beiden Frauen über eine so
wichtige Angelegenheit einfach hinweggehen. Als wären
sie übereingekommen, nicht darüber zu sprechen.
Und das war merkwürdig.
Denn solange kein Gegenbeweis erbracht wurde, war davon auszugehen, dass Savastano nicht nur lange Zeit Loredanas Liebhaber, sondern auch derjenige gewesen war, der
sie ausgeraubt und vergewaltigt hatte.
Dass sie im Krankenhaus lag, war ja in gewisser Weise
die Folge ihrer intimen Vertrautheit mit dem Ermordeten.
Wie kam es dann, dass sie kein Wort über ihn verlor und
weder etwas Beleidigendes noch etwas Mitfühlendes äu-
ßerte? Savastano war einen grausamen Tod gestorben, ein

»Er hat es nicht besser verdient!« oder ein »Der Arme!« hätte man doch erwarten können.

Stattdessen: nichts.

Und wie kam es, dass Valeria, die sich Mimì gegenüber als di Martas große Anklägerin gab, in keiner Weise kommentierte, dass man Loredanas Mann ins Kommissariat geladen hatte? Hätte sie sich nicht wünschen müssen, dass man ihn direkt ins Gefängnis überstellte?

Hier wurde zu vieles nicht gesagt, zu vieles mit Schweigen übergangen.

Und noch etwas war ihm völlig unverständlich.

Loredana hatte sich erkundigt, ob alles in Ordnung sei, und sich beklagt, dass sie im Krankenhaus bleiben müsse, ohne…

Ja, was eigentlich?

Und was hatte Valerias beschwichtigende Antwort zu bedeuten, Loredana könne später alles nachholen?

Was konnte sie nachholen?

Es sah so aus, als sei Valeria die einzige Verbindung ihrer Freundin zu etwas, das Loredana sehr fehlte.

Das zweite Telefonat ließ er am besten ganz außer Betracht.

Darin war beim besten Willen kein Sinn zu erkennen.

Allerdings hatte ihm der Tonfall von Valerias Stimme beim Anhören der mitgeschnittenen Unterhaltung etwas verraten.

Sie hatte halb erstaunt, halb erschrocken reagiert – oder vielmehr erschrocken *und* erstaunt.

Sie hatte gesagt: »Bist du verrückt«, den Satz dann aber abgebrochen. Bestimmt hatte sie sagen wollen »Bist du verrückt, mich anzurufen?«

Folglich musste es zwischen dem Anrufer und Valeria eine Absprache gegeben haben.

Und die lautete offensichtlich, dass er sie eine Zeitlang nicht anrufen sollte. Aber er hatte sich nicht daran gehalten.

Da Valeria zum Zeitpunkt des Telefonats jedoch wie gewöhnlich allein zu Hause war und folglich niemand zuhören konnte, warum wollte sie dann nicht mit ihm telefonieren?

Wenn er nur ein Liebhaber war, hätte sie bestimmt kein Problem gehabt, mit ihm zu sprechen.

Folglich war er kein Liebhaber.

Was war er dann?

Und wer konnte gemäß Valerias Befürchtung ihr Gespräch belauschen?

Bestimmt nicht ihr abwesender Ehemann. Und Loredana, die im Krankenhaus lag, auch nicht.

Wer dann? Ging Valeria etwa davon aus, dass ihr Telefon abgehört wurde?

Wenn ja, konnte ihr der Kontakt zu diesem Mann gefährlich werden.

Mimìs geheime Mission wurde immer wichtiger, um Licht in das Dunkel zu bringen.

Um halb zwölf klingelte das Telefon. Livia war dran.

»Ich geh gleich schlafen. Ich möchte dir nur eine gute Nacht wünschen.«

Ihre Stimme klang, als wäre sie erkältet.

»Geht es dir gut?«

»Nein.«

»Hast du vielleicht Fieber?«

»Ich glaube nicht. Ich weiß nicht, ich kenn das gar nicht an mir.«

»Wie fühlst du dich denn?«

»Seitdem ich heute Morgen aufgewacht bin, ist mir zum Heulen.«

Montalbano war besorgt. Livia neigte sonst nicht gerade zu Wehleidigkeit.

»Und ich hab auch keine Lust zu reden. Ich will einfach nur schlafen. Ich nehm jetzt eine Schlaftablette. Entschuldige.«

»Ich bin derjenige, der sich entschuldigen muss.«

Das kam aus tiefstem Herzen. Es war alles seine Schuld. Doch Livia sagte unerwartet:

»Du brauchst dich nicht zu entschuldigen. Es hat nichts mit dir zu tun, die Situation zwischen uns spielt dabei keine Rolle.«

»Aber was dann?«

»Ich hab dir doch gesagt, ich weiß es nicht. Ich kann es mir nicht erklären. Ich fühle mich bedroht durch eine Leere, durch einen unersetzlichen Verlust. Einen sehr persönlichen Verlust. Ein bisschen wie damals, als ich erfahren habe, dass meine Mutter unheilbar krank ist. So ähnlich. Aber ich will dich nicht damit belasten. Gute Nacht.«

»Gute Nacht«, erwiderte Montalbano und fühlte sich wie ein Schuft.

Und das war er auch. Aber er konnte nichts daran ändern.

Er brachte das Telefon ins Schlafzimmer, ging ins Bad und legte sich dann ins Bett.

Er starrte an die Decke und konnte seine Gedanken nicht von Livia lösen.

Das Klingeln des Telefons kurz vor Mitternacht war wie ein frischer Wind, der alle Gedanken, die nichts mit Marian zu tun hatten, aus seinem Kopf verscheuchte.

»Ciao, Commissario.«

»Ciao. Wie läuft es mit Lariani?«

»Was soll ich dir sagen? Heute hat er mich angerufen, um mir anzukündigen, dass er mir übermorgen so gut wie sicher zwei Gemälde zeigen wird.«

»Hoffentlich klappt es diesmal.«

»Das hoffe ich auch, denn ich sitze hier nur rum und verschwende meine Zeit...«

»Kannst du mir erklären, warum du mich gestern nicht angerufen hast?«

Marian lachte kurz auf.

»Warum lachst du?«

»Weil du mir gegenüber manchmal einen Verhörton anschlägst, Signor Commissario.«

»Das war keine Absicht, ich wollte nicht...«

»Schon klar. Willst du's wirklich wissen?«

»Ja.«

»Weißt du, ich hab gemerkt, dass es mir nach unseren Telefonaten schwerfällt, nicht ständig an dich zu denken. Dass es mir sogar immer schwerer fällt. Und je mehr ich an dich denke, desto brennender wird mein Wunsch, bei dir zu sein. Und weil das nicht geht, kriege ich schlechte Laune, bin zerstreut und kann nicht einschlafen. Und deswegen wollte ich ein Experiment machen und habe dich nicht angerufen. Aber das war noch viel schlimmer. Und deshalb, voilà, hier bin ich, aus Mailand. Glaub mir, ich halte es nicht länger aus, ich werd noch verrückt, hier zu sein, ohne dass ich …«

Es durchzuckte ihn wie ein Blitz.

»Verdammt!«

Es war ihm einfach herausgerutscht.

»Was hast du denn?«, fragte Marian verwundert.

»Sag den Satz zu Ende, sag den Satz zu Ende!«

»Welchen Satz?«

»Den du gerade angefangen hast: dass du es nicht mehr aushältst, dass du noch verrückt wirst, dort zu sein, ohne dass du …«

»Hast du sie noch alle?«

»Ich bitte dich, ich beschwöre dich, ich flehe dich an: ohne *was* zu können?«

Es entstand eine Pause.

Als Marian reagierte, klang ihre Stimme eiskalt und spöttisch.

»Dich zu umarmen, du Blödmann. Dich zu küssen, du Idiot. Mit dir zu schlafen, du Trottel.«

Und sie legte auf.

Sie hatte genau dieselben Worte benutzt wie Loredana! Konnte es nicht sein, dass Loredana sich in derselben Lage befand wie Marian?

Doch jetzt musste er erstmal versuchen, den Schaden wiedergutzumachen.

Er rief Marian auf dem Handy an. Es klingelte ins Leere. Er rief sie auf dem Festnetz an. Niemand ging ran, vielleicht hatte sie den Stecker gezogen. Beim vierten Versuch antwortete sie endlich.

Er brauchte über eine halbe Stunde, um den Frieden wiederherzustellen.

Dann wünschte Marian ihm mit gewohnt verliebter Stimme eine gute Nacht.

Und er schlief selig ein.

Im Kommissariat warteten Mimì und Fazio bereits auf ihn.

»Ich komme, um Bericht zu erstatten«, sagte Augello.

»Du bist ja frisch wie eine Rose«, spöttelte der Commissario. »Wie kommt es, dass Valeria deine Kräfte nicht aufgezehrt hat?«

»So weit bin ich noch nicht.«

»Und wie weit hast du es geschafft?«

»Ich konnte sie überreden, mir ihre Ware noch mal zu zeigen, sodass ich mich ihrer Frische vergewissert und schon mal einen Vorgeschmack erhalten habe. Ich hab ihr gestanden, dass ich heillos in sie verliebt und zu jeder Schandtat bereit bin.«

»Verstehe. Und wie hat sie auf das Interview reagiert?«

»Ich bin mir sicher, dass sie erst, als sie dich im Fernsehen gehört hat, auf die Idee gekommen ist, mich schnuppern zu lassen. Und als ich dann zum nächsten Schritt übergehen wollte, hat sie abgeblockt und mich gefragt, ob ich bereit sei, wirklich etwas für sie zu riskieren.«

»Hat sie das so gesagt?«

»Genau so. Wirklich etwas zu riskieren.«

»Und was hast du geantwortet?«

»Dass ich bereit wäre, mein Leben für sie zu geben.«

»Lief Musik im Hintergrund?«

»Klar doch! Der Fernseher war ja an.«

»Weiß der Himmel, was die vorhat«, warf Fazio ein.

»Heute Nachmittag sagt sie es mir bestimmt«, erwiderte Augello. »Sie erwartet mich um vier. Wird wohl 'ne längere Sache werden.«

Die Besprechung war beendet.

»Ah Dottori! Ah Dottori Dottori!«

Wenn Catarella diese Leier anstimmte, ging es garantiert um den Signori e Questori, wie er ihn nannte.

»Hat der Polizeipräsident angerufen?«

»Ja. Er ist noch auf der Leitung.«

Vor Montalbanos geistigem Auge erschien Bonetti-Alderighi in Gestalt einer Krähe, die auf einem Telefondraht sitzt. »Stell ihn durch.«

»Montalbano?«

»Ja, Signor Questore.«

»Könnten Sie jetzt gleich auf einen Sprung bei mir vorbeikommen?«

»Ich mache mich sofort auf den Weg.«

Er stieg ins Auto und fuhr los. Wenn der Polizeipräsident ihn zu sich bestellte, machte er ihm gewöhnlich – zu Recht oder zu Unrecht – gravierende Vorhaltungen. Deshalb schwor er sich während der Fahrt darauf ein, Ruhe zu bewahren, was auch immer Bonetti-Alderighi ihm dieses Mal zu sagen hatte.

Der Polizeipräsident empfing ihn sofort.

Es ging ihm offenbar nicht gut, denn sein Gesicht war gelb angelaufen wie damals in Montalbanos Traum, als er aus dem Sarg stieg. Und er war sogar freundlich.

»Mein lieber Montalbano, nehmen Sie doch Platz. Wie geht es Ihnen?«

Das hatte Bonetti-Alderighi ihn noch nie gefragt. Stand etwa der Tag des Jüngsten Gerichts bevor?

»Nicht schlecht. Und Ihnen?«

»Nicht so besonders, aber das gibt sich wieder. Ich habe Sie hergebeten, um Sie zu fragen, ob Sie außer zum Mordfall Savastano im Moment noch andere Ermittlungen führen.«

»Keine.«

»Könnte diese Ermittlungen auch Dottor Augello fortführen? Antworten Sie in aller Offenheit.«

»Gewiss, ja.«

»Gut. Wie Sie vielleicht wissen, sind Dottor Sposìto und seine Leute mit der Jagd auf drei Tunesier beschäftigt, die sich in unserer Provinz versteckt halten. Sie sind in Waffenschmuggel verwickelt. Das Gebiet ist sehr weitläufig, und Dottor Sposìto hat mich heute Morgen um Verstärkung gebeten, bevor er selbst seinen Leuten zu Hilfe geeilt ist. Aber ich weiß nicht, wo ich diese Verstärkung hernehmen soll. Mir würde es reichen, wenn Sie mit zwei von Ihren Leuten … Es handelt sich nur um ein paar Tage.«

Der Polizeipräsident ahnte nicht, wie sehr er sich bereits mit dem Fall beschäftigt hatte.

»Einverstanden.«

»Ich danke Ihnen. Ich wollte mich erst Ihrer Bereitschaft vergewissern, bevor ich mit Dottor Sposìto darüber spreche. Ich bin mir sicher, dass Dottor Sposìto froh sein wird über diese Nachricht.«

Er stand auf und reichte ihm lächelnd die Hand.

Montalbano verließ das Büro wie benommen und in ernster Sorge um den Gesundheitszustand des Signori e Questori.

Weil er aber schon einmal im Präsidium war, nutzte er die Gelegenheit und begab sich ins Kellergeschoss. In Kabine 12 B war De Nicola wieder mit seinen Kreuzworträtseln beschäftigt.

»Buongiorno. Telefonate?«

»Ja. Ein Anruf um acht Uhr heute Morgen von ihrem Ehemann, ein Anruf um halb neun von einer Frau, die um eine Spende für einen wohltätigen Zweck gebeten hat, und um neun hat Signora Bonifacio die Signora di Marta angerufen.«

»Das letzte Gespräch möchte ich hören«, sagte der Commissario und setzte die Kopfhörer auf.

»Loredà, mein Schatz, wann lassen sie dich raus?«

»Gegen Mittag.«

»Dann hol ich dich mit dem Auto ab. Ich kann es kaum glauben, dass wir bald wieder zusammen sind.«

»Mir geht's genauso. Wirklich wunderbar! Hör mal, reg dich jetzt nicht auf, aber hast du erzählt, dass ich rauskomme?«

»Nein, ich hab's nicht erzählt.«

»Warum denn nicht?«

»Weil das im Moment so besser ist.«

»Aber ich...«

»Es ist besser so, glaub mir. Und zwing mich nicht, das jetzt noch x-mal zu wiederholen. Hast du das mit deinem Mann gehört?«

»Ja. Ich hab einen Fernseher im Zimmer.«

»Ich hab jemanden kennengelernt, der uns sehr nützlich sein
kann. Den bearbeite ich gerade.«

»Und wer ist das?«

»Ein Anwalt. Er heißt Diego Croma.«

»Wie, hast du gesagt, heißt er?«

»Diego Croma.«

»Ich glaub, den kenn ich. Und warum denkst du, dass der
uns nützlich sein kann?«

»Das sag ich dir, wenn wir uns sehen. Bis nachher.«

»Soll ich einen Kaffee trinken gehen?«, fragte De Nicola
grinsend.

Der Commissario sah ihn verwundert an.

»Müssen Sie das nicht aufschreiben?«

Montalbano erinnerte sich und lächelte ihn an.

»Nein, danke.«

Über di Martas Verhaftung hatten die beiden kein Ster-
benswörtchen verloren. Und Valeria mauerte, sobald die
Rede davon war, dass Loredana einen bestimmten Kontakt wiederaufnehmen wollte.

Der Commissario fuhr nicht ins Kommissariat, sondern
direkt zu Enzo. Nach dem Essen spazierte er auf die Mole
hinaus und setzte sich auf die flachen Felsen. Der Krebs
verzog sich ins Wasser, sobald er ihn erblickte. Offensichtlich hatte er keine Lust zu spielen. Auch ein Krebs hatte
mal einen schlechten Tag.

Inzwischen war klar, dass sich die Ermittlungen zum
Mordfall Savastano auf Valeria Bonifacio konzentrieren

mussten. Und vielleicht war es der falsche Weg, Mimì alles zu überlassen. Er musste auch Fazio auf sie ansetzen. Der Commissario kehrte ins Büro zurück.

»Ah Dottori! Der Dottor Sposato hat angerufen und gesagt, dass wenn Sie ihn unbedingt eiligst anrufen, dass er dann da ist.«

»Catarè, könnte es sich um Dottor Sposìto gehandelt haben?«

»Wieso, was hab ich denn gesagt?«

»Schon gut. Ruf ihn an und stell ihn zu mir durch.«

»Montalbano?«

»Was gibt's? Der Questore hat mit mir gesprochen, und ich bin ...«

»Deshalb ruf ich dich ja an. Ich habe dem Polizeipräsidenten gesagt, dass wir das besser lassen.«

»Ich versteh nicht.«

»Ich habe dem Questore erklärt – aber er hat es anscheinend nicht ganz verstanden –, dass ich Männer brauche.«

»Ach, und was bin ich? Ein Pferd?«

»Montalbà, ich brauche Fußvolk, nicht einen wie dich.«

»Ich verstehe. Du willst keinen, der deine Kreise stört.«

»Ach was! Darum geht es doch gar nicht ...«

»Hast du Angst, dass ich dir das Verdienst einer eventuellen Festnahme streitig mache?«

»Ach, leck mich doch am Arsch! Ich will dich jedenfalls nicht haben, klar?«

»Völlig klar.«

Sposìto schien zu überlegen.

»Entschuldige, Montalbano, aber die Umstände ...«

»Jetzt leck du mich am Arsch.«

Er hätte nicht gedacht, dass Sposìto dermaßen kleinkariert war. Und was sollte das mit den Umständen?

Irgendetwas an der Sache war merkwürdig.

Er hatte versucht, ihn zu provozieren, aber Sposìto war nicht darauf eingegangen.

Kurz spielte er mit dem Gedanken, Bonetti-Alderighi anzurufen und eine Erklärung zu verlangen, ließ es dann aber bleiben.

Vielleicht war es besser so. Er würde sich lange Fußmärsche querfeldein bei Sonne, Wind und Regen ersparen.

Womöglich wäre er auch gezwungen gewesen, in der Behausung eines Schäfers Lammsuppe oder Blutwurst zu essen, Sachen, von denen er keinen Bissen runterbekam.

Er rief Fazio zu sich, gab ihm die Abschriften der beiden Telefonate zu lesen und erzählte ihm von dem Gespräch, das er am Vormittag gehört hatte.

»Was hältst du davon?«

Fazio zog im Wesentlichen dieselben Schlussfolgerungen wie er und kam zu dem Ergebnis, dass die Bonifacio bis zum Hals in die Sache verstrickt war.

»Jetzt bist du dran, Fazio. Du hast mir ja schon einiges von der Bonifacio berichtet, aber das reicht noch nicht. Wir müssen auch ihre Vergangenheit unter die Lupe nehmen. Wir müssen alles, wirklich alles über sie wissen.«

»Wird nicht einfach sein, aber ich versuch's.«

»Fang gleich damit an.«

»Ach, eines wollte ich Ihnen noch sagen: Di Martas Supermarkt öffnet morgen wieder.«

»Ich wusste gar nicht, dass er geschlossen war. Und wer kümmert sich darum?«

»Di Marta hat seiner Frau über seinen Anwalt eine Generalvollmacht ausstellen lassen.«

»Hat er noch andere Liegenschaften?«

»Der ist steinreich, Dottore. Dem gehören Lagerhallen, Häuser, Grundstücke, Fischkutter ...«

Gegen sieben tauchte Augello wieder auf.

»Hast du Neuigkeiten?«

»Ja. Um vier bin ich wie verabredet zu Valeria gegangen. Sie war leicht bekleidet, nur mit einem Negligé, das beim Gehen den Blick auf BH und Höschen freigab.«

»Im Kampfanzug.«

»Genau. Aber weil sie die Fäden in der Hand hält, hat sie mich nicht ins Schlafzimmer gelotst. Wir haben uns aufs Sofa gesetzt und alles Mögliche gemacht, ohne allerdings zur Sache zu kommen. Sie hat alles unter Kontrolle und hat mich jedes Mal rechtzeitig ausgebremst.«

»Hat sie irgendwas gesagt?«

»Die ist mit allen Wassern gewaschen, Salvo, das kannst du mir glauben. Sie hat erzählt, dass es ihr um ein Päckchen geht, das sie mir geben möchte, das aber nicht für mich bestimmt ist. Ich hab sie gefragt, wem ich es bringen soll, und da hat sie angefangen zu lachen. Sie hat mir erklärt, dass ich es weder jemandem übergeben noch irgendjemandem zeigen, sondern es unbemerkt an einer bestimmten Stelle deponieren soll. Wenn mich dabei jemand erwischt, wäre es gefährlich für mich. Ich hab sie gefragt, was in dem Päckchen drin ist, und da meinte sie nur, es sei besser, wenn ich das nicht wüsste. Jedenfalls hab ich ihr versprochen, dass ich es mache.«

»Und wann gibt sie dir dieses Päckchen?«

»Sie hat es angeblich noch nicht, sie will es sich heute Abend bringen lassen.«

»Und gehst du nachher noch mal hin?«

»Nein, erst morgen Mittag. Nach dem Abendessen muss sie weg.«

»Vielleicht, um sich das Päckchen geben zu lassen?«

»Keine Ahnung.«

Fünfzehn

Schlag acht verließ er das Kommissariat und brauste nach Marinella. Der Abend war ideal, um draußen zu essen. Er öffnete den Kühlschrank, aber dann stutzte er.

Nicht wegen des Anblicks, der sich ihm bot, denn er hatte noch gar nicht die Zeit gehabt, ihn wahrzunehmen, sondern weil ihm plötzlich etwas einfiel, das ihn erstarren ließ.

Wo war nur sein Verstand? Was hatte er eigentlich im Hirn?

Rhetorische Fragen, denn er wusste genau, wo er seinen Kopf und seinen Verstand hatte: in Mailand, bei Marian.

Dadurch hatte er eine Riesendummheit begangen, eine haushohe, nein, eine turmhohe.

Wie konnte er das wieder geradebiegen? Es gab nur eine Lösung. Er musste persönlich selber hinfahren.

Vorher aber musste er Marian verständigen. Die Verwunderung war ihrer Stimme anzuhören.

»Ciao, Commissario. Wie kommt es, dass...«

»Entschuldige, ich wollte nur Hallo sagen.«

»Wo bist du?«

»Zu Hause, aber ich muss gleich weg.«

»Wieso, wohin denn?«

»Ich hab heute Nacht Dienst.«

»Und wann kommst du wieder?«

»Keine Ahnung.«

»Dann kann ich dich also später nicht anrufen?«

»Ich glaube nicht, dass du mich erreichen wirst.«

»Schade. Hast du's eilig?«

»Ja.«

»Dann bis morgen, Commissario.«

»Bis morgen.«

Dann setzte er Kaffee auf und zog sich in aller Eile um. Er schlüpfte in eine Hose mit tausend Taschen, in denen er das Handy, Zigaretten, ein Buch, Feuerzeuge, eine Taschenlampe, einen Flachmann mit Whisky und eine kleine Thermoskanne verstaute, die er mit frisch gekochtem Espresso gefüllt hatte.

Er warf sich eine Jagdjacke über, setzte eine Schiebermütze auf und hängte sich ein Nachtsichtfernglas um den Hals.

Dann belegte er sich zwei Panini, das eine mit Salami, das andere mit Provolone. Zum Glück hatte Adelina die Vorräte aufgefüllt. Zusammen mit einer halben Flasche Wein verstaute er die Panini in seinen Jackentaschen.

Er verließ das Haus, stieg ins Auto und fuhr nach Vigàta. Sein Ziel: die Via Palermo 28.

Valeria Bonifacio hatte Augello zwei wichtige Dinge mitgeteilt: dass man ihr an diesem Abend das Päckchen geben würde und dass sie nach dem Abendessen aus dem Haus gehen müsse.

Das Einfachste wäre gewesen, einen seiner Leute auf sie anzusetzen, um herauszufinden, mit wem sie sich traf.

Aber er hatte vergessen, den Auftrag zu erteilen, da er mit seinen Gedanken bei Marian gewesen war.

Deshalb musste er diese Aufgabe selbst erledigen.

Die Via Palermo war wie von einer anderen Welt, denn man konnte sein Auto hinstellen, wo man wollte. Er parkte vor dem Häuschen, aber auf der gegenüberliegenden Straßenseite. In zwei Zimmern brannte Licht, folglich war Valeria noch zu Hause.

Er holte eines der Panini heraus, das mit dem Käse, und aß es. Sein Appetit war damit aber nicht gestillt, sondern erst so richtig entfacht. Das Panino mit der Salami ereilte daher dasselbe Schicksal. Er trank die Weinflasche aus und steckte sich eine Zigarette an.

Da nichts geschah, ließ er nach einer Viertelstunde den Motor an, legte den Rückwärtsgang ein und setzte ein Stück zurück, bis er unter einer Laterne stand. Von hier aus konnte er die Fenster der beiden Zimmer zwar nur noch eingeschränkt sehen, aber das reichte aus.

Er zog sein Buch aus der Tasche und fing im Licht der Straßenlaterne an zu lesen. Der Autor hieß Bolaño und gefiel ihm gut. Ab und zu sah er auf und prüfte die Lage.

Um halb zwölf gingen die Lichter in den beiden Fenstern aus. Er klappte das Buch zu, legte es auf den Beifahrersitz und stellte sich darauf ein, gleich loszufahren.

Zehn Minuten vergingen, ohne dass etwas passierte. Langsam fragte er sich, ob Valeria nicht schlafen gegangen war, sodass er sich hier völlig umsonst die Nacht um die Ohren schlug. Oder war sie zu ihrem Auto gegangen? Aber wo hatte sie es stehen?

Er erinnerte sich nicht mehr, ob er bei seinem letzten Besuch auf der Rückseite des Hauses eine Garage gesehen hatte.

In dem Moment fuhr ein Auto aus der Parallelstraße, aber es war zu dunkel, um zu erkennen, wer am Steuer saß. Glücklicherweise kam gerade ein anderer Wagen vorbei, dessen Scheinwerfer das Auto erfassten: Kein Zweifel, es war Valeria.

Sie fuhr nicht besonders schnell, sodass Montalbano keine Mühe hatte, ihr auf den Fersen zu bleiben. Sie nahm die Straße nach Montereale und passierte Marinella.

Was hatte De Nicola gesagt? Dass der Anruf, den Valeria abgebrochen hatte, aus Montereale kam.

Doch sie fuhr nicht in den Ort. Ein paar hundert Meter vor den ersten Häusern bog Valeria nach rechts auf einen Feldweg ab. Es war eine fast mondlose Nacht. Montalbano schaltete die Scheinwerfer aus und folgte ihr fluchend in gebührendem Abstand.

Er konnte so gut wie nichts erkennen und fürchtete, jeden Moment im Graben zu landen.

Plötzlich waren die Scheinwerfer von Valerias Auto verschwunden. Sie hatte angehalten. Montalbano musste gleichfalls anhalten, um keinen Verdacht zu erregen. Linker Hand erblickte er eine Tränke, stellte seinen Wagen dahinter ab, stieg aus und ging zu Fuß weiter.

Nach ein paar Minuten sah er etwas Helles. Es war eine Freifläche vor einem Steinbruch. Valerias Auto stand dort, die roten Rücklichter zeigten die Position an.

Da hörte er hinter sich das Geräusch eines Wagens. Er warf sich rechtzeitig in die Büsche und ging in Deckung.

Der zweite Wagen hielt neben dem von Valeria, die ausgestiegen war und vom Scheinwerferlicht des zweiten Wagens angestrahlt wurde. Jetzt stand ein Mann neben Valeria. Sie begrüßten sich nicht, sondern fingen sofort an zu diskutieren. Montalbano hörte ihre Stimmen, verstand aber nicht, was sie sagten.

Zwei Schatten, deren Gesichter nicht zu erkennen waren. Der Mann war jedenfalls mindestens einen Meter achtzig groß. Der Commissario versuchte es mit dem Fernglas, aber das brachte ihn nicht weiter.

Es blieb ihm nichts anderes übrig, als sich möglichst geräuschlos heranzupirschen. Keine einfache Aufgabe. Zweimal stolperte er über eine Wurzel, einmal versank er mit dem linken Bein bis zum Knie in einem Wasserloch. Und er durfte nicht einmal laut fluchen.

Endlich gelang es ihm, den einen oder anderen Wortfetzen aufzuschnappen, aber nicht weil er wirklich näher herangekommen wäre, sondern weil die beiden zunehmend laut wurden.

»Aber ... was ... dir eigentlich ein?«, sagte der Mann.

»... mir mal zu ...«, erwiderte Valeria.

»Ich geb es dir nicht ... nicht mal ... heulen anfängst.«

»Aber kapierst du ... wenn ... und die Polizei ... Marta ein für alle Mal erledigt ... und du ... raus?«

»Und wenn ... nicht gelingt? Wie kannst du ... diesen Anwalt ...?«

»... ich mich doch ... verlassen kann.«

»Aber was ... schon spüren? Von wegen! Außerdem ... ins Meer geworfen.«

»Das glaub ich nicht.«

»Ich sag's ... Meer geworfen.«

In dem Moment musste Montalbano niesen.

»Was war das?«, rief Valeria.

Montalbano musste erneut niesen.

Der Mann war schon ins Auto gestiegen und zog Leine.

Dritter Nieser.

Jetzt suchte auch Valeria das Weite. Der Commissario musste vierzehnmal hintereinander niesen, er wusste gar nicht mehr, wo ihm der Kopf stand. Offenbar hatte er irgendwelche Gräser in die Nase bekommen, gegen die er allergisch war. Oder das kalte Wasser in seinem linken Schuh hatte die Reaktion ausgelöst. Gott sei Dank war keiner seiner Mitarbeiter in der Nähe und sah, was er da gerade für eine tolle Figur abgab. Er kehrte zu seinem Auto zurück und fuhr nach Marinella. Der Mann war nicht bereit gewesen, sich auf Valerias Plan einzulassen. Und er hatte auch nicht die geringste Absicht gezeigt, ihr auszuhändigen, was sie haben wollte. Oder es ihr nicht mehr aushändigen können. Etwas, das di Marta endgültig vernichten würde. Aber wer war der Mann? Derselbe, mit dem Valeria nicht hatte telefonieren wollen?

Apropos Telefon, wie hatte Valeria sich eigentlich mit ihm verständigt, um das Treffen im Steinbruch zu vereinbaren? Bestimmt hatte sie weder ihr Handy noch ihr Festnetztelefon benutzt.

Als er am nächsten Morgen ins Büro kam, versuchte er als Erstes, De Nicola anzurufen. Einfach war das nicht, er musste Himmel und Hölle in Bewegung setzen, bis er ihn endlich an der Strippe hatte.

»Ich halte dich nicht lange von der Arbeit ab. Hat die Bonifacio gestern Abend nach halb sieben Telefonate geführt?«

»Nur eines, glaube ich. Aber wenn Sie einen Moment Geduld haben, schau ich nach.«

»Schau in aller Ruhe nach und sag mir, worum es ging. Ich warte solange.«

Er musste bis 658 zählen.

»Pronto?«

»Ich höre, De Nicola.«

»Die Bonifacio hat um 18.50 Uhr von ihrem Festnetzanschluss aus eine gewisse Nina angerufen und ihr gesagt, dass sie sie braucht, weil sie in letzter Minute Gäste zum Abendessen eingeladen hatte und Nina ihr bei den Vorbereitungen helfen sollte. Nina wollte zuerst nicht, weil sie unpässlich war. Und heute früh um acht hat die Bonifacio ein langes Gespräch mit einem gewissen Diego geführt, dessen Handynummer…«

»Die brauch ich nicht, danke.«

Warum hatte sie morgens um acht Mimì angerufen? Vielleicht weil der Mann, mit dem sie sich getroffen hatte, nicht auf ihren Plan eingegangen war.

Aber wichtig war, dass der Grund, weshalb sie die Hilfe dieser Nina benötigt hatte, frei erfunden war. Es hatte kein Abendessen stattgefunden, folglich musste Ninas Anwesenheit einen anderen Zweck gehabt haben. Vielleicht hatten sie eine Geheimsprache benutzt.

Mimì Augello fand sich um halb zehn ein. Die Enttäuschung stand ihm ins Gesicht geschrieben.

»Sie hat mich abserviert«, sagte er und setzte sich.

»Valeria hat dich abserviert?«

»Heute Morgen um acht hat sie mich angerufen und eine halbe Stunde lang belabert. Sie hat gesagt, die Sache zwischen uns sei hiermit beendet, weiter wolle sie nicht gehen. Sie wolle ihrem Mann nicht diese Schmach antun, sie sei eine anständige Frau … Sie klang so überzeugend, dass ich es ihr fast abgenommen hätte. Jedenfalls ist es mir nicht gelungen, sie umzustimmen.«

»Mimì, ich hab den Eindruck, du baust ab. Wenn die Frauen dich jetzt schon sitzen lassen«, stichelte der Commissario.

»Tja.« Augello pflichtete ihm betrübt bei.

»Guten Tag allerseits«, sagte Fazio und kam herein.

»Weißt du schon das Neueste?«, fragte ihn Montalbano.

»Valeria will von unserem Dottor Augello nichts mehr wissen.«

»Warum denn nicht?«

Mimì setzte zu einer Antwort an, aber der Commissario hob die Hand und gebot ihm Einhalt.

»Lass mich.«

»Lieber nicht«, sagte Mimì.

»Und warum nicht?«

»Weil du dich nur über mich lustig machst.«

»Ich versichere dir, dass die Erklärung ganz zu deinen Gunsten ausfallen wird.«

»Na schön. Erzähl.«

»Valeria hat mit dem hier anwesenden Don Juan Schluss gemacht, weil man ihr das Päckchen nicht gegeben hat, das sie an ihn weiterreichen wollte.«

»Und woher weißt du das?«, fragte Mimì.

Daraufhin schilderte Montalbano haarklein, was sich am Abend zuvor zugetragen hatte; nur das unerhebliche Detail seiner Niesattacke klammerte er aus. Die unmittelbare Wirkung seiner Erzählung war ein Lächeln auf Augellos Gesicht.

»Dann hat sie mir einen Korb gegeben, weil sie mich nicht mehr braucht.«

»Und nicht, weil deine männlichen Attribute versagt hätten, tröste dich«, sagte Montalbano.

Und er fuhr fort:

»Mimì, streng mal dein Gedächtnis an. Hat Valeria irgendwann eine gewisse Nina erwähnt?«

»Nina? Nein, nie«, antwortete Augello.

»Vielleicht heißt ihre Zugehfrau so«, warf Fazio nachdenklich ein.

»Erkundige dich. Was hast du inzwischen Neues rausgekriegt?«

»Nicht viel. Diese Valeria hat natürlich Bekannte, aber ihre einzige Freundin ist Loredana. Wenn sie mal ins Kino geht, dann mit ihr. Wenn sie nach Montelusa fährt, um sich Klamotten oder ein Paar Schuhe zu kaufen, nimmt sie sie mit. Die beiden sind unzertrennlich, wie siamesische Zwillinge.«

»Keine Männer?«

»Eine alte Dame mit guten Augen, die im Häuschen schräg gegenüber wohnt und von früh bis spät im Rollstuhl am Fenster sitzt, hat mir erzählt, dass bis vor zwei Monaten dreimal die Woche, immer nach dem Abendessen, ein Mann bei Valeria zu Besuch war. Dann ist er plötzlich von der Bildfläche verschwunden. Ihrer Ansicht nach haben sie sich zerstritten, und zwar so, dass die Fetzen flogen. Bei seinem letzten Besuch hat sich Valeria, als er dann ging, aus dem Fenster gelehnt und ihm Schimpfwörter nachgerufen. Er solle sich nie wieder blicken lassen, hat sie geschrien.«

»Wie alt war der denn?«, fragte Montalbano.

»Allerhöchstens fünfundzwanzig.«

»Ein Liebhaber vielleicht«, warf Augello ein.

»Das habe ich die Signora auch gefragt«, sagte Fazio. »Aber sie meinte, den Eindruck hätte sie nicht gehabt.«

»Wie will sie das wissen? Sie kann ja nicht in das andere Haus reinsehen!«

»Nein, aber manchmal ist Valeria mit ihm herausgekommen und hat ihn bis zum Auto begleitet. Und die Signora meinte, sie hätten sich nicht wie ein Liebespaar verabschiedet.«

»Dann vielleicht ein Verwandter«, meinte Augello.

»Hat sie keine. Weder Geschwister noch Cousins.«

»Was mir am meisten zu denken gibt«, schaltete sich Montalbano ein, »ist die Regelmäßigkeit.«

»Inwiefern?«, fragte Augello.

»Dass er dreimal die Woche kam, immer nach dem Abendessen. Eine Art fester Termin.«

Nach einer Pause sah er Fazio an.

»Hat sie dir auch gesagt, an welchen Tagen?«

»Ja, an den ungeraden: Montag, Mittwoch und Freitag.«

Da kam ihm eine Idee.

»Könntest du noch mal mit ihr reden?«

»Ja, kann ich.«

»Dann frag sie doch, ob Loredana auch da war, wenn dieser Mann zu Valeria kam. Beschreib ihr, wie sie aussieht.«

Und an Augello gewandt fuhr er fort:

»Mimì, deinen diskreten Charme brauch ich auch noch mal.«

»Lass hören.«

»Loredana macht heute Morgen den Supermarkt wieder auf. Der war geschlossen, weil niemand da war, der sich kümmern konnte. Sie wird vermutlich ihren Mann vertreten und den ganzen Tag dort sein.«

»Ja und?«

»Du gehst hin und sprichst mit ihr.«

»Unter welchem Vorwand?«

»Du sagst ihr, du bist verzweifelt und willst dich umbringen. Dir sei klar geworden, dass du ohne Valeria nicht leben kannst. Und dann flehst du sie an, bei ihrer Freundin ein gutes Wort für dich einzulegen.«

»Und wenn sie ablehnt?«

»Wenn sie ablehnt, hast du zumindest Kontakt mit ihr geknüpft. Besser als nichts.«

»Ich mach mich sofort auf den Weg.«

»Nein, nicht gleich, lass ihr Zeit, sich zurechtzufinden. Besser erst so gegen vier, nach der Mittagspause, dann präsentierst du dich unter Tränen. Wir sehen uns alle um fünf hier bei mir. Los, Leute, legt euch ins Zeug, vielleicht sind wir nah an der Lösung.«

Als er sich diesmal nach dem Essen auf den flachen Felsen setzte, warteten zwei Krebse auf ihn, damit er mit ihnen spielte. Vielleicht waren es Geschwister.

Valeria hat keine Geschwister.

Vielleicht waren die Krebse Bruder und Schwester. Wie lässt sich ein Krebs von einer Krebsin unterscheiden?

Während er die Krebse mit winzigen Steinchen bewarf, ließ ein Gedanke ihn nicht los.

Der Gedanke an etwas, das jemand über Valeria gesagt hatte und das ihm damals unerheblich erschienen war, aber vielleicht doch eine Bedeutung hatte. Allerdings konnte er sich partout nicht erinnern, was es gewesen war.

Fazio und Augello waren pünktlich um fünf zur Stelle.

»Fang du an, Mimì.«

»Loredana hat sich sofort an mich erinnert. Ich konnte im Büro der Geschäftsleitung ganze zehn Minuten lang mit ihr reden. Sie sagte, dass sie von meiner Geschichte wüsste, weil ihre Freundin ihr alles haarklein erzählt hat. Sie meinte auch, es sei das erste Mal, seitdem Valeria verheiratet ist, dass sie einen anderen Mann nett fand. Ich habe eine herzzerreißende Show abgezogen, ich konnte mir sogar zwei Tränen abpressen. Sie war gerührt und hat mir zugesagt, mit Valeria zu sprechen.«

»Und wie seid ihr verblieben?«

»Sie hat meine Handynummer und gibt mir Bescheid.«

»Und du?« Montalbano wandte sich an Fazio.

»Ich hab noch mal mit der Signora gesprochen. Dottore, Sie hatten recht. Jedesmal wenn dieser Mann kam, war auch Loredana da.«

»Hast du sie gefragt, wie er aussieht?«

»Ja, sie sagte, er ist mindestens eins achtzig groß und immer mit demselben Wagen gekommen.«

»Hat sie dir das Kennzeichen oder die Automarke gesagt?«

»Nein, auf das Kennzeichen hat sie nicht geachtet, und von Automarken versteht sie nichts. Aber sie meinte, es war ein silberfarbener Wagen.«

»Ich bin mir fast sicher, dass das Auto letzte Nacht auch silberfarben war«, sagte Montalbano. »Und es ist todsicher der Kerl, der sie besucht hat. Es sei denn, Valeria lässt sich ausschließlich auf Männer ein, die eins achtzig groß sind.«

»Ich hab noch etwas erfahren«, fuhr Fazio fort. »Und zwar, dass ihre Zugehfrau Nina heißt. Aber es ist keine normale Zugehfrau. Sie war ihre Amme, weil ihre Mutter wegen eines seelischen Kummers ihre Milch verloren hatte.«

»Wer hat dir das erzählt?«

»Der Obst- und Gemüsehändler in der Via Palermo. Nina kauft bei ihm ein.«

Bei der Geschichte von Valerias Mutter, die vor Kummer keine Milch zum Stillen gehabt hatte, fiel Montalbano wieder ein, worüber er auf dem flachen Felsen nachgegrübelt hatte.

Jetzt wusste er auch wieder, dass es Augello gewesen war, der das erwähnt hatte.

»Mimì, bei der Schilderung deines ersten Treffens mit Valeria hast du, glaube ich, gesagt, dass sie dir ihre ganze Lebensgeschichte erzählt hat.«

»Genau.«

»Ich erinnere mich nicht genau, aber hatte sie dir nicht auch von ihrer Familie erzählt?«

»Doch, von ihrer unglücklichen Kindheit. Ihr Vater hatte eine Geliebte, mit der er sogar einen Sohn hat.«

»Das ist es! Hat sie dir auch gesagt, ob dieser Sohn vor oder nach ihr geboren wurde?«

»Ja. Vier Jahre vor ihr.«

»Dann hat Valeria also einen Halbbruder.«

»Sieht ganz so aus.«

»Weißt du, ob ihr Vater ihn anerkannt hat?«

»Das hat sie mir nicht gesagt.«

Fazio war schon aufgestanden.

»Ich geh schnell zum Einwohnermeldeamt, unser Computersystem funktioniert gerade nicht. Die machen um halb sechs zu. Vielleicht schaffe ich es noch.«

Sechzehn

»Ich versteh nicht, warum du um diesen Halbbruder so viel Aufhebens machst«, sagte Augello.

»Mimì, es ist doch völlig klar, dass Valeria ein Doppelleben führt. Oder dass sie zumindest nicht möchte, dass bestimmte Dinge aus ihrem Leben bekannt werden. Soweit einverstanden?«

»Einverstanden.«

»Wenn die Sache mit dem Päckchen, das sie dir geben wollte, nicht schiefgelaufen wäre, wüssten wir jetzt bestimmt mehr. Aber es ist nun mal anders gekommen, und deshalb tappen wir da noch im Dunkeln. Folglich dürfen wir keine Möglichkeit ausschließen. Vielleicht hat sie ja noch Kontakt zu ihrem Halbbruder.«

Sie sprachen immer noch über Valeria, als eine halbe Stunde später Fazio enttäuscht zurückkehrte.

»Laut Einwohnermeldeamt gibt es in Vigàta einen einzigen männlichen Bonifacio, Vittorio. Der ist fünfzig und Valerias Vater. Folglich hat dieser Vittorio seinen unehelichen Sohn nicht anerkannt. Der wurde wohl auf den Namen der Mutter eingetragen.«

»Apropos, wie heißt eigentlich Valerias Mutter?«, fragte Montalbano. »Vielleicht können wir über sie …«

»Ihr Name war Agata Tessitore, sie ist vor drei Jahren gestorben.«

»Diese Spur bringt uns nicht weiter«, kommentierte
Mimì.

Aber der Commissario hatte den Knochen zwischen den
Zähnen und wollte ihn nicht wieder loslassen.

»Ich starte einen allerletzten Versuch«, sagte er. »Damit
war ich immerhin schon mal erfolgreich.«

Er wählte eine Nummer und stellte das Telefon laut.

»Pronto?«, antwortete eine Frauenstimme.

»Adelì, Montalbano hier.«

»Sie sind's, Dottò? Was gibt's?«

»Ich bräuchte eine Information. Kennst du eine ältere Frau,
die einer Signora namens Bonifacio im Haushalt hilft?«

»Nein.«

»Die Frau heißt anscheinend Nina.«

»Nina Bonsignori?«

»Den Nachnamen weiß ich nicht.«

»Dottò, ich kenn eine ältere Frau, die ihren Fisch da kauft,
wo ich auch immer hingeh. Die redet immer von ihrer Chefin und quatscht mir die Ohren voll, wie toll die
ist und wie tüchtig und wie schön. Sie sagt, sie war ihre
Amme...«

Volltreffer.

»Das ist sie!«

Er warf Mimì und Fazio einen triumphierenden Blick zu
und fuhr dann fort:

»Und die Chefin, heißt die Valeria?«

»Ja.«

»Wann siehst du diese Nina wieder?«

»Morgen früh um halb acht auf dem Fischmarkt, wie immer.«

»Ich erklär dir jetzt, was du sie fragen sollst, aber nur so nebenbei, aus persönlicher Neugier. Und wenn sie es dir gesagt hat, rufst du mich sofort in Marinella an.«

»Hat das nicht Zeit, bis ich bei Ihnen bin?«

»Nein, ich muss es sofort wissen.«

Er legte auf und sagte zu Fazio:

»Sobald ich morgen früh diesen Nachnamen habe, geb ich ihn dir telefonisch durch, und dann gehst du gleich zum Einwohnermeldeamt.«

Kurz vor halb neun war er in Marinella, und kaum hatte er das Haus betreten, klingelte das Telefon.

»Ciao, Salvo.«

Es war Livia. Sie sprach langsam, ihre Stimme klang dumpf und leise, als hätte sie Schwierigkeiten beim Atmen.

»Geht es dir besser?«

»Nein. Schlechter. Heute hab ich es nicht einmal geschafft, zur Arbeit zu gehen. Ich bin zu Hause geblieben.«

»Hast du Fieber?«

»Nein, aber ich fühl mich, als hätte ich welches.«

»Beschreib mir doch mal genauer, was ...«

»Salvo, ich spüre so eine Beklemmung, die mir keine Ruhe lässt. So sehr ich mich auch bemühe – und glaub mir, ich versuch's wirklich –, ich finde den Grund dafür nicht. Als ob mir von einem Augenblick auf den anderen etwas ganz Schlimmes zustoßen könnte.«

Es tat ihm weh, das zu hören.

Er stellte sich vor, wie sie allein, mit zerzausten Haaren und rot unterlaufenen, verweinten Augen von einem Zimmer ins andere ging … Was er nun sagte, war ganz ehrlich gemeint: »Hör zu … Soll ich nach Boccadasse kommen?«

»Nein.«

»Vielleicht kann ich dir helfen.«

»Nein.«

»Aber warum denn nicht?«

»Ich wäre nicht auszuhalten.«

»Aber du kannst doch nicht einfach dasitzen, ohne etwas dagegen zu tun!«

»Wenn es morgen nicht besser ist, geh ich zum Arzt. Ich versprech es dir. Aber jetzt leg ich mich ins Bett.«

»Hoffentlich kannst du schlafen.«

»Mit Schlaftabletten schon. Gute Nacht.«

Montalbano hatte einen bitteren Geschmack im Mund, das Herz war ihm schwer.

Er setzte sich in den Sessel und schaltete den Fernseher ein. Zito präsentierte gerade die Nachrichten.

… heute endet die Frist zur Bestätigung oder Aufhebung des Haftbefehls gegen Salvatore di Marta. Doch der zuständige Haftrichter, Dottor Antonio Grasso, hat für seine Entscheidung um weitere achtundvierzig Stunden Bedenkzeit gebeten. Man darf daher annehmen, dass der Haftrichter die Gründe der Staatsanwaltschaft zur Erteilung des Haftbefehls für nicht ausreichend erachtet.

Und nun weitere Meldungen. Die Suche nach den drei Einwanderern, die sich vor einigen Tagen bei Raccadali einen Schusswechsel mit der Polizei geliefert haben, geht weiter. Es wurde ein verlassenes Landhaus entdeckt, in dem die

drei vorübergehend Unterschlupf gefunden haben. Blutige
Kleidungsstücke bestätigen, dass einer von ihnen schwer
verletzt ist. Dottor Sposìto erklärte, der Kreis schließe sich
immer enger und es sei nur noch eine Frage von Tagen, bis
die Gesuchten festgenommen werden.
Soeben erreicht uns die Nachricht, dass der Gemeinderat
von ...

Auf der Suche nach einem Film zappte er sich durch die
Kanäle. Nach dem Gespräch mit Livia war ihm der Appetit vergangen. Er schaute sich einen Spionagefilm an, obwohl er bis zum Schluss nicht schlau aus der Geschichte
wurde.

Danach machte er den Fernseher aus und setzte sich auf
die Veranda. Nicht einmal auf einen Whisky hatte er Lust.
Der Gedanke an Livia bedrückte ihn.

Er sah sie allein in ihrer Wohnung in Boccadasse. Die
Sorge, die Zärtlichkeit und das Mitgefühl, das er für sie
empfand, schnürten ihm die Kehle zu.

Gleichzeitig erkannte er sich in ihr wieder, denn sie litt unter derselben Einsamkeit wie er, bevor Marian aufgetaucht
war.

Vielleicht hatte Livia recht gehabt, seinen Besuch in Boccadasse abzulehnen: Welchen Trost hätte er ihr schon
spenden können? Wäre er imstande gewesen, sie an sich
zu ziehen und ihr seine Zuneigung zu zeigen wie früher?

Was hätte er ihr sagen können? Er hätte nicht die passen-
den Worte gefunden, alles hätte unaufrichtig geklungen.
Man kann nicht mit einem Menschen zusammen sein,
den man in- und auswendig kennt, ohne zu merken, wie

er sich verändert. Livia hatte seine Veränderung bestimmt bemerkt.

Aber dieses Mal hatte sie es nicht angesprochen, sie hatte vielmehr darauf beharrt, dass ihr Zustand nichts mit ihm zu tun hatte.

Aber was konnte dann geschehen sein? Woher kam ihre plötzliche Beklemmung? Ein böser Streich des Alters?

Livia war keine hysterische Person, die zu Stimmungsschwankungen, Depressionen oder Phantastereien neigte, im Gegenteil. Einer ihrer wesentlichen Charakterzüge war ihr Sinn für das Konkrete, ihre Bodenständigkeit. Und deshalb musste es für ihren jetzigen Zustand einen schwerwiegenden Grund geben. Der musste gefunden werden, bevor alles noch schlimmer wurde. Nein, in einer solchen Situation konnte er sie nicht verlassen. Ein solcher Schuft war er nicht.

Und als hätte sie seine Gedanken erraten, rief in dem Moment Marian an. Schon beim Klingeln des Telefons wusste er, dass sie am anderen Ende der Leitung war. Den Arm auszustrecken kostete ihn enorme Kraft, er empfand den Hörer als zentnerschwer.

»Pronto, wer ... spricht?«

»Ciao, Commissario, wie geht es dir? Deine Stimme klingt merkwürdig.«

»Ich bin ... müde. Sehr müde.«

»Du wirst dich gestern Nacht überanstrengt haben.«

»Ja. Es war ... hart. Wie geht es dir denn?«

»Lariani hat mich angerufen, es war ein rätselhaftes Telefonat. Er meinte, er müsse sehr vorsichtig mit den Leuten umgehen, mit denen er verhandelt. Ich habe ihn gefragt, warum, aber er hat mir keine Antwort gegeben. Er braucht noch einen Tag.«

»Und wie hast du reagiert?«

»Ich habe gesagt, das sei in Ordnung. Aber ich habe eine Entscheidung getroffen. Ich gebe ihm Zeit bis morgen Abend. Wenn er sich bis dahin nicht meldet oder wenn er alles noch mal verschiebt, ist Schluss.«

»Wie meinst du das?«

»Ich breche die Sache ab. Aus. Basta.«

»Ist das dein Ernst?«

»Natürlich ist das mein Ernst.«

»Aber ist es denn nicht ein gutes Geschäft?«

»Und ob!«

»Warum willst du dann alles abblasen, so kurz vor dem Ziel?«

»Salvo, du hast es offenbar immer noch nicht kapiert.«

»Was denn?«

»Wie schwer es mir fällt, auch nur eine Minute so weit weg von dir zu sein. Ein ganzer Tag ist eine Qual. Und ich bin nicht bereit, das noch länger zu ertragen. Zum Teufel mit Pedicini, Lariani und all den anderen. Das sind Diebe!«

»Diebe?«

»Ja, Diebe! Sie haben mir ein Stück von meinem Glück gestohlen. Und mein Glück ist mir wichtiger als alles andere. Verstehst du, was ich sagen will?«

Er brauchte ein paar Sekunden, bevor er zu einer Antwort fähig war. Marians Heftigkeit hatte ihn überwältigt.

»Ich versteh es sehr gut«, sagte er schließlich.

Insgeheim fragte er sich allerdings: Welchen Grund hat Lariani, sich so zu verhalten?

»Und weil ich felsenfest davon überzeugt bin, dass der morgige Tag auch keine Entscheidung bringt«, nahm Marian den Faden wieder auf, »steig ich übermorgen früh ins Flugzeug und komme nach Vigàta zurück. Dann können wir zusammen zu Abend essen.«

»Ich versteh deine Gründe, aber überleg doch mal. So kurz vor dem Abschluss, da kommt es doch auf einen Tag mehr oder weniger nicht an …« Das war erneut Montalbano *Cunctator*, der Zauderer.

Marian erhob die Stimme.

»Nein, Salvo, ich lasse mich von denen nicht länger an der Nase herumführen. Ich lasse nicht zu, dass die mir noch eine einzige Minute stehlen, die ich mit dir zusammen sein könnte. Und nur damit du's weißt: Ich lass dich nicht mehr los.«

So resolut hatte er sie noch nie erlebt.

»Also gut«, sagte er.

»Entschuldige bitte«, fuhr sie in verändertem Tonfall fort. »Aber ich bin wirklich verzweifelt. In mir kocht es. Es war dumm von mir, mich auf Pedicinis Vorschlag überhaupt einzulassen. Ich hätte Nein sagen sollen, selbst wenn es nur um einen einzigen Tag gegangen wäre.«

»Jetzt beruhige dich«, sagte Montalbano. »Sonst kriegst du heute Nacht kein Auge zu.«

»Dagegen hab ich ein Mittel.«

»Hör mal, du nimmst doch keine Schlaftabletten …«

»Ich hab nicht die geringste Absicht. Mein Schlafmittel bist du.«

»Ich?«

»Ja, du bist mein Stimulans und mein Schlafmittel.

Wünsch mir eine gute Nacht, als würde ich neben dir liegen.«

»Gute Nacht«, sagte Montalbano und sehnte sich wirklich nach Marians Nähe.

Als er um Viertel nach acht aus der Dusche kam, klingelte das Telefon.

»Dottori, hier ist Adelina.«

»Was hast du mir zu berichten?«

»Ich hab mit ihr geredet, mit Nina Bonsignori. Aus der sprudelt es nur so raus, wenn sie über ihre Chefin reden kann. Übrigens hat die sie in dem Moment auf dem Handy angerufen, als sie mir alles von ihr erzählt hat.«

»Hat Nina denn ein Handy?«

»Klar, hat doch jetzt jeder.«

»Und weiter?«

»Sie hat gesagt, die Geliebte von dem Vater von ihrer Chefin Valeria heißt Francesca Lauricella.«

Er beendete das Gespräch und rief Fazio an, um ihm die Neuigkeit mitzuteilen.

Kurz bevor er das Haus verließ, rief er Livia an. Sie antwortete mit belegter Stimme.

»Wie spät ist es denn?«

»Neun Uhr. Tut mir leid, wenn ich dich geweckt habe.«

»Ich habe nicht geschlafen. Aber ich bin noch im Bett und kann mich nicht aufraffen aufzustehen. Warum rufst du an?«

»Um zu hören, wie es dir geht. Ich mache mir Sorgen.«

»Es ist immer noch das Gleiche. Aber mach dir bitte keine Sorgen. Wir telefonieren heute Abend.«

Es zerriss ihm fast das Herz! Und wie schwer es ihm fiel, offene, ehrliche und anteilnehmende Worte für sie zu finden.

Auf dem Weg ins Kommissariat kam er zwangsläufig an Marians Galerie vorbei. Er bemerkte, dass irgendein Idiot mit grüner und roter Farbe das Wort »Diebe!« auf den Rollladen gesprüht hatte. Plötzlich fiel ihm ein, dass Marian Lariani so genannt hatte. Den hätte er gern kennengelernt. Aber es gab eine Möglichkeit, mehr über ihn herauszufinden. Warum war er nicht schon früher darauf gekommen! Verdammt, wo hatte er bloß seinen Verstand?

Im Büro warteten Fazio und Mimì bereits auf ihn.

»Und?«

Fazio zog einen Zettel aus der Tasche, doch der Commissario kam ihm zuvor.

»Ich verstehe, dass die meldeamtlichen Daten diesmal wichtig sind, aber erspar mir bitte die Litanei. Sag mir einfach nur, wie der Kerl heißt.«

»Er heißt Rosario Lauricella und ist fünfundzwanzig Jahre alt«, antwortete Fazio kühl und steckte seinen Zettel ein.

»Wo wohnt er?«

»In Montereale. Ich möchte noch hinzufügen, dass er laut Personalausweis eins einundachtzig groß ist. Und dann gibt es noch etwas Wichtiges.«

»Gleich. Ich will zuerst Tommaseo anrufen und ihm mitteilen, dass die Telefone von Valeria und Loredana nicht mehr überwacht zu werden brauchen.«

»Warten Sie«, sagte Fazio. »Was ist, wenn Valeria diesen Rosario anruft?«

»Das wird sie nicht tun. Ich weiß, wie sie sich mit ihm in Verbindung setzt.«

»Nämlich?«

»Über das Handy ihrer Zugehfrau. So hat sie es gemacht, als sie sich mit ihm im Steinbruch verabredet hat. Und mit Loredana kann sie sich ja jetzt wieder treffen.«

Nach dem Anruf bei Tommaseo ließ er Fazio erneut zu Wort kommen.

»Dottore, ich kenne diesen Rosario zwar nicht, aber ich weiß, wer er ist.«

»Und wer ist er?«

»Der Statthalter des Cuffaro-Clans in Montereale. Obwohl er noch so jung ist, hat er schon eine wichtige Funktion inne.«

Das hatte Montalbano nicht erwartet. Er starrte Fazio mit offenem Mund an.

Im nächsten Moment hatte er sich wieder gefangen.

»Ich kann mir kaum vorstellen, dass Savastanos Ermordung auf das Konto der Mafia geht!«

»Warum nicht?«, warf Augello ein. »Weil Guttadauro das verneint hat? Der kann dich auch verarscht haben.«

Montalbano schüttelte nachdenklich den Kopf.

»Nein«, meinte er schließlich. »Ich bin überzeugt, dass Guttadauro die Wahrheit gesagt hat.«

»Was dann?«

Der Commissario schwieg. Dann stand er auf. Er sah keinen der Anwesenden an, sein Blick war auf einen fernen Punkt gerichtet. Er ging zum Fenster und zurück, setzte sich und sagte dann mit ruhiger Stimme zu den beiden, die ihn perplex ansahen:

»Leute, jetzt hab ich's.«

»Vielleicht hättest du die Güte, es uns zu verraten …«, meinte Mimì.

»Ich muss vorwegschicken, dass sich meine Rekonstruktion auf keinerlei Beweis stützt, sie beruht einzig und allein auf logischen Überlegungen. Also, Folgendes: Nachdem Loredana diesen di Marta geheiratet hat, wurde sie von Carmelo Savastano weiter bedrängt, aber sie hat ihrem Mann kein Wort davon erzählt, weil sie Angst vor seiner Reaktion hatte.«

»Wollte er wieder mit ihr ins Bett?«, fragte Mimì.

»Vielleicht. Oder besser: das auch. Vor allem aber hat er sie um Geld erpresst. Vermutlich hatte er nicht das gesamte Filmmaterial herausgerückt. Ihr erinnert euch: Di Marta hat uns erzählt, dass Savastano seine Freundin mit einem anderen verkuppeln wollte. Vielleicht ist es wirklich dazu gekommen und Savastano hat es gefilmt. Natürlich weiß Valeria, die Busenfreundin, davon. Rosario Lauricella besucht seine Halbschwester Valeria ab und zu und begegnet dort gelegentlich auch Loredana. Die beiden verlieben sich ineinander. Valeria stellt ihnen ein Zimmer zur Verfügung, und die beiden sehen sich jeden zweiten Tag. Aber irgendwann erfährt Rosario von Loredanas Verhältnis zu Savastano. Wahrscheinlich hat Valeria ihm davon erzählt.«

»Warum Valeria?«, fragte Fazio.

»Weil ich sie für die Schlaueste von den dreien halte. Ich glaube auch, dass sie schon einen Plan im Kopf hatte, als sie ihren Halbbruder davon in Kenntnis setzte. Wie man nämlich Savastano und di Marta mit einem Schlag loswerden konnte. Zwei Monate bevor sie den Plan umsetzt, gibt Valeria vor, sich mit Rosario zu zerstreiten, was eine reine Vorsichtsmaßnahme ist. Zum Schein bricht sie jede Verbindung zu ihm ab. Und weil sie weiß, dass er zum Cuffaro-Clan gehört, benutzt sie das Telefon ihrer Zugehfrau, um ihn zu kontaktieren.«

»Hab ich dir nicht gesagt, dass sie mit allen Wassern gewaschen ist?«, warf Mimì ein.

»Und jetzt kommen wir zum entscheidenden Punkt. An dem Abend, an dem Loredana bei Valeria ist und ihr sagt, sie habe sechzehntausend Euro dabei, die sie im Nachttresor deponieren muss, ruft Valeria ihre Zugehfrau an. Sie soll Rosario telefonisch mitteilen, er möge sofort in die Via Palermo fahren. Rosario bricht in Montereale auf, stellt sein Auto in der Nähe des Hauses ab und geht das letzte Stück zu Fuß. Niemand sieht ihn. Er hat zu dem Zeitpunkt nur die Aufgabe, das Geld an sich zu nehmen, mit Loredana zu schlafen und dabei sichtbare Zeichen der Gewalt zu hinterlassen. Den Rest kennt ihr. Fazit ist, dass alle glauben, Savastano hätte irgendetwas mit der Sache zu tun, ganz besonders di Marta, der jetzt zum Hauptverdächtigen eines Mordes wird, der erst noch geschehen muss.«

»Und nun die Fortsetzung«, sagte Mimì.

»Als Loredana ihrer Freundin mitteilt, dass sie ihrem Mann Savastano als Täter benannt habe, gibt Valeria Rosario Bescheid. Der hat Savastano schon seit einiger Zeit ausspioniert und erwartet ihn zusammen mit einem Komplizen am späten Abend vor der Spielhölle, die er für gewöhnlich besucht, entführt ihn aufs Land, erschießt ihn

und zündet sein Auto an. Er inszeniert den Mord als Mafia-
verbrechen, hat sich aber an dieser Stelle verrechnet, weil
die Mafia nichts damit zu tun haben will.«

»Und die Sache mit dem Päckchen?«, fragte Augello.

»Dazu komme ich jetzt. Valeria wird klar, dass es keine Beweise gegen di Marta gibt. Sie möchte uns einen verschaffen, der aber natürlich hieb- und stichfest sein muss. Also
kommt sie auf die Idee, sich von Rosario die Pistole geben
zu lassen, mit der er Savastano umgebracht hat, die Fingerabdrücke wegzuwischen, die Waffe in eine Schachtel
zu legen und dir zu geben, Mimì.«

»Und was sollte ich damit machen?«

»Sie in di Martas Büro im Supermarkt verstecken und uns
dann einen anonymen Brief schicken. Wir sollten eine
Durchsuchung anordnen und die Pistole finden. Dann
wäre di Marta erledigt gewesen. Aber Rosario ist die Sache
nicht geheuer, er sagt zu ihr, er hätte die Waffe ins Meer
geworfen. Und ich glaube, das stimmt sogar. Ich halte ihn
nicht für so bescheuert, dass er die Pistole behält.«

»Eine wunderschöne Geschichte«, meinte Augello. »Aber
wie können wir die jetzt Wirklichkeit werden lassen?«

»Das ist ja das Dilemma«, sagte Montalbano. »Im Moment
habe ich nicht den leisesten Schimmer. Wir sehen uns später, ich muss jetzt ein privates Telefonat führen, wenn ihr
erlaubt.«

Als Fazio und Mimì gegangen waren, rief er im Polizeipräsidium Mailand an, stellte sich vor und verlangte, mit Polizeidirektor Attilio Strazzeri verbunden zu werden.

Sie hatten sich während der Ausbildung kennengelernt
und waren Freunde geworden. Montalbano hatte ihm ein-

mal einen großen Gefallen erwiesen. Jetzt hoffte er, Strazzeri werde sich daran erinnern.

»Hey, Salvo, schön, dich zu hören! Mann, ist das lange her! Wie geht's dir?«

»Nicht schlecht. Und selber?«

»Ganz gut. Brauchst du irgendwas?«

»Attì, hast du gute Beziehungen zu der Abteilung, die sich mit gestohlenen Bildern, Kunstfälschung und so was beschäftigt?«

»Habe ich, Salvo. Wir verstehen uns prächtig. Es ist meine Abteilung.«

Montalbano seufzte erleichtert auf. Mit Strazzeri konnte er offen reden.

Siebzehn

»Ich wüsste gern etwas über einen Kunsthändler, sofern du schon mal von ihm gehört hast. Er heißt Gianfranco Lariani.«

Keine Antwort.

»Pronto?«, sagte er.

Am Ende der Leitung war es mucksmäuschenstill.

Plötzlich überkam ihn das Gefühl, von Gott und der Welt verlassen zu sein. Er geriet in Panik und fing an, wie ein Besessener in den Hörer zu brüllen.

»Pronto? Ist da jemand? Pronto!«

»Was hast du denn?«, fragte Strazzeri. »Ich bin doch hier.«

»Warum sagst du denn nichts?«

»Weil deine Frage mich überrascht hat.«

Was war daran so überraschend?

»Kennst du ihn oder kennst du ihn nicht?«

»Hör zu, Salvo, ich geb dir meine Handynummer. Ruf mich in fünf Minuten an.«

Während er sich die Nummer notierte, wunderte er sich ein wenig über Strazzeris merkwürdige Reaktion. Dann rief er erneut an.

»Montalbano hier.«

»Entschuldige, Salvo, aber da waren Leute um mich herum. Jetzt bin ich allein und kann sprechen. Ich kenne Lariani. Was willst du über ihn wissen?«

»Ob er vertrauenswürdig ist.«

Strazzeri fing an zu lachen.

»Klar doch. Absolut vertrauenswürdig. Er wurde vor Jahren verhaftet und verurteilt. Und dann ist er rückfällig geworden. Seine Spezialität ist der Export gestohlener Kunstwerke.«

Die ganze Welt mit allen Ozeanen und Kontinenten, den Menschen und Tieren, die auf ihr leben, brach über Montalbano zusammen. Kalter Schweiß drang ihm aus allen Poren. Er wollte etwas sagen, brachte aber kein Wort heraus.

»Pronto? Bist du noch da?«, fragte jetzt Strazzeri.

»Ja«, presste der Commissario mühsam hervor. »Und wie ... wie macht er das?«

»Wie er die Sachen über die Grenze bringt? Er benutzt verschiedene Methoden. Die gerissenste ist die doppelte Leinwand. Hinter einem Bild von bescheidenerem Wert, das exportiert werden darf, versteckt er das gestohlene Bild aus dem kulturellen Erbe unseres Landes.«

Das Gemälde, das der Kunsthändler Marian übergeben würde, war zu neunundneunzig Prozent auf diese Weise präpariert. Ahnungslos hätte die Arme es bezahlt und zu Pedicini gebracht, der es auf seinem Dreimaster mitgenommen hätte, und weg wäre es gewesen.

»Wir haben ihn schon seit einer Weile im Visier«, fuhr Strazzeri fort. »Wir gehen davon aus, dass er einen größeren Coup plant. Normalerweise macht er gemeinsame

Sache mit einem Komplizen, der die Aufgabe hat, sich das Vertrauen eines Händlers, Sammlers oder Galeristen aus der Provinz zu erwerben, und dann ...«

»Pedicini?«, warf Montalbano ein.

Schweigen. Angesichts der erneut drohenden Gott- und Weltverlassenheit wollte der Commissario schon verzweifelt losbrüllen, doch dann sagte Strazzeri:

»Nein. So geht das nicht! Du spielst nicht mit offenen Karten! Lieber Freund und Kollege, du rufst nach mehreren Jahren Funkstille an und wirfst mir gleich die Namen von Lariani und Pedicini vor die Füße. Du hast mir doch bestimmt etwas zu erzählen. Ich habe dir gesagt, was du wissen wolltest. Jetzt bist du dran.«

Montalbano überlegte: Kopf oder Zahl? Schnell gelangte er zu der Überzeugung, dass er Marian aus dieser Geschichte nur dann herausholen konnte, wenn sie mit Strazzeri kooperierte. Im Gegenzug würde er seinen Freund bitten, ihren Namen aus den Ermittlungen herauszuhalten.

»Und wenn ich dir Larianis Kopf auf dem Silbertablett serviere?«, fragte er. »Können wir beide einen Deal schließen?«

»Lass hören«, erwiderte Strazzeri.

Er erzählte ihm die ganze Geschichte. Sie wurden sich einig. Schließlich erklärte Strazzeri ihm, wie er vorgehen sollte.

Der Commissario legte auf und rief Marian an.

»Salvo, was ist passiert?«, fragte sie erschrocken.

»Hör zu: Du bist drauf und dran, in die Falle zu tappen. Lariani ist ein Gauner, er war schon mal im Knast.«

»O mein Gott!«

»Bleib ruhig. Ich gebe dir jetzt eine Telefonnummer, die von Attilio Strazzeri. Er ist Polizeidirektor in Mailand und ein guter Freund von mir. Den rufst du jetzt gleich an und lässt dir von ihm sagen, was du tun sollst. Alles klar?«

»Aber was werden die mit mir machen?«

Ihre Stimme zitterte, sie war kurz davor, in Tränen auszubrechen.

»Gar nichts. Sie werden dich weder verhaften noch deinen Namen an die große Glocke hängen, da kannst du beruhigt sein. Du musst dich nur mit Strazzeri treffen und tun, was er dir sagt. Ruf ihn gleich an. Ich küsse dich. Wir telefonieren heute Abend. Schreib noch die Nummer auf.«

Er diktierte sie ihr, ließ sie sich wiederholen und legte auf. Jetzt war ihm ein wenig wohler.

Er verspürte das starke Bedürfnis, rauszugehen und ein paar Schritte zu machen, um den Schreck zu verdauen. Vorher schaute er noch bei Fazio vorbei.

»Bestell Valeria Bonifacio für halb fünf hierher. Sag auch Augello Bescheid. Wir drei treffen uns um vier in meinem Büro.«

Er ließ das Auto stehen und ging los, ohne ein bestimmtes Ziel. Er war noch nie mitten am Vormittag durch die Stadt flaniert. Vor dem elegantesten Herrenausstatter von Vigàta blieb er stehen. Ein paar Hemden konnte er gebrauchen, aber die Preise im Schaufenster trieben ihn in die Flucht. Auf einmal befand er sich vor dem heruntergelassenen Rollladen der Galerie mit dem aufgesprühten Schriftzug »Diebe!«. Er schaute sich das Werk an.

Wenn dieses Graffito nicht gewesen wäre ...

Ein Gemeindepolizist, der ihn kannte, blieb neben ihm stehen.

»Haben Sie schon gehört, Commissario? Heute früh haben wir den Kerl erwischt, der das gemacht hat.«

»Ach ja? Wer ist es denn?«

»Ein armer Teufel, der im Kopf nicht mehr ganz richtig ist. Er heißt Ernesto Lo Vullo. Mit seiner grünen Sprayfarbe hat er die halbe Stadt verschandelt, die Fassade der Kirche, das Gefallenendenkmal ...«

»Und was macht ihr mit ihm?«

»Entweder er zahlt ein Bußgeld von dreihundertfünfzig Euro, oder er kriegt eine Strafanzeige und wandert für ein paar Tage hinter Gitter. Aber wo soll er das Geld hernehmen? Er ist ein Hungerleider, manchmal bettelt er die Leute an.«

Der Commissario verabschiedete sich von dem Polizisten und ging schnurstracks zur Gemeindeverwaltung. Dort erkundigte er sich nach dem zuständigen Schalter. Unter den stumpfsinnigen und ungläubigen Blicken des Angestellten zahlte er per Scheck die Geldstrafe für Ernesto Lo Vullo und setzte dann seinen Spaziergang fort.

Vor dem Schaufenster eines Geschäfts mit dem Namen Vigàta Elettronica blieb er stehen. Hier waren Computer ausgestellt, die sich iPod, iPad und iPid nannten, sowie Aufnahmegeräte, die aussahen wie Handys.

Noch während er diese Geräte betrachtete, kam ihm eine Idee, wie man die Bonifacio überführen konnte.

Er betrat den Laden und kaufte eines der Geräte. Der Verkäufer wollte ihm die Bedienung erklären, aber Montalbano verzichtete dankend, denn selbst wenn der Erfinder persönlich es ihm erklärt hätte, hätte er es nicht verstanden. Die Verpackung ließ er liegen und steckte das Gerät zusammen mit der Bedienungsanleitung in die Tasche. Er zahlte und beschloss, dass es Zeit war, essen zu gehen.

Bei Enzo aß er eher lustlos. Seine Gedanken waren in Mailand, bei Marian.

Der Commissario war sicher, richtig gehandelt zu haben, aber solange die Sache nicht abgeschlossen war, konnte es keine vollständige Sicherheit geben. Am liebsten hätte er Marian angerufen, fürchtete aber, sie im falschen Moment zu erwischen. Er hätte wer weiß nicht was dafür gegeben, ihr in dieser Situation beizustehen.

Als er die Trattoria gegen drei Uhr verließ, verzichtete er auf den gewohnten Spaziergang zur Mole – er war lange genug gelaufen – und kehrte ins Kommissariat zurück.

Bei Catarella blieb er stehen und holte das Aufnahmegerät aus der Tasche.

»Kannst du das zum Laufen bringen?«

»Auf jeden Fall, Dottori.«

»Und wenn man die Aufnahme abhören will, wie geht das?«

»Dottori, entweder man schließt es an einen Computer an, oder man benutzt Kopfhörer.«

Von Kopfhörern hatte der Verkäufer ihm nichts gesagt.

»Kannst du mir welche kaufen in dem Laden, der Vigàta Elettronica heißt?«

Catarella sah auf die Uhr.

»Die machen in einer halben Stunde wieder auf.«

»Was kostet denn sowas?«

»Dreißig Euro reichen. Ich nehm die besten.«

»Ich brauch sie spätestens um Viertel nach vier«, sagte Montalbano und gab ihm das Geld.

Die Besprechung mit Augello und Fazio begann um Punkt vier. Montalbano ergriff das Wort.

»Hört mal: Ich habe beschlossen, der Bonifacio eine Falle zu stellen. Das ist unsere einzige Möglichkeit, sie dazu zu bringen, dass sie sich verrät. Die Falle besteht aus drei Phasen. Phase eins: Valeria kommt her und findet mich und Fazio vor. Ich spreche mit ihr, und nach fünf Minuten beginnt Phase zwei: Da klopfst du, Mimì, an und kommst herein. Ich stelle dich ihr als Vizekommissar Augello vor. Wir reden über das Päckchen. Sie wird sagen, es hätte eine Überraschung sein sollen, nur ein kleines Geschenk. Daraufhin gehe ich zu Phase drei über.«

»Und worin besteht die?«, fragte Augello.

»Sag ich dir nicht.«

»Und warum nicht?«

»Weil es meiner Meinung nach besser ist, wenn ihr spontan reagiert.«

Die Tür des Büros flog auf und knallte mit Karacho gegen die Wand, als wäre eine Bombe hochgegangen.

»Mir ist die Hand ausgerutscht«, gab Catarella kleinlaut zu und blieb wie angewurzelt im Türrahmen stehen.

Fazio sah ihn entgeistert an, Montalbano wütend und Augello mit funkelnden Blitzen in den Augen.

Von diesen Blicken festgenagelt, rührte Catarella sich nicht vom Fleck. Er hielt einen kleinen Karton in der Hand.

»Komm rein.«

»Die Ko… Ko… Ko…«

»Leg sie auf den Schreibtisch und geh.«

Montalbano öffnete den Karton, holte die Kopfhörer heraus, legte sie, von der Plastikhülle befreit, in eine Schublade und warf die Verpackung in den Papierkorb.

»Die brauch ich für unser Vorhaben«, erklärte er.

»Ich will wissen, wann genau ich reinkommen soll«, sagte Augello.

»Mimì, sobald Catarella uns mitteilt, dass Valeria da ist, gehst du in dein Büro und zählst bis fünfhundert. Dann klopfst du.«

Da klingelte das Telefon.

»Dottori, da wäre die Signora Benefaccio vor Ort anwesend, also hier.«

»Sie ist schon da«, sagte Montalbano.

Mimì stand auf und verschwand.

»Sie soll reinkommen.«

Valeria war in Hochform. Sie hatte sich in Schale geworfen und geschminkt, trug ein eng anliegendes Kleid und strahlte in die Runde. Doch auch wenn sie es nicht zu erkennen gab, wirkte sie innerlich angespannt.

»Nehmen Sie Platz, Signora«, sagte der Commissario.

Valeria setzte sich auf die Stuhlkante und lächelte zu Fazio hinüber. Dann warf sie Montalbano einen fragenden Blick zu, wobei sie den Kopf leicht zur Seite neigte. Die Unschuld in Person.

»Wie Sie vielleicht wissen, hat der Haftrichter den Haftbefehl gegen Salvatore di Marta noch nicht bestätigt. Der Staatsanwalt hat weitere Ermittlungen angeordnet, und auch wenn ich nicht glaube, dass es zu etwas führt – denn der Sachverhalt ist klar –, müssen wir der Anordnung natürlich nachkommen.«

Valeria entspannte sich sichtlich.

»Ich habe Ihnen schon alles gesagt, was es zu sagen gibt«, erklärte sie.

»Daran zweifle ich nicht. Sie waren mir gegenüber offen und ehrlich, und ich werde es Ihnen gegenüber genauso halten. Daher können Sie meine Fragen ganz beruhigt beantworten.«

»In Ordnung.«

»Kennen Sie einen gewissen Avvocato Diego Croma?«

Valeria durchlief ein Schauder, aber sie hatte sich sofort wieder im Griff.

»Ja, aber was hat das mit...«

Als wäre eine Stoppuhr abgelaufen, klopfte es an der Tür.

»Avanti«, sagte der Commissario.

Lächelnd kam Mimì Augello herein. Es war beeindruckend zu beobachten, wie sich Valerias Gesichtsausdruck veränderte. Ihre Miene verfinsterte sich, sie zog die Augenbrauen zusammen und versuchte krampfhaft zu verstehen, was die Anwesenheit dieses vermeintlichen Anwalts zu bedeuten hatte.

»Ich möchte Ihnen Vizekommissar Dottor Augello vorstellen«, sagte Montalbano.

Valerias Reaktion kam für alle überraschend. Sie setzte wieder ein Lächeln auf.

»Ciao. Warum hattest du es nötig, dich unter falschem Namen vorzustellen? Du hättest mir trotzdem gefallen, auch als Bulle.«

Mimì brachte in seiner Verwirrung keinen Ton heraus. Montalbano musste ihr Anerkennung zollen. Eine außergewöhnliche Frau! Extrem kaltblütig. Vor einer wie ihr musste man sich in acht nehmen.

»Können Sie mir sagen, was das Päckchen enthalten sollte, das Sie Dottor Augello geben wollten, damit er es an einem bestimmten Ort versteckt?«

Valeria fing an zu lachen.

»Was soll es schon enthalten haben! Eine Halskette. Ich wollte Loredana bei ihrer Rückkehr ins Büro des Supermarkts damit überraschen.«

»Und warum haben Sie es sich dann anders überlegt?«

»Weil ich mit Avvocato Croma oder Dottor Augello – jetzt weiß ich gar nicht, wie ich ihn nennen soll – nichts mehr zu tun haben wollte. Unsere Bekanntschaft fing an, eine etwas zu ... intime Wendung zu nehmen. Da habe ich es vorgezogen, einen Schlusspunkt zu setzen.«

Montalbano hatte eine Erklärung dieser Art erwartet. Jetzt konnte er zum dritten, entscheidenden Schachzug übergehen.

»Signora, nach unserer Kenntnis haben Sie sich vorgestern nach Mitternacht mit einem Mann getroffen.«

»Ich gehe schon seit Monaten abends nicht mehr aus dem Haus.«

»Signora, ich weise Sie darauf hin, dass Ihr Telefon seit ein paar Tagen überwacht wird und dass ...«

Mit Valerias Freundlichkeit war es schlagartig vorbei. Sie zischte:

»Dann lassen Sie doch mal das Telefonat hören, bei dem ich mich verabredet haben soll mit diesem angeblichen ...«

»Das kann ich Ihnen nicht vorspielen, weil Sie das Handy Ihrer Zugehfrau benutzt haben.«

Das saß, aber Valeria konnte einstecken und wusste sich zu wehren.

»Das müssen Sie geträumt haben. Es stimmt nicht. Und selbst wenn, würde meine Zugehfrau das niemals zugeben, nicht einmal unter Folter.«

»Wir haben absolute Gewissheit, dass Sie sich mit einem Mann getroffen haben.«

»Und wenn schon. Das ist doch keine Straftat. Ich habe mich ja auch mit Avvocato Croma getroffen. Stimmt doch, Avvocato, oder?«

»Nein, eine Straftat ist es nicht. Aber eine Frage möchte ich Ihnen stellen. Wissen Sie noch, aus welchem Grund Sie und dieser Mann gezwungen waren, Ihr Gespräch in dem Steinbruch Hals über Kopf zu beenden und jeweils im eigenen Auto das Weite zu suchen?«

»Wie soll ich mich daran erinnern, wenn ich gar nicht da war?«

»Dann will ich Ihrem Gedächtnis auf die Sprünge helfen. Jemand in der Nähe hat geniest.«

Valeria erschrak. Fazio und Augello sahen sich verwundert an. Montalbano fuhr fort:

»Dieser Jemand war ich. Ich musste vierzehnmal hintereinander niesen. Wollen Sie es hören?«

Er zog den Rekorder aus der Tasche und legte ihn auf den Schreibtisch. Dann nahm er die Kopfhörer aus der Schublade und hielt sie Valeria hin.

»Dieser Nieskanonade geht das gesamte Gespräch voraus, das Sie dort geführt haben. Sie können es sich gerne anhören. Sie wollten die Pistole, mit der dieser Mann nach einem von Ihnen ausgeheckten Plan Carmelo Savastano ermordet hat. Dottor Augello sollte die Waffe, in einer Schachtel versteckt, in den Geschäftsräumen des Supermarkts deponieren. Hätte man sie dort gefunden, wäre di Marta mit Sicherheit verurteilt worden.«

Valeria saß mucksmäuschenstill da. Sie war bleich wie eine Gipsstatue. Eine Statue allerdings, die kaum merklich zitterte.

»Wir haben den Mann selbstverständlich identifiziert«, fuhr der Commissario fort. »Er heißt Rosario Lauricella und ist Ihr Halbbruder und der Geliebte von Loredana di Marta. Großzügigerweise haben Sie den beiden für ihre Rendezvous dreimal pro Woche ein Zimmer in Ihrer Wohnung überlassen. Und in diesem Zimmer fand auch Loredanas vermeintliche Vergewaltigung statt.«

Valeria war angespannt wie eine Bogensehne. Der Commissario beschloss, die Sehne zu lösen.

»Und wissen Sie was? Rosario hat Sie angelogen. Er hat Ihnen gesagt, er hätte die Pistole ins Meer geworfen, aber das stimmt nicht. Wir haben sie vor zwei Stunden in seiner Wohnung gefunden, als wir ihn verhaftet haben. Angesichts dieses offenkundigen Beweises ist er eingeknickt und hat gestanden. Er sagte, Sie hätten das alles organisiert. Deshalb muss ich Sie ...«

Weiter kam er nicht.

Valeria sprang auf und stürzte sich, die Finger zu Krallen gespreizt, auf den Commissario, um ihm das Gesicht zu zerkratzen. Montalbano wich ihr aus, während Fazio und Augello sie abfingen.

»Dieses Arschloch! Dieser Vollidiot! Ich hatte ihm doch gesagt, er soll mir die Pistole geben! Aber was anderes als morden und ficken kann der nicht! Und jetzt hat er uns alle reingeritten!«

Sie trat um sich wie ein wild gewordener Esel.

Mimì wurde durch einen Tritt in die Weichteile außer Gefecht gesetzt.

Durch den Lärm alarmiert, kamen Gallo und ein weiterer Kollege angelaufen, denen es schließlich gelang, die Frau festzuhalten.

Auf dem Weg in die Zelle hatte sie Schaum vor dem Mund, fluchte wie eine Besessene und beschuldigte Loredana, alles eingefädelt zu haben.

Fazio, Augello und der Commissario brauchten eine Viertelstunde, um das Büro wieder aufzuräumen, das Valeria in ihrer Wut auf den Kopf gestellt hatte.

»Kompliment«, meinte Augello.

»Nur eins noch«, warf Fazio ein. »Ich verstehe Loredanas Motive, ich verstehe Rosarios Motive, aber mir ist nicht klar, was für Valeria dabei herausspringen sollte.«

»Geht mir genauso«, meinte Augello.

»Zunächst einmal«, erkärte Montalbano, »gibt es ein finanzielles Interesse. Nach di Martas Verurteilung wäre Loredana praktisch zur Alleinerbin seines gesamten Besitzes geworden. Dann hätte sie die Freundin, die den genialen Plan ausgeheckt hatte, fürstlich entlohnt. Sie wäre ihren Mann losgeworden, wäre reich gewesen und hätte ihr Leben mit ihrem Liebhaber ungestört genießen können. Außerdem bin ich überzeugt, dass Valerias Beziehung zu Loredana so etwas wie Liebe war. Sie hasste di

Marta nur deshalb, weil er sich Loredana gewissermaßen gekauft hatte. Sie wusste, dass Loredana unter diesem so viel älteren Mann litt. Und sie hätte alles getan, damit ihre Freundin glücklich ist. Aber ich glaube nicht, dass sie all das jemals zugeben wird.«

»Übrigens«, sagte Fazio, »wann wollen Sie das Geständnis zu Protokoll nehmen?«

»Mach dich gleich an die Arbeit«, sagte Montalbano. »Und du auch, Mimì. Wenn wir warten, bis sie sich beruhigt hat und wieder anfängt, kühl zu überlegen, widerruft sie womöglich alles. Danach, Mimì, fährst du zu Tommaseo, übergibst ihm das Geständnis und lässt dir einen Haftbe-fehl gegen Loredana und Rosario Lauricella ausstellen.«

»Montereale fällt nicht in unseren Zuständigkeitsbereich«, gab Augello zu bedenken.

»Dann gehst du damit eben zur Fahndungsstelle oder zur Bereitschaftspolizei, je nachdem, was Tommaseo dir sagt.«

Die beiden verließen den Raum. Montalbano schaute auf die Uhr. Halb sechs. Ein Rekord.

Was Marian wohl gerade machte?

Er wartete bis neun Uhr und wurde dabei zunehmend ner-vös. Wieso ließen Mimì und Fazio nichts von sich hören? Und was, wenn Marian in der Zwischenzeit in Marinella anrief und ihn nicht erreichte?

Hatte Tommaseo womöglich einen Haken gefunden?

Als Erster tauchte Augello wieder auf.

»Tommaseo hat seine Sache gut gemacht und die beiden Haftbefehle sofort ausgestellt. Fazio hat sich darum gekümmert, Loredana zu verhaften. Und ich bin der Bereitschaftspolizei zur Hand gegangen.«

»Habt ihr Rosario geschnappt?«

»Nein. Sieht aus, als wäre er untergetaucht.«

»Eine Erklärung wäre, dass Valeria ihn über das Handy ihrer Haushälterin gewarnt hat, und er hat sich vorsichtshalber aus dem Staub gemacht.«

»Wird nicht leicht werden, ihn zu kriegen«, meinte Augello. »Die Cuffaro werden ihn decken, er ist ja einer von ihnen.«

»Meinst du wirklich, dass sie das tun?«

Da kam Fazio.

»Wie ist es mit Loredana gelaufen?«

»Ich hab sie im Supermarkt erwischt.«

»Hat sie Theater gemacht?«

»Nein, aber ich habe ihr den Haftbefehl auch nicht gleich unter die Nase gehalten. Ich habe ihr gesagt, Staatsanwalt Tommaseo wolle sie unverzüglich sprechen. Daraufhin hat sie die Verkaufsleiterin zu sich gerufen, ihr gesagt, sie soll abends den Laden schließen, und ist mitgekommen. Ich glaube nicht, dass die Kunden etwas bemerkt haben. Aber ich hatte den Eindruck, sie hat damit gerechnet.«

»Vielleicht hat Valeria nicht nur Rosario, sondern auch ihr von der Vorladung erzählt.«

»Jedenfalls war es ein guter Tag«, meinte Fazio.

»Ja. Und ich danke euch. Aber jetzt hau ich ab nach Marinella, wenn ihr nichts dagegen habt. Es ist schon spät.«

Achtzehn

Montalbano spurtete zu seiner Haustür, da klingelte schon das vertrackte Telefon. Er tastete nach den Hausschlüsseln, die er für gewöhnlich in der linken Jackentasche trug, und fand sie nicht.

Das Telefon verstummte. Fluchend und schwitzend suchte er sämtliche Taschen ab. Nichts.

Wieder klingelte das Telefon.

Er kehrte zu seinem Auto zurück und sah darin nach. Auch hier keine Schlüssel. Bestimmt waren sie ihm im Büro aus der Tasche gefallen, als er das Aufnahmegerät herausgeholt hatte.

Eines wollte er noch versuchen. Er ging Richtung Strand, bog um die Hausecke, stieg die Treppe zur Veranda hinauf und rüttelte an der Tür. Sie war von innen verriegelt.

Jetzt fing das Telefon erneut an, fast als wolle es ihn verspotten.

Er sprang in sein Auto und raste wie ein Besessener nach Vigàta. Unterwegs hätte er fast ein Dutzend Unfälle verursacht und vier Prügeleien riskiert. Er parkte und betrat das Kommissariat. Catarella stellte sich ihm in den Weg.

»Ah Dottori! Da sind Sie ja, was für ein Glück! Matre santa, ich versuch schon seit einer Ewigkeit, Sie anzurufen!«

»Du warst das?«

»Ja.«

Montalbano stieß einen Seufzer der Erleichterung aus, es war also nicht Marian gewesen.

»Warum eigentlich?«

»Weil ich Sie darauf aufmerksam machen wollte, dass Sie Ihre Schlüssel hier im Büro vergessen haben.«

»Entschuldige, Catarè, wenn ich die Schlüssel vergessen habe, wie hätte ich dann bei mir zu Hause ans Telefon gehen sollen?«

»Ich bitte um Entschuldigung, aber woher sollte ich denn wissen, dass Sie nicht ans Telefon gehen können?«

Montalbano kapitulierte.

»Na schön, gib mir die Schlüssel«, sagte er.

Zu Hause beschloss er, erst dann nach dem Abendessen zu sehen, wenn er Nachricht von Marian hatte.

Er setzte sich auf die Veranda. Es war schon fünf vor zehn. Bis zehn wollte er warten. Wenn Marian sich dann noch nicht gemeldet hatte, würde er sie anrufen.

Genau in dem Moment klingelte es. Es war Livia. Er konnte nicht umhin, ein wenig enttäuscht zu sein.

»Wie fühlst du dich?«, fragte er sofort.

»Ich weiß nicht.«

»Was heißt das?«

»Salvo, ich habe eine solche Beklemmung gespürt, das Gefühl einer unerklärlichen, erdrückenden Last. Und dann, heute Nachmittag so gegen sechs, war die Beklemmung plötzlich weg.«

»Oh, endlich!«

»Warte. Gleich darauf war da eine Art Resignation, das Gefühl, als könne man nichts mehr machen, als wäre das, was ich befürchtet hatte, eingetroffen und ließe sich nicht mehr abwenden. Hinzu kam das Gefühl einer unüberwindlichen, ungeheuer schmerzlichen Leere. Wie wenn jemand gestorben ist, weißt du? Ich konnte nur noch heulen. Aber das war dann irgendwie auch tröstlich.«

»Du bist natürlich nicht zum Arzt gegangen, obwohl du es mir versprochen hattest.«

»Ich glaube nicht, dass das noch nötig ist.«

»Na hör mal! Dir geht es dermaßen schlecht, und du …«

»Glaub mir, Salvo, ich komm da wieder raus, das spüre ich. Es ist zwar mühselig und schmerzhaft, aber ich komm da wieder raus. Aber jetzt hören wir auf. Ich mag nicht mehr reden, es strengt mich an. Ich will einfach nur im Bett liegen. Wir telefonieren morgen.«

Trotz allem war er erleichtert. In Livias Stimme hatte er einen neuen Ton wahrgenommen, der hoffen ließ.

Es war schon zehn nach zehn. Seine innere Anspannung war einfach zu groß, als dass er noch länger warten konnte. Er rief Marian auf ihrem Handy an.

In seiner Nervosität verwählte er sich zweimal. Beim dritten Mal klappte es endlich.

»Commissario mio, ich wollte dich gerade anrufen.«

»Wie fühlst du dich?«

Er bemerkte, dass er Marian dieselbe Frage gestellt hatte wie Livia.

»Im Moment ganz gut. Nach dem Schreck, den du mir heute Morgen eingejagt hast …«

»Entschuldige, aber …«

»Ich mache dir keinen Vorwurf, Salvo. Im Gegenteil.«

»Erzähl mal.«

»Strazzeri ist wirklich ein netter Mensch. Ich habe mich bei ihm gut aufgehoben gefühlt.«

»Erzähl mir alles ganz genau.«

»Nach meinem Anruf war er so freundlich, zu mir nach Hause zu kommen. Er hat sich alles schildern lassen, bis ins kleinste Detail. Dann hat er kurz überlegt und gesagt, ich soll Lariani anrufen und ihm ein Ultimatum stellen: Entweder er gibt mir bis heute Nachmittag um sechs definitiv Bescheid oder ich würde die ganze Sache abblasen.«

»Und Lariani?«

»Der hat erst ein bisschen lamentiert und mich wegen meiner Ungeduld gescholten, aber am Ende hat er versprochen, mich um achtzehn Uhr anzurufen.«

»Und, hat er es getan?«

»Ja. Er hat mich für morgen Vormittag um elf zu sich nach Hause bestellt. Dann will er mir das Bild zeigen, das er angeblich gefunden hat, das aber nach Strazzeris Ansicht bei jemandem versteckt war, der es ihm jetzt lediglich aushändigen soll.«

»Hast du Strazzeri verständigt?«

»Er war doch dabei, als der Anruf kam!«

»Und wie seid ihr verblieben?«

»Morgen um elf gehe ich allein zu Lariani. Wenn er mir das richtige Bild zeigt, also das präparierte, folge ich Strazzeris Instruktionen, damit er keinen Verdacht schöpft. Ich muss nur den Knopf eines Piepsers drücken, den ich in der Tasche habe, dann stürmen sie die Wohnung. Einer der Polizisten hat die Aufgabe, mich wegzubringen.«

»Aber wie werden sie beim Prozess deine Beteiligung rechtfertigen?«

»Strazzeri wird in seinem Bericht schreiben, ich sei ein verdeckter Ermittler, dessen Identität er nicht preisgeben darf.«

»Eine gute Lösung, oder?«

»Finde ich auch.«

Aber sofort überkamen Montalbano Zweifel.

»Wirst du denn allein mit Lariani klarkommen?«

»Das schaff ich schon, keine Sorge.«

»Ist das nicht riskant für dich?«

»Strazzeri und seine Leute sind ja ganz in der Nähe. Beim geringsten Anzeichen von Gefahr brauche ich nur den Knopf zu drücken.«

»Schick mir bitte eine Nachricht per Handy, sobald du von dort weggebracht wirst, ja?«

»Mach ich. Keine Angst, Salvo. Ich werde mutig und entschlossen sein, um aus dieser Sache rauszukommen. Und danke, Commissario mio, dass du mich gerettet hast. Wie bist du überhaupt darauf gekommen, dass Lariani nicht der ist, für den er sich ausgibt?«

Er erzählte ihr von dem aufgesprühten »Dieb« auf dem Rollladen.

»Und dieser Pedicini!«, sagte Marian. »Der hat einen so seriösen Eindruck gemacht! Und wie geschickt er es angestellt hat, mein Vertrauen zu gewinnen! Er hat ein Vermögen ausgegeben!«

»Das Bild, das du aus Mailand hättest bringen sollen, ist offensichtlich von unschätzbarem Wert.«

Marian war in Gedanken allerdings schon woanders.

»Morgen Nachmittag um fünf geht ein Flug nach Palermo. Essen wir morgen Abend zusammen? Hast du Zeit?«

»Ich glaube schon.«

»Commissario mio, ich zähle schon die Stunden. Ich bin glücklich. Und morgen Nacht bin ich es noch mehr. Treffen wir uns um neun bei dir?«

»Abgemacht.«

»Und schwörst du, dass du auf mich wartest, wenn der Flug Verspätung hat?«

»Ich verspreche es dir.«

Nach dem Anruf begab er sich mit dem Triumphmarsch aus Verdis *Aida* auf den Lippen in die Küche. Er beschloss, ein kleines Spiel zu spielen und mit geschlossenen Augen allein am Geruch zu erkennen, was Adelina ihm gekocht hatte. Der Kühlschrank roch leer. Er öffnete den Backofen, und seine Nasenflügel weiteten sich bei dem betörenden Duft der Speisen, die er mühelos unterscheiden konnte: Tagliatelle al ragù, mit Hackfleischsauce, und Melanzane alla parmigiana, mit Parmesan überbackene Auberginen. Kann man mehr vom Leben verlangen?

Beim Essen auf der Veranda ließ er sich Zeit, da er um Mitternacht die Nachrichten hören wollte. Als er fertig war, räumte er ab, schaltete den Fernseher ein und setzte sich in den Sessel, die Zigaretten in Reichweite. Er sah einen Rest Werbung, dann erklang die Titelmelodie der Nachrichten, und Zito erschien auf dem Bildschirm.

Wir beginnen mit einer Meldung, die uns erst am Ende der Zehn-Uhr-Nachrichten erreicht hat. Haftrichter Dottor Antonio Grasso hat den Haftbefehl gegen Salvatore di Marta im Mordfall Savastano nicht bestätigt. Gleichzeitig wurde bekannt, dass Staatsanwalt Dottor Tommaseo keinen Einspruch erhebt, deshalb wurde di Marta mit sofortiger Wirkung auf freien Fuß gesetzt. Dottor Tommaseo legte jedoch Wert auf die Feststellung, dass gegen di Marta weiter ermittelt wird. Damit ist klar, dass di Marta von allen Vorwürfen entlastet wird, wenn die weiteren Ermittlungen keine eindeutigen Beweise für seine Schuld erbringen. Dann muss der Fall neu aufgerollt werden.

Nun zu einer weiteren wichtigen Meldung, die allerdings noch nicht offiziell bestätigt ist. Die seit Tagen andauernde Jagd nach den drei Einwanderern scheint zu einem Teilerfolg geführt zu haben. Zwei der Verdächtigen wurden offenbar festgenommen. Gegenüber den Ermittlern hüllen sie sich aber bisher in Schweigen. Von dem dritten Mann, der mit einer Maschinenpistole bewaffnet und verletzt ist, fehlt hingegen jede Spur. Über die weiteren Entwicklungen dieses Falls werden wir unsere Zuschauer sofort informieren. Ein tödlicher Verkehrsunfall ereignete sich heute Nachmittag um sechzehn Uhr auf der Landstraße...

Er schaltete aus. Es war also noch nicht durchgesickert, dass die Ermittlungen im Mordfall Savastano abgeschlossen waren. Tommaseos Aussage, di Marta stehe weiter unter Verdacht, war geschickt, diente sie doch dazu, Rosario auf seiner Flucht in Sicherheit zu wiegen, sodass er vielleicht einen Fehler beging.

Eine Bemerkung Mimìs kam ihm in den Sinn, wonach es schwierig werden würde, ihn zu fassen, weil die Cuffaro ihn schützten. Doch die Cuffaro kannten die Wahrheit noch nicht. Allerdings ... allerdings gab es einen Weg, ihnen auf die Sprünge zu helfen.

Bei dem Gedanken musste er grinsen. Er warf einen Blick auf die Uhr: zwanzig Minuten nach Mitternacht. Noch zu früh. Mindestens bis eins musste er schon warten. Er schlich ziellos im Haus umher, dann beschloss er, zu duschen und sich für die Nacht vorzubereiten.

Als er zum Telefon ging, war es zehn nach eins. Er wählte die Nummer.

»Pronto? Wer ist da?«, antwortete eine irritierte, verschlafene Männerstimme.

»Spreche ich mit Avvocato Guttadauro?«

»Ja, aber wer ist am Apparat?«

»Montalbano hier.«

Guttadauros Ton änderte sich schlagartig.

»Commissario carissimo! Was verschafft mir die ...«

»Entschuldigen Sie, wenn ich Sie um diese Uhrzeit belästige, ich habe Sie bestimmt geweckt, aber da ich heute wegfahre, dachte ich mir, Sie morgen in aller Herrgottsfrühe anzurufen wäre schlimmer.«

»Ach was, Sie brauchen sich nicht zu entschuldigen! Sie haben alles richtig gemacht!«

Der Anwalt platzte fast vor Neugier. Er brannte darauf, den Grund des Anrufs zu erfahren, wollte aber nicht die Initiative ergreifen.

Und Montalbano ließ ihn zappeln.

»Wie geht es Ihnen?«

»Gut, gut. Und Ihnen?«

»Auch nicht schlecht, aber seit ein paar Tagen habe ich einen lästigen Juckreiz.«

Guttadauro verzichtete taktvoll darauf, nach der Stelle zu fragen, an der es ihn juckte.

»Sie sagten, Sie fahren weg?«, fragte er stattdessen. »Wohin geht denn die Reise?«

»Ich nehme ein paar Tage Urlaub, da die Ermittlungen zum Mordfall Savastano ja nun abgeschlossen sind.«

»Wieso abgeschlossen?«, fragte Guttadauro erstaunt. »Di Marta wurde zwar auf freien Fuß gesetzt, aber es wird weiter gegen ihn ermittelt. Damit sind die Ermittlungen noch nicht...«

»Avvocato, ich muss mich doch sehr wundern, bei Ihrer Erfahrung! Glauben Sie mir: Wenn ich Ihnen sage, der Fall ist abgeschlossen, dann ist er abgeschlossen.«

»Und wer ist der Mörder?«

»O nein, Avvocato, das unterliegt der Schweigepflicht!«

»Könnten Sie nicht...«

»Avvocato, soll das ein Witz sein?«

»Ich will nicht darauf beharren. Aber dann...«

»Dann was?«

Guttadauro war kurz davor, aus der Haut zu fahren.

»Also, ich wollte sagen...«

»Sagen Sie es, ich höre zu.«

Montalbano lachte sich ins Fäustchen. Guttadauro konnte nicht mehr an sich halten.

»Warum haben Sie mich dann angerufen?«

»Ach so, ja, fast hätte ich's vergessen.«

Er fing an zu lachen.

»Was lachen Sie denn?«, fragte Guttadauro irritiert.

»Erinnern Sie sich an die kleine Geschichte, die Sie mir vor ein paar Tagen erzählt haben? Die von den Löwenjägern? Nun, erst heute Abend habe ich sie noch einmal erzählt bekommen, aber mit deutlichen Abweichungen.«

»Und die wären?«

»Nun, zunächst einmal befanden sich diese Jäger in einer Gegend, in der die Löwenjagd verboten ist.«

»Und was bedeutet das?«

»Das bedeutet, dass ein junger Jäger, ein Neuling aus Montereale, der gerade erst zu der Jagdgesellschaft gestoßen ist, und nicht etwa ein Einheimischer wie in Ihrer Fassung, auf eigene Faust einen Löwen erlegt, ohne dass die anderen Jäger es mitkriegen. Er stellt es allerdings so an, dass die Schuld dafür auf seine Jagdgenossen fällt statt auf ihn selbst. Können Sie mir folgen?«

Guttadauro antwortete nicht sofort. Er versuchte, zu verstehen, was der Commissario ihm da gesagt hatte. Schließlich fiel der Groschen. Er sagte nur:

»Ah.«

»Können Sie mir folgen?«, wiederholte Montalbano.

»Ich kann Ihnen sehr gut folgen«, stieß Guttadauro schroff hervor.

»Dann bleibt mir nur noch, Ihnen einen erholsamen Schlaf zu wünschen.«

Das war erledigt. Guttadauro hing jetzt bestimmt am Telefon, um den Cuffaro deutlich zu machen, dass Rosario aus der Reihe getanzt war. Das Schicksal des jungen Mannes war damit besiegelt. Wenn er sich nicht der Polizei stellte, würden seine einstigen Kumpane ihn beseitigen.

Montalbano legte sich ins Bett und schlief auf der Stelle ein.

Das Klingeln des Telefons holte ihn aus tiefer Versenkung in die Wirklichkeit zurück. Er knipste das Licht an. Der Wecker zeigte sechs Uhr morgens. Er hob ab.
»Montalbano? Sposìto hier.«
Er erschrak. Was konnte er so früh von ihm wollen?
»Was gibt's?«
»Kann ich dich in einer halben Stunde abholen?«
»Ja, aber ...«
»Um halb sieben bin ich bei dir.«
Damit legte er auf. Völlig verdutzt behielt Montalbano den Hörer in der Hand. Was war passiert? Es war zwecklos, sich jetzt solche Fragen zu stellen. Ihm blieb nichts anderes übrig, als sofort aufzustehen. Er öffnete das Fenster und schaute zum Himmel.
Das Wetter versprach wechselhaft und unbeständig zu werden. Montalbano würde sich diesem Einfluss kaum entziehen können und an diesem Vormittag zumindest launisch sein.
Er ging unter die Dusche. Um halb sieben war er fertig. Eine Minute später läutete es an der Tür. Er öffnete. Ein Polizist begrüßte ihn. Montalbano verließ das Haus und schloss die Tür hinter sich ab. Sposìto ließ ihn auf dem Rücksitz neben sich Platz nehmen. Der Polizist setzte sich ans Steuer, und sie fuhren los.
»Was ist denn passiert?«, fragte Montalbano.
»Ich sage dir lieber nichts, bevor wir nicht da sind«, meinte Sposìto.

Ging es um die Tunesier, die man tags zuvor festgenommen hatte? Und falls ja, warum zog Sposìto ihn jetzt hinzu, nachdem er bisher alles getan hatte, um ihn herauszuhalten?

Sie verließen die Landstraße und fuhren auf holprigen Feldwegen, die eher für Kettenfahrzeuge als für Pkws geeignet waren, und auf Sträßchen, die kaum breiter waren als ein Auto. Der Himmel hatte seine Farbe von Blassrosa zu Grau und von Grau zu Blassblau verändert. Jetzt zeigte er sich in einem diesigen Weiß, das die Konturen der Landschaft verschwimmen ließ und die Sicht trübte. Montalbano hatte schon vor einer Weile erkannt, wohin sie unterwegs waren.

»Fahren wir zur Contrada Casuzza?«, fragte er.

»Kennst du die Gegend?«, fragte Sposìto zurück.

»Ja.«

Er war zweimal dort gewesen, das erste Mal im Traum, als er einen Sarg gesehen hatte, und das zweite Mal in der Wirklichkeit, als er ein ausgebranntes Auto mit einem Ermordeten darin begutachtet hatte. Was würde Sposìto ihm dieses Mal zeigen?

Als der Wagen anhielt, erstarrte Montalbano.

Genau an derselben Stelle, an der in seinem Traum der Sarg gestanden hatte, befand sich nun tatsächlich einer – ein echter, der genauso aussah wie der aus seinem Traum. Ein Sarg, der für ein Begräbnis dritter Klasse bestimmt war, für einen ganz armen Schlucker. Er war von billigster Machart, aus grobem Holz gezimmert und unlackiert.

Unter dem leicht verschobenen Deckel schaute ein Stück weißes Leinen hervor.

Ein Stück entfernt standen ein weiterer Streifenwagen mit drei Polizisten und ein schwarzer Leichenwagen. Die beiden Bediensteten warteten rauchend neben dem Fahrzeug.

Ringsum war es totenstill. Montalbano biss die Zähne zusammen. Er durchlebte eine Art Albtraum. Als er Sposìto einen fragenden Blick zuwarf, legte dieser ihm einfühlsam einen Arm um die Schulter und zog ihn ein Stück beiseite.

»In dem Sarg liegt einer der drei Tunesier. Ich habe die Anweisung erhalten, die Leiche nach Tunesien zu schicken. Aber ich wollte, dass du sie vorher noch siehst. Er war kein Waffenschmuggler, sondern ein Regimegegner. Gestorben ist er an der Verletzung, die er sich bei dem versehentlichen Schusswechsel mit meinen Leuten zugezogen hat. Ich war schon eine ganze Weile hinter ihm her, wusste alles über ihn, auch über sein Privatleben, bekam ihn aber nicht zu fassen. Wenn du ihn siehst, wirst du verstehen, warum ich dich nicht dabeihaben wollte. Er war es, der dich damals erkannt hat, als er in der Scheune auf der Lauer lag. Er hat dich mit dem Fernglas beobachtet.«

Der Lichtstrahl, der ihn geblendet hatte.

Allmählich ging dem Commissario auf, wie die Dinge zusammenhingen, aber etwas in ihm sträubte sich dagegen, der Wahrheit ins Auge zu blicken. Er war wie gelähmt. Sposìto schob ihn behutsam zu dem Sarg hin.

»Nur zu«, sagte er.

Der Commissario bückte sich, mit Daumen und Zeigefinger der rechten Hand zog er das Leinentuch etwas weiter heraus. Es war mit den ineinander verschlungenen Buchstaben F und M bestickt.

Seine Beine gaben nach, und er sackte auf die Knie.

F und M. François Moussa. Die Initialen hatte er selbst auf sechs Hemden sticken lassen, die er François zu seinem einundzwanzigsten Geburtstag geschenkt hatte. Als er ihn das letzte Mal umarmt hatte.

»Willst du ihn sehen?«, flüsterte Sposìto ihm zu.

»Nein.«

Als letzten Kontakt zu François zog er jenen Lichtstrahl vor, der sie für den Bruchteil einer Sekunde miteinander verbunden hatte.

Lieber behielt er in Erinnerung, wie der damals Zehnjährige aus dem Haus in Marinella Reißaus genommen und wie Livia, die ihn längst als ihren Sohn betrachtete, ihn, Montalbano, zu Hilfe gerufen hatte. Er war ihm am Strand nachgelaufen, hatte ihn eingeholt und angehalten. Sie hatten miteinander geredet. François sehnte sich nach seiner Mutter Karima, die gestorben war, und er hatte dem Jungen anvertraut, dass auch er seine Mutter früh verloren hatte – er war noch viel kleiner gewesen als François –, und ihm Dinge erzählt, über die er zuvor noch mit niemandem gesprochen hatte, nicht einmal mit Livia. Und von dem Augenblick an waren sie miteinander klargekommen.

Doch mit den Jahren hatten sie sich immer weiter voneinander entfernt und schließlich auch entfremdet ...

Es gab nichts mehr, was er vor diesem Sarg noch sagen oder tun konnte. Auf Sposìtos Arm gestützt, stand Montalbano auf.

»Kann mich jemand zurückfahren?«

»Natürlich.«

»Sag mal, war Pasquano schon da?«

»Ja.«

»Konnte er den Zeitpunkt des Todes feststellen?«

»Gestern Nachmittag, ungefähr gegen achtzehn Uhr.«

»Danke für alles«, sagte Montalbano, während er ins Auto stieg.

Achtzehn Uhr. *Und dann, heute Nachmittag so gegen sechs, war die Beklemmung plötzlich weg.* Und gleich darauf war da eine Art *Resignation, das Gefühl, als könne man nichts mehr machen* ...

Livia hatte, ohne es zu wissen, das Leiden und Sterben von François an Leib und Seele miterlebt, als wäre er ihr leibliches Kind. Jenes Kind, das Montalbano aus Egoismus, aus Scheu vor der Verantwortung nicht hatte adoptieren wollen. Livia hatte sehr darunter gelitten, doch selbst davon hatte er sich nicht erweichen lassen.

Und jetzt wusste er endlich, was er zu tun hatte. Durch seinen Tod band François ihn an Livia und Livia an ihn, stärker, als eine Heirat es vermocht hätte.

Nach seiner Ankunft in Marinella rief er im Polizeipräsidium an und bat um zehn Tage Urlaub. Er hatte so viele Überstunden, dass er ihn ohne weiteres bekam. Dann buchte er einen Platz für den nächsten Flug nach Genua um vierzehn Uhr. Schließlich rief er Fazio an und sagte ihm, Livia gehe es nicht gut und er werde ein paar Tage bei ihr verbringen. Er setzte sich auf die Veranda, rauchte ein paar Zigaretten und dachte an François. Dann stand er auf, wischte sich mit dem Ärmel seines Hemdes die Tränen ab und packte in aller Ruhe seinen Koffer.

An jenem Abend um neun klopfte Marian lange an eine Tür, von der sie nicht wusste, dass sie ihr nie wieder geöffnet werden würde.

Anmerkung des Autors

Dieser Roman ist frei erfunden. Folglich können und wollen die Namen der Figuren und die Situationen nicht den Namen realer Personen und den Situationen entsprechen, in denen diese sich im Laufe ihres Lebens befunden haben. Trotz dieses Hinweises, den ich gewissenhaft allen meinen Romanen beifüge, gibt es ab und zu jemanden, der sich in einer der Figuren wiederzuerkennen glaubt und manchmal mit dem Anwalt droht. Vielleicht ist er mit der Wirklichkeit seines Lebens nicht zufrieden.

A. C.

*GRAUE NÄCHTE wurde mit dem
Isländischen Krimipreis 2016 ausgezeichnet.*

Arnaldur Indriðason
GRAUE NÄCHTE
Island-Krimi
Aus dem Isländischen
von Anika Wolff
416 Seiten
ISBN 978-3-7857-2629-7

Frühjahr 1943. In Reykjavík herrscht eine angespannte Stimmung
– Island ist von den Amerikanern besetzt. In diesen unruhigen
Zeiten wird nahe einer Soldatenkneipe im Stadtzentrum ein
Mann brutal erstochen. Kommissar Flóvent und sein kanadischer
Kollege Thorson von der Militärpolizei nehmen die Ermittlungen
auf, während Flóvent noch mit einem anderen Fall befasst
ist: Eine männliche Leiche wurde am Strand der Nautholsvík-
Bucht angespült. Stehen die Tode mit den Kriegsereignissen in
Zusammenhang? Die Kommissare ermitteln in einem heiklen
Umfeld und geraten dabei selbst in Gefahr ...
„Ein weiteres Meisterwerk von Arnaldur Indridason."
Morgunblaðið

Bastei Lübbe

Sie kennt den Mörder und schweigt. Bis die Vergangenheit sie einholt …

Romy Fölck
TOTENWEG
Kriminalroman
416 Seiten
ISBN 978-3-7857-2622-8

In einer Herbstnacht wird der Vater der Polizistin Frida brutal niedergeschlagen und liegt seither im Koma. Ein Mordversuch? Sie kehrt in ihr Heimatdorf in der Elbmarsch zurück, auf den Obsthof ihrer Eltern, wo sie auf Kriminalhauptkommissar Haverkorn trifft. Beinahe zwanzig Jahre sind seit ihrer letzten Begegnung vergangen, seit dem Mord an Fridas bester Freundin Marit, der bis heute nicht aufgeklärt werden konnte. Frida fällt die Rückkehr ins Dorf schwer: die Herbststürme, die Abgeschiedenheit, das Landleben zwischen Deichen, Marsch und Reetdachhäusern. Ihre alte Schuld scheint sie hier zu erdrücken: dass sie Marits Mörder kennt, aber niemandem davon erzählte …

Bastei Lübbe